MånPocket

D1078581

HENNING MANKELL

LEOPARDENS ÖGA

MånPocket

Omslag av PLF Design/Pia Forsberg
© Henning Mankell 1990

www.manpocket.com

Denna MånPocket är utgiven enligt överenskommelse
med Ordfront förlag, Stockholm

Tryckt i Danmark hos
Nørhaven a/s 1999

ISBN 91-7643-273-4

I

MUTSHATSHA

Han vaknar i den afrikanska natten och tror plötsligt att hans kropp har rämnat. Spruckit, som om inälvorna har exploderat, med blodet rinnande över ansiktet och bröstkorgen.

I mörkret trevar han skräckslaget efter strömbrytaren, men när han vrider på den, kommer inget ljus och han tänker att elektriciteten är borta igen. Under sängen söker hans hand sig fram till en ficklampa, men batterierna är slut och han blir liggande i mörkret.

Det är inte blod, tvingar han sig att tänka. Det är malaria. Jag har feber, svetten pressas ut ur min kropp. Jag har mardrömmar, sjukdomens mardrömmar. Tid och rum upphäver varandra, jag vet inte var jag är, jag vet inte ens om jag lever ...

Insekter kryper över hans ansikte, lockade av fukten som tränger fram ur hans porer. Han tänker att han borde ta sig ur sängen och leta reda på en handduk. Men han vet att han inte skulle förmå att stå upprätt, han skulle tvingas krypa, och han skulle kanske inte ens orka tillbaka till sängen. Om jag nu dör så vill jag i alla fall ligga i min säng, tänker han, och känner att nästa feberanfall närmar sig.

Jag vill inte dö på golvet. Naken, med kackerlackor krypande över mitt ansikte.

Han kramar med fingrarna runt det blöta lakanet, förbereder sig för en attack som kommer att bli våldsammare än de tidigare. Svagt, med en röst som knappt bär, ropar han ut i mörkret efter Luka, men där finns bara tystnaden och den afrikanska nattens spelande cikador.

Han kanske sitter här utanför dörren, tänker han desperat. Han kanske sitter där och väntar på att jag ska dö.

Febern kommer rullande genom hans kropp som plötsligt upptornande stormvågor. Huvudet bränner som om tusentals insekter stack och borrade i hans panna och tinningar. Långsamt dras han bort från medvetandet, sugs ner i feberanfallets underjordiska gångar, där mardrömmarnas förvridna ansikten skymtar bland skuggorna.

Jag kan inte dö nu, tänker han och kramar lakanet för att hålla sig kvar vid livet.

Men malariaattackens dragsug är starkare än hans vilja. Verkligheten huggs upp, sågas till bitar som ingenstans passar ihop. Han tycker plötsligt att han sitter i baksätet på en gammal Saab som herrelöst jagar fram genom oändliga norrländska skogar. Vem som sitter framför honom kan han inte se, det är bara en svart rygg, utan hals, utan huvud.

Det är febern, tänker han igen. Jag måste hålla mig kvar, hela tiden tänka att det bara är febern, ingenting annat.

Plötsligt märker han att det har börjat snöa i rummet. Vita flingor faller över hans ansikte och det blir genast kallt runt honom.

Nu snöar det i Afrika, tänker han. Det är märkligt, det ska det egentligen inte göra. Jag måste ha tag på en spade. Jag måste upp och skotta, annars kommer jag att bli begravd här.

Återigen ropar han på Luka, men ingen svarar, ingen kommer. Han bestämmer sig för att avskeda Luka det första han gör om han överlever detta feberanfall.

Banditer, tänker han förvirrat. Det är naturligtvis de som har skurit av den elektriska ledningen.

Han lyssnar och tycker sig höra deras tassande utanför husväggen. Med ena handen griper han den revolver han har under huvudkudden, tvingar sig upp i sittande ställning och riktar vapnet mot ytterdörren. För att orka lyfta det måste han hålla det med båda händerna, och förtvivlat tänker han att han inte har kraft nog i sitt finger att hantera avtryckaren.

Jag ska avskeda Luka, tänker han rasande. Det är han som har klippt av den elektriska ledningen, det är han som har lockat hit banditerna. Jag måste komma ihåg att avskeda honom i morgon.

Han försöker fånga några snöflingor med revolverns mynning, men de smälter framför hans ögon.

Jag måste sätta på mig skorna, tänker han. Annars fryser jag ihjäl.

Han anstränger sig till det yttersta, böjer sig över sängkanten och letar med ena handen, men där finns bara den döda ficklampan.

Banditerna, tänker han omtöcknat. De har stulit mina skor. De har redan varit härinne, medan jag sovit. De kanske fortfarande är kvar ...

Han skjuter rakt ut i rummet. Skottet dånar i mörkret och han faller tillbaka mot kuddarna av rekylen.

Plötsligt känner han sig lugn, nästan belåten.

Det är naturligtvis Luka som ligger bakom allting. Det är han som har konspirerat med banditerna, det är han som har klippt av den elektriska ledningen. Men nu när han är avslöjad, så har han ingen makt längre. Han blir avskedad, bortjagad från farmen.

De kommer inte åt mig, tänker han. Jag är starkare än de allihop.

Insekterna fortsätter att borra i hans panna och han är mycket trött. Han undrar om gryningen är avlägsen, och han tänker att han måste sova. Malarian kommer och går, det är den som ger honom mardrömmar. Han måste tvinga sig att skilja ut vad han inbillar sig och vad som är verkligt.

Det kan inte snöa, tänker han. Och jag sitter inte i baksätet på en gammal Saab som rusar fram genom ljusa norrländska sommarskogar. Jag befinner mig i Afrika, inte i Härjedalen. Jag har varit här i arton år. Jag måste hålla isär mina tankar. Febern lockar mig att börja rota bland gamla minnen, bära upp dem till ytan och lura mig själv att tro att de är verkliga.

Minnen är döda ting, album och arkiv som ska förvaras kallt och under försvarliga lås. Verkligheten kräver mitt medvetande. Att ha feber är att förlora sina inre riktningar. Jag får inte glöm-

9

ma det. Jag är i Afrika och jag har varit här i arton år. Det var aldrig meningen, men det blev så ändå.

Hur många gånger jag har haft malaria vet jag inte. Ibland är anfallen våldsamma, som nu, andra gånger lättare, en feberskugga som hastigt drar förbi över mitt ansikte. Febern förleder, vill locka mig bort, framkallar snö trots att det är över trettio grader varmt. Men jag är kvar i Afrika, jag har hela tiden varit kvar, sedan jag kom hit och steg av flygplanet i Lusaka. Jag skulle stanna några veckor, men det har blivit längre, och det är sanningen, inte att det snöar.

Han andas med häftiga andetag och känner hur febern dansar inom honom. Dansar honom tillbaka till utgångspunkten, till den tidiga morgon för arton år sedan, då han för första gången kände den afrikanska solen mot ansiktet.

Ur feberanfallets dimmor stiger plötsligt fram ett ögonblick av stor klarhet, ett landskap där konturerna är skarpa och rentvättade. Han stryker bort en stor kackerlacka som trevar med sina antenner mot hans ena näsborre och ser sig själv stå i det stora jetplanets dörröppning, överst på den framkörda stegvagnen.

Han minns att hans första upplevelse av Afrika var solstrålarna som gjorde flygplattans betong alldeles vit. Sedan en doft, något bittert, som en okänd krydda eller en träkolseld.

Så var det, tänker han. Det ögonblicket kan jag exakt återge, så länge jag lever. Det är arton år sedan. Mycket av det som därefter hänt har jag glömt. För mig blev Afrika en vana. En insikt om att jag aldrig helt kan känna ett lugn inför denna sårade och sargade kontinent... Jag, Hans Olofson, har vant mig vid att det för mig är en omöjlighet att omfatta och förstå annat än bråkdelar av denna kontinent. Men i detta ständiga underläge har jag framhärdat, jag har blivit kvar, lärt mig ett av de många språk som finns här, blivit arbetsgivare för över två hundra afrikaner.

Jag har lärt mig uthärda det egendomliga liv det innebär att vara både älskad och hatad på samma gång. Varje dag står jag

10

ansikte mot ansikte med två hundra svarta människor som skulle vilja mörda mig, skära strupen av mig, offra mina könsorgan, äta mitt hjärta.

Varje morgon när jag vaknar är jag fortfarande, efter arton år, förvånad att jag lever. Varje kväll undersöker jag min revolver, låter magasinet rotera mellan mina fingrar, kontrollerar att ingen har ersatt patronerna med tomhylsor.

Jag, Hans Olofson, har lärt mig att uthärda den största ensamheten. Aldrig tidigare har jag varit omgiven av så många människor som kräver min uppmärksamhet, mina avgöranden, men som samtidigt vakar över mig i mörkret, osynliga ögon som följer mig väntande, avvaktande.

Men tydligast minns jag ändå när jag steg ur flygplanet på Lusaka International Airport för arton år sedan. Till det ögonblicket återvänder jag ständigt, för att hämta mod, kraft att uthärda, en punkt där jag fortfarande kände mina egna avsikter ...

Idag är mitt liv en vandring genom dagar som färgas av overklighet. Jag lever ett liv som varken är mitt eget eller någon annans. Jag varken lyckas eller misslyckas med det jag förelägger mig att uträtta.

Det som behärskar mig är en ständig undran över vad som egentligen har hänt. Vad var det egentligen som förde mig hit, den långa resan från ett avlägset, ständigt nersnöat inre Norrland, till ett Afrika som aldrig ropat efter mig? Vad är det i mitt liv jag aldrig har förstått?

Det mest gåtfulla är ändå att jag har varit här i arton år. Jag var 25 år när jag lämnade Sverige, nu är jag 43. Mitt hår har för länge sedan börjat bli grått, mitt skägg som jag aldrig kommer mig för att raka bort är redan alldeles vitt. Tre tänder har jag förlorat, två i underkäken, en i vänster överkäke. Ringfingret på min högra hand är stympat vid den inre fingerleden, och i perioder lider jag av smärtor i njurarna. Ur mina fötter gräver jag regelbundet fram vita maskar som borrar sig in under huden. De första åren kunde jag knappt förmå mig att utföra dessa operationer, med en steriliserad pincett och en nagelsax. Nu griper jag en rostig spik eller en

11

kniv som råkar finnas i min närhet och karvar ut parasiterna som lever i mina hälar.

Ibland försöker jag se dessa många år i Afrika som ett veck i mitt liv, som en gång ska visa sig vara något som egentligen aldrig har existerat. Kanske en sinnesförvirrad dröm som kommer att spricka som ett troll när jag äntligen förmår att ta mig ur det liv jag lever här? Någon gång måste detta veck i mitt liv rätas ut ...

I feberanfallen kastas Hans Olofson mot osynliga rev som river upp hans kropp. Korta ögonblick stillnar stormen och han gungar på vågorna och känner hur han hastigt förvandlas till ett isblock. Men just när han tror att kylan nått hans hjärta och fryst hans sista hjärtslag till stillhet, återkommer stormen och febern slungar honom åter mot de brännande reven.

I de oroliga sönderslitna drömmarna som rasar likt demoner i hans inre återvänder han ständigt till den dag han kom till Afrika. Den vita solen, den långa resan som fört honom till Kalulushi, till denna natt, arton år senare.

Som en ondskefull gestalt, utan hals, utan huvud, står feberanfallet framför honom. Med ena handen håller han krampaktigt tag i sin revolver, som om den hade varit hans yttersta frälsning.

Malariaanfallen kommer och går.

Hans Olofson, en gång uppvuxen i ett förstämt trähus vid Ljusnans strand, skakar och skälver under sina våta lakan.

Ur drömmarna lösgör sig det förflutna, ett återsken av den historia han ännu inte har gett upp hoppet om att en gång kunna förstå ...

Genom snöyran återvänder han till sin barndom.

Det är midvinter 1956, klockan är fyra på morgonen och kölden kvider och bänder i det gamla trähusets bjälklager. Men det är inte det ljudet som väcker honom, utan ett envist skrapande och mumlande från köket. Han vaknar så plötsligt och oförberett som bara ett barn kan, och han vet genast att det är hans far som har börjat skura igen. Klädd i en blårandig pyjamas med ingrodda snusfläckar, med raggsockar på fötterna, som redan är genomvåta av allt skurvatten han ursinnigt vräker ut över golvet, jagar fadern sina demoner genom vinternatten. De två gråhundarna har han kedjat vid vedboden. Slitit i de frusna kedjorna, halvnaken ute i kölden, medan skurvattnet långsamt kokat upp på spisen.

Och nu skurar han, ett rasande angrepp på den smuts som bara är synlig för honom själv. Han slänger det kokande vattnet efter spindelnät som plötsligt flammar upp på väggarna, vräker en hel hink upp i spiskupan eftersom han är övertygad om att där döljer sig ett nystan med fläckiga ormar.

Allt detta ligger han i sängen och ser, en tolvåring med yllefilten dragen upp över hakan. Han behöver inte stiga upp och tassa över de kalla golvplankorna för att betrakta det som sker. Han vet ändå. Och genom dörren hör han sin fars mumlande, nervösa skratt, förtvivlade vredesutbrott.

Alltid är det om natten.

Första gången han vaknade och tassade ut i köket var han fem eller sex år gammal. I det bleka ljuset från kökslampan med dess immiga kupa hade han sett sin far klafsa omkring i skurvatten, med det bruna håret i vild oordning. Och det han hade förstått,

13

utan att kunna formulera det för sig, var att han själv var osynlig. Det var ett annat seende som upptog fadern när han jagade fram med skurborsten. Han såg något som bara han kunde se, och det skrämde honom, mer än om fadern plötsligt hade lyft en yxa över hans huvud.

När han nu ligger i sängen och lyssnar vet han också att de kommande dagarna kommer att vara stilla. Hans far kommer att ligga orörlig i sängen, innan han åter reser sig, drar på sig sina grova arbetskläder och beger sig ut i skogen igen, där han hugger för Iggesund eller Marma Långrör.

Ingen av de två, fadern eller sonen, kommer med ett enda ord att beröra det nattliga skurandet. För pojken i sängen drar det bort som en ond hägring, tills han åter en natt kommer att vakna av att fadern börjat skrubba bort sina demoner.

Men nu är det februari 1956, Hans Olofson är tolv år gammal, och om några timmar ska han klä sig, tugga i sig några limpskivor, ta sin ränsel och bege sig ut i kölden, ut på sin skolväg.

Nattens mörker är en kluven gestalt, både vän och fiende. Ur det svarta kan han vinda upp mardrömmar och ogripbara fasor. Bjälklagets kramp i den hårda kölden förvandlas till fingrar som griper efter honom. Men mörkret kan också vara en vän, en möjlighet att väva tankar inför det som ska komma, det som kallas framtid.

Han föreställer sig hur han lämnar detta ensamma trähus vid älven för sista gången, hur han springer över älvbron, försvinner bort under de välvda brospannen, ut i världen, närmast mot Orsa Finnmark.

Varför är jag just jag? tänker han.

Jag och ingen annan?

Han vet precis när han för första gången tänkte denna avgörande tanke.

Då hade det varit en ljus sommarkväll, han hade lekt i det övergivna tegelbruket bortanför sjukhuset. De hade varit delade i vänner och fiender, hade inte preciserat leken närmare, och ömsom hade de stormat, ömsom försvarat den fönsterlösa, halvt raserade fabriksbyggnaden. De lekte ofta där, inte bara för att det var förbjudet, utan lika mycket för att ett raserat hus var som oändligt anpassningsbara kulisser. Husets identitet var förlorad, genom leken gav de ruinen ständigt skiftande ansikten. Den förfallna tegelbruksbyggnaden var försvarslös, skuggorna av de människor som en gång hade arbetat där fanns inte längre kvar för att försvara huset. De som lekte härskade. Bara ytterst sällan kom en rytande förälder och slet bort sitt barn ur den vilda leken. Det fanns schakt att stupa i, ruttna stegar att falla genom, ugnsluckor som rostat och kunde klämma händer och ben. Men de som lekte kände farorna, undvek dem, hade utforskat de säkra vägarna genom den oändliga byggnaden.

Och det var där i den ljusa sommarkvällen, när han hade legat gömd bakom en rostig, hopfallen tegelugn, väntande på att bli upptäckt och infångad, som han för första gången hade frågat sig varför han var han och ingen annan. Tanken hade gjort honom både upphetsad och upprörd. Det hade varit som om en okänd varelse hade krupit in i hans huvud och viskat framtidens lösenord till honom. Efter det skulle alla tankar, själva tänkandet, alltid för honom framstå som en röst som kom utifrån, kröp in i hans huvud, avlämnade sitt budskap, och sedan hastigt försvann igen.

Den gången hade han brutit leken, smugit undan från de andra, försvunnit bland tallarna som omgärdade det döda tegelbruket och gått ner till älven.

Skogen hade varit stilla, myggsvärmarna hade ännu inte intagit denna köping som låg där älven gjorde en krök på sin långa färd mot havet. En kråka skrek ut sin ensamhet i toppen av en krokig tall och flaxade sedan bort över åsryggen där Hedevägen ringlade mot väster. Mossan under hans fötter fjädrade, han hade trätt ut ur leken, och på vägen mot älven förändrades allt. Så länge han själv inte hade klarlagt sin egen identitet, bara varit en *Någon* bland alla andra, hade han burit på en tidlös odödlighet, barnets privilegium, barnslighetens djupaste innebörd. I samma ögonblick som den okända frågan om varför han var just den han var kröp in i hans huvud, blev han en bestämd person och därmed

15

dödlig. Nu hade han bestämt sig själv, han var den han var, skulle aldrig bli någon annan. Han insåg det lönlösa i att värja sig. Nu hade han ett liv framför sig, ett enda, där han skulle vara den han var.

Vid älven satte han sig på en sten och såg på det bruna vattnet som långsamt drev mot havet. En eka låg och skavde i en kätting och han insåg hur enkelt det skulle vara att försvinna. Från köpingen men aldrig från sig själv.

Länge satt han vid älven och blev människa. Allting hade fått gränser. Leka skulle han igen, men aldrig på samma sätt som tidigare. Leken hade blivit lek, ingenting annat.

Han klättrar över älvbräddens stenar tills han kan se huset där han bor. Han sätter sig på en rotvälta som luktar av regn och jord och ser på röken som ringlar ur skorstenen.

För vem ska han berätta om sin stora upptäckt? Vem kan bli hans förtrogne?

Han ser på huset igen. Ska han knacka på den gistna dörren till höger på nedre botten och be att få tala med Äggkarlsson? Be att få stiga in i köket där det alltid luktar ingrott flott, vått ylle och kattpiss? Äggkarlsson kan han inte tala med. Han talar inte med någon, han stänger sin dörr som om han sluter ett äggskal av järn runt sig. Hans Olofson vet inte annat om honom än att han är folkilsken och tjurskallig. Han cyklar runt på bondgårdarna kring köpingen och köper upp ägg som han sedan levererar till olika speceriaffärer. Sina affärer gör han tidigt om morgnarna, och resten av sin dag lever han bakom den stängda dörren.

Äggkarlssons tystnad präglar huset. Den vilar som en dimma över de vanskötta vinbärsbuskarna och den gemensamma potatistäppan, farstubron och trappan till övervåningen där Hans Olofson bor tillsammans med sin far.

Inte heller kan han tänka sig att anförtro sig till gumman Westlund som bor mitt emot Äggkarlsson. Hon skulle svepa in honom i sina broderier och sitt frikyrkliga budskap, aldrig lyssna på honom, utan genast slunga sitt heliga ord mot honom.

Återstår bara den lilla vindslägenheten som han delar med sin

16

far. Återstår bara att gå hem och prata med sin far, Erik Olofson. Född i Åmsele, långt från det här köldhålet i det innersta av den sydnorrländska melankolin, köpingen som ligger bortglömd i Härjedalens hjärta. Och Hans Olofson vet hur ont det gör för fadern att tvingas leva så långt från havet, vara nödd att hålla till godo med en trögflytande älv. Han kan med barnets intuition inse att en man som varit sjöman inte kan trivas där tät och gråfrusen skog täcker de öppna horisonterna. Sjökortet som sitter på köksväggen, från farvattnen kring Mauritius och Réunion, där man skymtar Madagaskars östkust i sjökortets bleknade ytterkant, och havsbotten på sina ställen är angiven till det obegripliga djupet av fyra tusen meter; det är den ständiga påminnelsen om en sjöman som hamnat alldeles fel, som lyckats med konststycket att driva iland där det inte ens finns något hav.

På spishyllan står en fullriggare i en glasmonter. Hemförd för årtionden sedan från en dunkel indisk butik i Mombasa, inköpt för ett enda ensamt engelskt pund. I denna köldslagna del av världen där iskristallen lever och inte jakarandan, har man älgskallar och rävsvansar som väggprydnader. Här ska det lukta sura gummistövlar och lingon, inte den avlägsna doften av salt monsunhav och utbrunna träkolseldar. Men fullriggaren står där på spishyllan, med sitt drömmande namn Céléstine. Hans Olofson har för länge sedan bestämt sig för att han aldrig kommer att gifta sig med någon som inte heter Céléstine. Det vore förräderi, mot fadern, mot skeppet, mot honom själv.

Han anar också ett dunkelt samband mellan fullriggaren i sin dammiga monter och de återkommande nätter när fadern skurar sitt ursinne. En sjöman finner sig ilanddriven i en norrländsk urskog, där inga bäringar låter sig pejlas, inga havsdjup uppmätas. Han anar att sjömannen lever med ett avhugget klagorop inom sig. Och det är när längtan blir för stark som flaskorna hamnar på bordet, sjökorten hämtas fram ur kistan i tamburen, världshaven beseglas på nytt, och sjömannen förvandlar sig själv till ett vrak som tvingas skura bort sin längtan, förvandlad till spritupplösta synvillor.

Svaren finns alltid bortom.

Hans mor som försvann, en dag bara var borta. Själv hade han varit så liten den gången att han ingenting mindes, vare sig av henne själv eller hennes uppbrott. Fotografierna som ligger bakom radion i faderns oavslutade loggbok, och hennes namn Mary, är det enda han känner.

De två fotografierna inger honom en känsla av gryning och kyla. Ett runt ansikte med brunt hår, huvudet en aning på sned, kanske ett antytt leende. På baksidan av fotografierna står det *Ateljé Strandmark, Sundsvall.*

Ibland föreställer han sig henne som en galjonsfigur på ett skepp som förlist i en svår storm på de södra haven och sedan vilar på botten i en fyra tusen meter djup havsgrav. Han föreställer sig hennes osynliga mausoleum någonstans på sjökortet som hänger på köksväggen. Kanske utanför Port Louis, eller i närheten av reven utanför Madagaskars östra kust.

Hon hade inte velat. Det är förklaringen han får. När fadern vid sällsynta tillfällen berör hennes uppbrott använder han alltid samma ord.

Någon som inte vill.

Hastigt, oväntat, har hon försvunnit, det förstår han. En dag är hon borta, med en resväska. Någon har sett henne stiga på tåget, mot Orsa och Mora. Finnmarken har slutit sig runt hennes försvinnande.

Åt detta försvinnande har han bara en ordlös förtvivlan i beredskap. Och skulden antar han att de delar, fadern och han. De dög inte. De lämnades kvar, utan att någonsin få ett livstecken.

Inte heller är han säker på att han saknar henne. Hans mor är två fotografier, inte en människa av kött och blod, som skrattar, tvättar kläder och drar upp filten till hans haka när vinterkölden tränger genom husets väggar. Den känsla han bär är snarare en rädsla. Och därtill skammen att ha befunnits ovärdig.

Han bestämmer sig tidigt för att dela det förakt som den anständiga köpingen hänger som bojor runt den förlupna modern. Han håller med de anständiga, de vuxna. Inneslutna i detta anständighetens järngrepp framlever de sitt gemensamma liv i huset där bjälkarna skriker ut sin nöd under de utdragna vintrarna. Ibland föreställer Hans Olofson sig att deras hus är ett skepp som ankrat upp i väntan på vind. Gråhundarnas kedjor ute vid vedboden är egentligen ankarkättingar, älven en bukt av det öppna havet. Vindsvåningen är skeppets kaptenskajuta, undervåningen tillhör manskapet. Väntan på vind är en lång väntan, men någon gång kommer ankarna att halas ur djupen. Och då kommer huset för fulla segel att länsa ner för älven, salutera en sista gång där älven kröker sig vid Folkets Park, och sedan bär vinden dem bort. Mot ett *Bort* som aldrig innefattar en återkomst.

I ett tafatt försök att förstå, skapar han åt sig den enda rimliga förklaringen till att fadern stannar kvar i den förtorkade köping-en. Dagligen griper sina verktyg och ger sig ut i den skog som hindrar honom att se havet, ta ut en bäring och spana efter avlägsna horisonter.

Alltså hugger han ner skogen. Pulsar i den tunga snön, hugger ner träd efter träd, river skinnet av stammarna och öppnar lång-samt landskapet för de oändliga horisonterna. Den ilanddrivne sjömannen har gett sig sin uppgift, att bana sig åter till en avlägsen strandlinje.

Men Hans Olofsons liv är inte bara tungsint moderlöshet och en skogshuggares periodiska alkoholism. Tillsammans studerar de faderns utförliga världskartor och sjökort, landstiger i hamnar fadern har besökt och utforskar i fantasin gemensamt platser som ännu väntar på deras ankomst. Sjökorten häktas ner från väggen, rullas ut och spänns med askfat och kantstötta koppar som tyngder. Kvällarna kan bli långa ty Erik Olofson är en god berät-tare. Vid tolv års ålder besitter Hans Olofson utförliga kunskaper om sådana avlägsna platser som Pamplemousse och Bogamaio, har snuddat vid sjöfarandets innersta hemligheter, mytiska skepp som försvunnit i sin egen gåta, rövarkaptener och sjömän av den yttersta nåd. Den hemlighetsfulla värld och det svåröversiktliga regelverk som handelshus och enskilda befraktare har att leva i och rätta sig efter, har han skiktat i sitt medvetande, utan att helt

19

förstå, men ändå är det som om han snuddat vid en stor och avgörande visdomskälla. Han känner sotlukten i Bristol, den obeskrivliga sörjan i Hudsonfloden, Indiska oceanens växlande monsuner, isbergens hotfulla skönhet och palmbladens rasslande.

– Här susar, säger Erik Olofson. Men i tropikerna susar det inte. Palmbladen rasslar.

Han försöker föreställa sig skillnaden, slår med en gaffel mot ett dricksglas, men palmerna vägrar envist att klirra eller rassla. Ännu susar palmerna i hans öron, som granarna han är omgiven av.

Men när han meddelar sin lärarinna att palmer klirrar och att det finns näckrosor som är lika stora som mittcirkeln på ishockeybanan utanför folkskolan, blir han omedelbart utskrattad och fördömd som lögnare. Överlärare Gottfried kommer rödbrusigt stormande från sitt unkna kansli där han bjuder sin undervisningsleda motstånd genom ett ihärdigt drickande av vermouth, och han luggar Hans Olofson och hotar med vad som sker den som är på utfärd till lögnens land.

Efteråt, ensam på skolgården i hånfullhetens spetsgård, bestämmer han sig för att aldrig mera sprida några av sina exotiska kunskaper. I denna helveteshög av smutsig snö och trähus förstår man ingenting om de sanningar som måste sökas på haven.

Rödsvullen kommer han hem, kokar potatis och väntar på fadern. Och kanske är det då han bestämmer sig? Att hans liv ska bli en obruten resa? Vid potatiskastrullen tar resandets heliga ande honom i besittning, över spisen hänger faderns sura raggsockar.

Segel, tänker han. Lappade, lagade, segel...

På kvällen, när han ligger i sin säng, ber han fadern ännu en gång berätta om näckrosorna på Mauritius. Och han somnar i den trygga förvissningen om att överlärare Gottfried kommer att brinna i det helvete som det innebär att inte tro en sjömans berättelse.

Efteråt dricker Erik Olofson kaffe, nersjunken i den söndersuttna stolen intill radion. Lågt låter han etervågorna brusa, som om han egentligen inte ville höra. Som om bruset är budskap nog. Havets andhämtning, långt borta. Fotografierna bränner i loggboken. Ensam har han att lotsa sin son. Och hur mycket han än röjer tycks skogarna bara tätna alltmer. Ibland tänker han att det är hans livs verkligt stora nederlag, att han trots allt uthärdar.

Men hur länge? När brister han, som ett glas som upphettats alltför länge?

Etervågorna brusar och han tänker åter på varför hon lämnade honom, lämnade sonen. Varför gjorde hon som en man, tänker han. Fäder överger, försvinner. Inte mödrar. Allra minst som resultat av en noga utlagd och genomtänkt flyktplan. Hur mycket kan man egentligen förstå av en annan människa? Särskilt en som lever alldeles nära, i det egna livets innersta ringar?

I det bleka ljuset vid radion försöker Erik Olofson förstå.

Men frågorna återkommer, hänger på sina krokar också nästa kväll. Erik Olofson försöker tränga in i kärnan av en lögn. Förmå förstå, förmå uthärda.

Till slut sover de båda, sjömannen från Åmsele och den tolvårige sonen. Bjälkarna vrider och bänder i midvintermörkret. En ensam hund springer längs älven i månljuset.

Men de två gråhundarna ligger hopkurade intill spisen i köket. Raggiga, med öron som spetsar sig och faller när bjälkarna gnider och klagar.

Huset vid älven sover. Gryningen är avlägsen denna natt i Sverige 1956.

Sin avresa till Afrika kan han återkalla som ett otydligt skuggspel.

De minnen han bär på föreställer han sig som en skog som en gång var översiktlig och öppen, men som blivit alltmer igenvuxen. Inga redskap har han för att hålla efter sly och ris i detta landskap. Minnenas tillväxt är ständig, landskapet allt svårare att överblicka.

Ändå finns något kvar från den tidiga morgon i september 1969 då han lämnar alla sina horisonter bakom sig och flyger ut i världen.

Den svenska himlen är tung denna morgon. En ändlös matta av regnmoln hänger över hans huvud när han för första gången äntrar ett flygplan. När han går över flygplattan tränger vätan genom hans skor.

Jag lämnar Sverige med våta strumpor, tänker han. Kommer jag någonsin fram till Afrika så bär jag kanske med mig en höst-hälsning i form av en förkylning.

På väg till flygplanet hade han vänt sig om, som om någon trots allt skulle finnas där och vinka av honom. Men de grå skuggorna på Arlandas takterrass tillhör inte honom. Hans avresa följs av ingen.

När han nyss hade checkat in hade han plötsligt känt en lust att slita till sig biljetten, ropa att det är ett misstag, och hastigt lämna flygplatsen. Men han säger tack när han får biljetten tillbaka tillsammans med embarkeringskortet och en önskan om en trevlig resa.

Hans första anhalt på väg mot den främmande horisonten är London. Därifrån Kairo, Nairobi och slutligen Lusaka.

Han föreställer sig att han lika gärna kan vara på väg mot en avlägsen stjärnbild, Lyran eller en av de svagt lysande fixstjärnorna i Orions Bälte.

Om Lusaka vet han inte annat än att staden har sitt namn efter en afrikansk elefantjägare.

Mitt uppdrag är lika orimligt som det är löjeväckande, tänker han. Vem i all världen utom jag är på väg till en egendomlig missionsstation djupt inne i bushen i nordvästra Zambia, bortom allfarvägarna mot Kinshasa och Chingola? Vem reser till Afrika med en flyktig impuls som enda handbagage? Jag saknar den utarbetade resplanen, ingen följer mig till avresan, ingen kommer att möta mig. Den resa jag strax ska påbörja är en undanflykt . . .

Så tänker han då och därefter finns bara de vaga minnesskuggorna. Hur han sitter i flygplanet och håller ett krampaktigt tag i sig själv. Flygkroppen vibrerar, jetmotorerna viner, maskinen skjuter fart.

Med en lätt nigning tar Hans Olofson klivet upp i luften.

27 timmar senare, exakt enligt tidtabellen landar han på Lusaka International Airport.

Ingen är naturligtvis där och möter honom.

Hans Olofsons möte med den afrikanska kontinenten är inget märkvärdigt, innehåller inget ovanligt. Han är den europeiske besökaren, den vite mannen med sitt övermod och sin ängslan, som värjer sig mot det främmande genom att omedelbart fördöma det.

På flygplatsen råder oreda och kaos, obegripligt omständliga inresedokument som ska ifyllas, felstavade anvisningar, afrikanska passkontrollörer som verkar obekymrade om allt som heter tid och organisation. Hans Olofson står länge i kö, för att sedan bryskt visas till en helt annan kö, när han väl kommit fram till den bruna disken där svarta myror släpar omkring på osynliga matpartiklar. Han inser att han har ställt sig i den kö som är avsedd för hemvändande, de som har zambiska pass och uppehållstillstånd. Svetten rinner, egendomliga, främmande dofter fyller hans näsa, och den stämpel han till slut får i sitt pass är felvänd och han ser att det datum som anges för hans ankomst är oriktigt. Han får en ny blankett stucken i sin hand av en ofattbart vacker afrikansk kvinna, snuddar hastigt vid hennes hand, och fyller sedan sanningsenligt i sina medhavda utländska valutor. Vid tullen råder ett till synes oöverstigligt kaos, väskor kastas ner från larmande vagnar som skjuts fram av upphetsade afrikaner. Bland sönderfallande papplådor hittar han till slut sin väska halvt sönderklämd, och när han böjer sig ner för att dra fram den, får han en knuff i ryggen så att han faller framstupa. När han vänder sig om finns ingen där som ber om ursäkt, ingen tycks ha noterat att han fallit, bara en böljande människomassa som tränger sig fram mot de tulltjänstemän som ilsket beordrar alla att öppna sina väskor. Han sugs in i denna böljande rörelse, skjuts fram och tillbaka som

24

om han vore en mekanisk del av något spel, och plötsligt är alla tulltjänstemän borta och ingen begär längre att han ska öppna sin sönderskavda väska. En soldat med maskingevär och fransig uniform kliar sig i pannan med vapenlöpet, och Hans Olofson upptäcker att han knappast kan vara mer än sjutton år gammal. En gisten svängdörr slår upp och han beträder Afrika på allvar. Men där finns ingen tid till eftertanke, bärare sliter i hans väska och hans armar, taxichaufförer erbjuder skrikande sina tjänster. Han dras bort mot en obeskrivligt sönderfallen bil, där någon med utflytande och grälla bokstäver har textat ordet TAXI på en av dörrarna. Hans väska stoppas ner i en bagagelucka där det redan ligger två hönor med hopsurrade fötter, och bagageluckan hålls på plats av en konstfärdigt hoptråcklad ståltråd. Han ramlar in i ett baksäte som helt saknar fjädring och det känns som om han satt direkt på golvet. En läckande plastdunk med bensin stöter mot hans ena knä, och när chauffören klättrar in i förarsätet med en brinnande cigarett i munnen, har Hans Olofson för första gången börjat hata Afrika.

Den här bilen kommer aldrig att starta, tänker han desperat. Innan vi ens har lämnat flygplatsen kommer bilen att ha exploderat ... Han ser hur chauffören, som knappast är mer än femton år gammal, kopplar ihop två lösa ledningar bredvid ratten, motorn svarar motvilligt, och chauffören vänder sig leende mot honom och frågar vart han ska.

Hem, vill han svara. Eller åtminstone bort, bort från denna kontinent som gör honom alldeles hjälplös, som sliter ifrån honom alla de redskap för överlevnad han ändå tillägnat sig under sitt hittillsvarande liv ...

Han blir avbruten i sin tanke av att han plötsligt känner en hand som trevar över hans ansikte, instucken genom det fönster som helt saknar glasruta. Han rycker till, vänder sig om och ser rakt in i två döda ögon, en blind kvinna som trevar med sin hand och vill ha pengar.

Chauffören ryter något på ett språk som Hans Olofson inte förstår, kvinnan svarar med att börja skrika och jämra sig, och

Hans Olofson sitter på bilgolvet och kan ingenting göra. Med en rivstart gör sig chauffören fri från den tiggande kvinnan, och Hans Olofson hör sig själv ropa att han vill bli körd till ett hotell i staden.

– Men inte för dyrt, ropar han.

Vad chauffören svarar får han aldrig veta. En buss med stinkande avgasrör och våldsamt rusande motor tränger sig förbi och dränker chaufförens röst.

Skjortan klibbar av svett, han har redan ont i ryggen av den obekväma sittställningen och han tänker att han borde ha gjort upp om priset innan han lät sig tvingas in i bilen.

Den obegripligt varma luften strömmar över hans ansikte, fylld med hemlighetsfulla dofter. Ett landskap, soldränkt som om det hade varit ett överexponerat fotografi, rusar förbi framför hans ögon.

Jag överlever aldrig det här, tänker han. Jag kommer att köra ihjäl mig innan jag ens har förstått att jag verkligen befinner mig i Afrika. Som om han omedvetet hade uttalat en profetia, mister bilen i samma ögonblick ett av framhjulen, och kränger av vägen ner i ett dike. Hans Olofson slår pannan i framsätets stålkant och vräker sig sedan ut ur bilen, rädd att den ska explodera.

Chauffören betraktar honom förvånat och sätter sig sedan på huk framför bilen och betraktar hjulaxeln som gapar övergivet. Från biltaket häktar han sedan av ett reservhjul som är lappat och helt saknar mönster. Hans Olofson hukar över den röda jorden och betraktar chauffören som med långsamma rörelser sätter på reservhjulet. På hans ben klättrar myror och solen är så skarp att världen vitnar framför hans ögon.

För att uthärda, återfå en inre balans, söker han med blicken något han kan känna igen. Något som påminner om Sverige och det liv han är van vid. Men han finner ingenting. Först när han blundar blandas de främmande afrikanska dofterna med vaga håkomster.

Reservhjulet är monterat och resan fortsätter. Med svajande rattrörelser lotsar chauffören sin bil in mot Lusaka, som blir nästa

26

steg i den mardröm som Hans Olofsons första möte med Afrikas jord har utvecklats till. Staden är ett larmande kaos av nergångna bilar, vinglande cyklister och försäljare som tycks ha lagt ut sina varor mitt i gatan. Det stinker av olja och avgaser, och vid ett stoppljus hamnar Hans Olofsons taxi bredvid en lastbil som är full med flådda djurkroppar. En svärm av svarta och gröna flugor söker sig omedelbart in i taxin, och Hans Olofson undrar om han någonsin kommer att få ett hotellrum, en dörr att stänga runt sig.

Men till sist finns där ett hotell. Taxin bromsar in under blommande jakarandaträd, en afrikan i urvuxen och fransig uniform lyckas bända upp dörren och hjälpa honom på fötter. Han betalar chauffören det han begär trots att han inser att det är en orimlig summa. Inne i receptionen får han vänta länge innan någon lyckas reda ut om det finns några lediga rum eller inte. Han fyller i ett oändligt inskrivningsschema och tänker att han omedelbart måste lära sig sitt passnummer utantill, eftersom det redan är fjärde gången han tvingas upprepa det. Väskan har han stående mellan benen, övertygad om att tjuvar lurar överallt. I en halvtimme står han sedan i kö för att växla pengar, fyller i nya scheman och får en känsla av att han redan en gång denna dag har sett samma dokument framför sina ögon.

En ranglig hiss för honom sedan uppåt och en bärare i trasiga skor håller hans väska. Rum 212 på Ridgeway Hotel blir till slut hans första andrum på denna nya kontinent, och i ett vanmäktigt uppror sliter han av sig kläderna och kryper naken ner mellan lakanen.

Världsresenären, tänker han. Av det blev inte annat än en ängslans räddhare.

Det knackar på dörren och han störtar upp, som om han hade begått en illegal handling genom att krypa ner i sängen. Han sveper sängöverkastet runt sig och öppnar.

En afrikansk kvinna i städrock, gammal och hopsjunken, frågar om han har någon tvätt. Han skakar på huvudet, svarar överdrivet artigt, vet plötsligt inte hur han förväntas bete sig mot en afrikan.

27

Han lägger sig i sängen igen efter att ha dragit för gardinerna. En luftkonditioneringsmaskin rosslar och han börjar plötsligt nysa.

De våta strumporna från Sverige, tänker han. Vätan jag bar med mig. Jag består av ett oändligt radband av svagheter, tänker han uppgivet. I mitt liv ligger ängslan nedärvd. Ur snöyran har det lösgjort sig en gestalt som ständigt hotas av att han håller på att förlora alla sina inre riktningar.

För att trots allt bryta uppgivenheten begår han den aktiva handlingen att lyfta telefonluren och ringa till Rumsservice. En otydlig stämma svarar när han just är i färd med att ge upp. Han beställer te och smörgåsar med kyckling. Den mumlande stämman upprepar hans beställning och säger att den genast kommer till hans rum.

Efter nästan två timmars väntan står en servitör i dörren med en bricka. Under de två timmarna har han varit oförmögen till annat än att vänta, en förintande upplevelse av att vara någon som inte alls existerar, inte ens för mottagaren av en beställning på Rumsservice.

Hans Olofson ser att servitören har ett par skor som knappast hänger ihop. Ena klacken är borta, den andra sulan gipar som en fiskgäle. Osäker på vad han ska ge i dricks, ger han alldeles för mycket och servitören ser undrande på honom innan han ljudlöst försvinner ut genom dörren.

Efter måltiden sover han och när han vaknar är det redan kväll. Han öppnar fönstret och ser ut i mörkret och förundras över att värmen är lika stark som på morgonen, trots att den vita solen inte längre är synlig.

Ur enstaka gatlyktor faller ett svagt ljus. Svarta skuggor skymtar förbi, ett skratt kommer ur en osynlig strupe från en parkeringsplats just under hans fönster.

Han betraktar kläderna i sin väska, osäker om vad som kan passa i en afrikansk hotellmatsal. Utan att egentligen ha valt klär han sig och gömmer sedan hälften av sina pengar i ett hålrum i cementen bakom toalettstolen.

I baren ser han till sin förvåning att det nästan bara är vita gäster, omgivna av svarta servitörer, alla med dåliga skor. Han sätter sig vid ett ensamt bord, sjunker ner i en stol som påminner honom om sätet i taxibilen, och befinner sig genast omgiven av mörka servitörer som väntar på hans beställning.

– Gin och tonic, säger han artigt.

En av servitörerna svarar med bekymrad stämma att det inte finns någon tonic.

– Finns det inget annat att blanda med, frågar Hans Olofson.

– Det finns pressade apelsiner, säger servitören.

– Det går lika bra, säger Hans Olofson.

– Tyvärr finns det ingen gin, säger servitören.

Hans Olofson märker att han börjar svettas.

– Vad finns det, frågar han vänligt.

– Här finns ingenting, svarar plötsligt en röst från ett bord intill, och Hans Olofson vänder sig om och ser en uppsvälld man, med rött ansikte, klädd i en sliten kakikostym.

– Ölet tog slut för en vecka sedan, fortsätter mannen. I dag finns konjak och sherry. Ett par timmar till. Sedan tar det också slut. Ryktet säger att det kommer att finnas whisky i morgon. Kanske det stämmer.

Mannen avslutar sin kommentar med att ge servitörerna en ilsken blick och sjunker sedan tillbaka i sin stol igen.

Hans Olofson beställer konjak. Han föreställer sig att Afrika är en kontinent där allting håller på att ta slut.

Vid hans tredje glas konjak, sätter sig plötsligt en afrikansk kvinna i stolen intill och ler inbjudande mot honom.

– Sällskap? frågar hon.

Han blir omedelbart smickrad, trots att han inser att kvinnan är prostituerad. Men hon har kommit för tidigt, tänker han. Ännu är jag inte beredd. Han skakar på huvudet.

– Nej, säger han. Inte i kväll.

Oberört leende betraktar hon honom.

– I morgon? säger hon.

– Någon gång, svarar han. Men i morgon kanske jag har rest.

Kvinnan reser sig och försvinner i dunklet vid bardisken.

– Horor, säger mannen vid bordet intill, som tycks vaka över Hans Olofson som en skyddsängel. De är billiga här, fortsätter han. Men de är bättre på de andra hotellen.

– Jaha, svarar Hans Olofson artigt.

– Här är de antingen för gamla eller för unga, fortsätter mannen. Det var bättre ordning förr.

Hans Olofson får aldrig veta vari den goda ordningen tidigare bestod, eftersom mannen återigen avslutar samtalet och sjunker tillbaka i sin stol och blundar.

I restaurangen omges han omedelbart av nya servitörer och han ser att de alla har nergångna skor. En servitör som ställer en vattenkaraff på hans bord har inga skor alls och Hans Olofson betraktar hans bara fötter.

Efter mycket tvekan beställer han kött. Just när maten kommer på bordet drabbas han av häftig diarré. En av servitörerna uppfattar genast att han lägger ifrån sig gaffeln.

– Det smakar inte bra, säger servitören oroligt.

– Det smakar säkert utmärkt, säger Hans Olofson. Det är bara min mage som inte är som den ska.

Vanmäktigt ser han hur servitörerna flockas kring hans bord.

– Det är inget fel på maten, säger han. Det är bara min mage. Sedan kan han inte hålla sig längre. Förvånade gäster betraktar hans hastiga flykt från bordet och han tänker att han inte kommer att hinna till sitt rum i tid.

Utanför hissen upptäcker han till sin förvåning att den kvinna som tidigare erbjudit honom sitt sällskap, lämnar hotellet tillsammans med den uppsvullne mannen i kakikostymen som betygat att de prostituerade inte var bra på detta hotell.

I hissen gör han på sig. En våldsam stank sprider sig och det rinner längs hans ben. Oändligt långsamt lyfter hissen honom till hans våning. När han snubblar genom korridoren hör han en man som skrattar bakom en stängd dörr.

I badrummet betraktar han sitt elände. Sedan lägger han sig i sängen och han tänker att det uppdrag han har gett sig själv antingen är omöjligt eller meningslöst. Vad har han egentligen utgått ifrån?

I plånboken har han en otydlig adress till en missionsstation vid Kafues övre lopp. Hur han ska kunna komma dit vet han inte alls. Att det går tåg till Copperbelt har han tagit reda på innan han gett sig iväg.

Men därifrån? 27 mil rakt ut i ett väglöst, förtorkat landskap?

På biblioteket hemma i köpingen har han läst om landet han nu befinner sig i. Stora delar av landet är oframkomliga under regntiden. Men när infaller regntiden?

Som vanligt har jag utrustat mig dåligt, tänker han. Mina förberedelser är ytliga, en hoprafsad packning i en väska. Först när det redan är för sent försöker jag utforma min plan.

Jag ville se den missionsstation som Janine aldrig fick uppleva, dit hon aldrig hann komma innan hon dog. Jag övertog hennes dröm istället för att skapa en egen ...

Hans Olofson somnar, sover oroligt, och stiger upp i gryningen. Genom hotellfönstret ser han solen lyfta som ett väldigt eldklot över horisonten. Svarta skuggor skymtar på gatan under honom. Jakarandaträdens doft blandas med träkolseldarnas mättade rök. Kvinnor med svällande bördor på sina huvuden och barn fastknutna på ryggarna rör sig på väg mot mål han inte känner.

Utan att det egentligen är något beslut, bestämmer han sig för att fortsätta, mot Mutshatsha, mot det mål Janine aldrig fick uppleva ...

När Hans Olofson vaknar i den kalla vintermorgonen, och hans far ligger framstupa över köksbordet och sover efter den långa nattens kamp mot de osynliga demonerna, vet han att han ändå inte är alldeles ensam i världen. En förtrogen har han, en vapendragare i vars sällskap han plågar livet ur den Näslösa som bor i Ulvkälla, en samling kåkar på södra älvbrädden. Med honom letar han efter det äventyr som måste finnas även i detta utfrusna samhälle.

Trähuset där han bor har en mäktig granne. Ingärdat av stenstolpar och ständigt nyputsad järntråd ligger domsaga och tingshus. Ett vitt hus med pelaraltan och breda dubbeldörrar. Nedre botten är tingssal, övervåningen bebos av Domaren.

Under ett drygt år står huset tomt sedan gamle domaren Turesson avlidit.

En dag rullar så en fullastad Chevrolet in på tingshusets gårdsplan, och köpingen gluttar förväntansfullt genom sina gardiner.

Ur den glänsande bilen väller den nye häradshövdingens familj.

Ett av barnen som springer runt på gården heter Sture. Han ska bli Hans Olofsons vän.

En eftermiddag när Hans Olofson planlöst strövar nere vid älven ser han en främmande pojke sitta på en av hans utvalda stenar, en utkikspost över järnbron och södra älvbrädden. Han kryper ihop bakom en buske och betraktar intränglingen som tycks vara sysselsatt med att fiska.

Han upptäcker att det är den nye domarens son. Belåtet uppbådar han allt det förakt han förmår. Bara en idiot eller utsocknes kan tro att det går att fånga fisk i älven vid den här tiden på året.

Von Croona. Så heter familjen. Ett adligt namn har han fått

32

veta. En familj, ett namn. Inte ett vanligt Olofson. Den nye domaren har anor som förlorar sig i dimman på historiska slagfält.

Hans Olofson bestämmer sig för att den fiskande domarsonen alltså måste vara en riktigt otrevlig jävel. Han reser sig från busken och gör sig synlig.

Pojken på stenen betraktar honom nyfiket.

– Finns det nån fisk här? frågar han.

Hans Olofson skakar på huvudet och tänker att han borde slå till honom. Jaga bort honom från stenen. Men han kommer av sig, för adelsmannen ser honom rakt i ögonen, visar inga som helst tecken på förlägenhet. Han rullar ihop metreven, sliter av maskstumpen och reser sig.

– Är det du som bor i trähuset? frågar han och Hans Olofson nickar.

Och som om det hade varit den naturligaste sak i världen slår de sedan följe längs vägen. Hans Olofson spårar, adelsmannen följer några steg bakom. Hans Olofson pekar och dirigerar, känner stigarna, dikena, stenarna. De strövar ända bort till pontonbron som leder över till Folkparken och genar sedan över Allmänna Grästäkten tills de kommer in på Kyrkogatan. Utanför Leander Nilssons konditori betraktar de intresserat två hundar som parar sig. Vid vattentornet visar Hans Olofson platsen där galningen Rudin satte eld på sig själv några år tidigare, i protest mot att överläkare Torstenson vägrat lägga in honom på sjukhuset för hans förmenta magbesvär.

Med oförtäckt stolthet försöker Hans Olofson redovisa de mest hårresande inslag han känner i köpingens historia. Rudin är inte den ende galning som funnits.

Beslutsamt styr han stegen mot kyrkan och visar på ihåligheten i södra kyrkväggens mur. Så sent som året innan hade en av de betrodda kyrktjänarna i ett anfall av akut trosförvirring försökt riva kyrkan en sen januarikväll. Med spett och slägga hade han beslutsamt huggit sig in i den tjocka muren. Oväsendet hade naturligtvis påkallat alarm och överkonstapel Bergstrand hade fått knäppa på sig vinterrocken och ge sig ut i snöyran och anhålla mannen.

Hans Olofson berättar och adelsmannen lyssnar.

Från denna dag växer en vänskap mellan detta omaka par, adelsmannen och skogshuggarens son. Gemensamt klänger de sig över de mäktiga skillnader som föreligger. Inte alla, där finns alltid ett Ingenmansland de aldrig samtidigt kan beträda, men de kommer varandra så nära som det är möjligt.

Sture har ett eget rum uppe på tingshusets vind. Ett stort och ljust rum, med ett myller av egendomliga apparater, kartor, meccanon och kemikalier. Där finns inga egentliga leksaker, bara två flygplansmodeller som hänger i taket.

Sture pekar på en bild som hänger på väggen. Hans Olofson ser en skäggig karl som mest påminner om något av de gamla prästporträtten i kyrkan. Men Sture förklarar att detta är Leonardo, och som han ska han själv en gång bli. Att uppfinna det nya, skapa det som människor aldrig haft en aning om att de saknat...

Hans Olofson lyssnar utan att helt förstå. Men han anar hettan i det han hör, och tycker sig igenkänna sina egna besatta drömmar om att låta det eländiga trähuset kapa förtöjningarna och driva bort längs älven mot det hav han ännu inte har sett.

I detta rum på tingshusets vind utspelar sig deras gemensamma mysteriespel. Sällan besöker Sture Hans Olofsons hem. Det instängda, gråhundarnas lukt, det våta yllet plågar honom.

Naturligtvis säger han ingenting om detta till Hans Olofson, han har uppfostrats att inte såra i onödan, han vet vart han hör och han är glad att slippa leva i Hans Olofsons värld.

Tidigt denna första sommar de lärt känna varandra börjar de göra nattliga utflykter. En stege rest mot vindsfönstret gör att Sture kan avslägsna sig utan att någon hör honom, och Hans Olofson mutar gråhundarna med undanstoppade ben och smiter ljudlöst ut genom dörren. I sommarnatten strövar de genom den sovande köpingen och lägger all sin stolthet i att aldrig bli upptäckta. Från början försiktiga skuggor utvecklar de en alltmer hämningslös djärvhet. De glider genom häckar och trasiga staket, lyssnar utanför öppna fönster, klättrar på varandras axlar och

34

trycker ansiktena mot de fönster där de fåtaliga nattlamporna i köpingen fortfarande lyser. De ser berusade män i lortiga kalsonger ligga och sova i unkna lägenheter, de åser vid ett gyllene men tyvärr aldrig upprepat tillfälle en järnvägsarbetares framfart i ett skobiträde på Oscarias säng.

De behärskar de tomma gatorna och gårdarna.

En natt i juli begår de ett rituellt inbrott. De tar sig in i cykelaffären vid apoteket, Monarkspecialisten, och flyttar om några cyklar i skyltfönstret. Sedan lämnar de hastigt affären igen, utan att ha tagit med sig någonting. Det är själva inbrottet som lockar dem, att åstadkomma en förbryllande gåta. Cykelhandlare Wiberg kommer aldrig att förstå vad som hänt.

Men stjäl gör de naturligtvis också. Ur en olåst bil utanför Turisthotellet plockar de en natt till sig en oöppnad brännvinsflaska och genomströvar sin första fylla, sittande på stenen nere vid älven.

De följer varandra, den ene är den andres ledare. Aldrig blir de ovänner.

Men naturligtvis delar de inte alla hemligheter.

För Hans Olofson är det en ständig källa till förödmjukelser att Sture alltid har så mycket pengar. Hans Olofson bestämmer sig, när känslan av underläge blir alltför stark, att hans egen far är en oduglig, som inte haft vett nog att skaffa sig rejäla inkomster.

För Sture är hemligheten den omvända. I Hans Olofson ser han en duglig vapendragare, men också någon han är tacksam att inte själv behöva vara.

Kanske anar de båda att deras vänskap är en omöjlighet? Men hur långt kan gemenskapen töjas innan den brister? Avgrunden finns, båda anar dess närhet, men ingen vill utmana katastrofen.

I deras vänskap utvecklas ett drag av ondskefullhet. Varifrån den kommer vet ingen, plötsligt finns den bara där. Och det är mot den Näslösa i Ulvkälla de riktar sina svarta vapen.

Den näslösa kvinnan har i sin ungdom drabbats av en körtelfeber som gjort en operation av näsan nödvändig. Men dåvarande lasarettsläkare Stierna har en dålig dag, näsan försvinner alldeles under hans kniv och fumliga fingrar, och kvinnan får återvända hem med ett hål mellan ögonen. Hon är då sjutton år och försöker två gånger att dränka sig men flyter båda gångerna i land. Hon lever ensam med sin mor som är sömmerska och som dör innan ett år har gått efter den katastrofala operationen.

Hade inte frikyrkopastor Harry Persson, gemenligen kallad Hurrapelle, förbarmat sig över henne, hade hon med all säkerhet till slut lyckats ta livet av sig. Men Hurrapelle forslade henne till träbänkarna i baptisternas kyrka som låg mitt emellan köpingens två dominerande syndanästen, ölkaféet och Folkets Hus. I kyrkan omslöts hon av en gemenskap hon inte trodde existerade. I församlingen fanns två äldre systrar som inte lät sig förskräckas av den Näslösa och hennes hål mellan ögonen där hon petade in en näsduk. De hade tjänat som missionärer i Afrika under många år, mesta tiden i Belgiska Kongo-bäckenet, och där upplevt värre vedervärdigheter än en försvunnen näsa. De bar med sig minnen om förruttnade spetälskekroppar och elefantsjukans groteskt uppsvullna pungar. För dem var den Näslösa en tacksam påminnelse om att kristen barmhärtighet borde kunna uträtta underverk även i ett så gudsförnekande land som Sverige.

Hurrapelle skickade ut den Näslösa på omfattande dörrknackningsrundor med församlingstidskrifter i händerna och ingen avböjde att köpa det hon hade att sälja. Snart hade hon blivit en guldgruva för Hurrapelle och inom ett halvår hade han även råd att byta sin rostiga Vauxhall mot en splitterny Ford.

Den Näslösa bodde i ett undanskymt hus i Ulvkälla och en natt befann sig Sture och Hans Olofson utanför hennes mörka fönster. De lyssnade i stillheten innan de återvände över älvbron.

Natten efter återkom de och spikade fast en död råtta på hennes ytterdörr. Vanskepnaden lockade dem att plåga.

Under några intensiva sommarveckor hällde de en natt in en uppgrävd myrstack genom hennes gläntande köksfönster. En an-

36

nan natt smetade de fernissa på hennes vinbärsbuskar, och la till slut en kråka med avhugget huvud i hennes brevlåda, tillsammans med några lösrivna blad ur ett kladdigt nummer av Cocktail som de hade hittat i en soptunna. Två nätter efteråt återkom de, denna gång utrustad med en av vaktmästare Nymans häcksaxar. Deras plan var att slakta hennes blommor.

Medan Hans Olofson vakade vid husknuten angrep Sture en av de välskötta rabatterna. Då öppnas ytterdörren och den Näslösa står där i en ljus badrock och hon frågar dem, alldeles lugnt, utan vare sig sorg eller vrede, varför de gör som de gör.

Sina reträtter har de alltid utstakade. Men istället för att försvinna som två jagade harar blir de stående, som om de drabbats av en åsyn de inte kan undkomma.

En ängel, tänker Hans Olofson, långt senare, många år efter det att han redan har försvunnit i Afrikas tropiska natt. Som en nerstigen ängel minns han henne, när hon är död, och han har gett sig ut på den resa där han ska förverkliga den dröm han har övertagit efter henne.

I sommarnatten står den Näslösa i dörren, hennes vita badrock lyser i gryningens tidiga gråljus. Hon väntar på deras svar som aldrig kommer.

Då stiger hon åt sidan och ber dem komma in. Hennes åtbörd är oemotståndlig. Med sänkta huvuden tassar de förbi henne, in i hennes renskurade kök. Hans Olofson känner genast igen doften av såpa, hans fars ursinniga skurande, och han tänker hastigt att kanske också den Näslösa skurar sig igenom sömnlösa, jagade nätter.

Hennes mildhet gör dem svaga, försvarslösa. Hade det sprutat eld och rasande svavel ur det hål där näsan en gång fanns, hade de lättare kunnat hantera situationen. En drake låter sig lättare besegras än en ängel.

Doften av såpa blandas med häggen utanför det öppna köksfönstret. En väggklocka rasslar sakta på väggen.

Marodörerna hukar med blickarna stint fästade mot korkmattan.

I köket är det stilla som om där pågick en andakt. Och kanske också den Näslösa i tystnaden hänvänder sig till Hurrapelles gud för att motta råd om hur hon ska få de två havererade vandalerna att förklara varför hon en morgon kom ut i ett kök som krälade av ilskna myror.

I de två vapenbrödernas huvuden härskar en stor tomhet. Tankespåren är låsta som av frusna växlar. Vad finns egentligen att förklara?

Den häftigt framstormande lusten att plåga har inga synliga utgångspunkter. Ondskans rottrådar gror i den dunkla underjordiska mylla som knappast låter sig beskådas, än mindre förklaras.

De sitter i den Näslösas kök och när de tillräckligt länge ingenting har sagt, låter hon dem gå. In i det sista håller hon dem kvar med sin mildhet och hon ber dem återvända när de tror sig om att kunna förklara sina gärningar.

Mötet med den Näslösa blir en vändpunkt. Till hennes kök kommer de ofta att återvända, och mellan de tre uppstår långsamt en stor förtrolighet. Detta år fyller Hans Olofson tretton och Sture femton. Alltid är de välkomna när de kommer till hennes hus. Som i en tyst, aldrig uttalad överenskommelse, berör de inte den halshuggna kråkan och de krälande myrorna. Den ljudlösa ursäkten är framförd, förlåtelsen mottagen och livet vänder andra kinden till.

Deras första upptäckt är att den Näslösa har ett namn. Det är heller inte vilket namn som helst, utan hon heter Janine, ett namn som utsänder en främmande mystisk doft.

Hon har ett namn, en röst, en kropp. Ännu är hon inte fyllda trettio år. Ännu är hon ung. De börjar ana det svaga skimret av skönhet när de väl lyckas se förbi och bortom det gapande hålet under ögonen. Anar hjärtslag och kvicka tankar, lustar och drömmar. Och som den naturligaste sak i världen lotsar hon dem igenom sin livshistoria, låter dem följa henne genom den fasansfulla minut då hon insåg att kirurgen skurit bort hela hennes näsa, följer henne två gånger ner i älvens svarta vatten och känner repen från sänkena brista just i det ögonblick då hennes lungor håller på att sprängas. De följer henne som osynliga skuggor till Hurrapelles botbänk, lyssnar på frälsningens mystiska famntag och står till slut bredvid henne när hon upptäcker myrorna som krälar över köksgolvet.

Detta år blommar en egendomlig förälskelse mellan de tre.

En vildblomma i huset strax söder om älven ...

På en smutsig karta trycker Hans Olofson ett finger på namnet Mutshatsha.

– Hur kommer jag dit? frågar han.

Det är hans andra morgon i Afrika, magen är orolig, och svetten rinner innanför skjortan.

Han står i receptionen på Ridgeway Hotel. På andra sidan disken finns en gammal afrikan med vitt hår och trötta ögon. Hans skjortkrage är fransig och uniformen otvättad. Hans Olofson kan inte motstå frestelsen att luta sig över disken för att se vad mannen har på fötterna.

Om den afrikanska kontinenten är i samma författning som invånarnas skor, är framtiden redan förbi och allting räddningslöst förlorat, har han tänkt i hissen på väg ner. Han känner en otydlig oro växa inom sig av alla de trasiga skor han ser.

Den gamle mannen är barfota.

– Kanske det går någon buss, säger mannen. Kanske en lastbil. Förr eller senare kommer det säkert också en bil.

– Hur hittar man bussen? frågar Hans Olofson.

– Man ställer sig vid vägkanten.

– Vid en hållplats?

– Om det finns någon hållplats. Ibland finns det. Men oftast inte. Hans Olofson inser att det vaga svaret är det utförligaste han kommer att få. Han anar något svävande, flyktigt i de svartas liv, så avlägset och främmande mot den värld han kommer ifrån.

Jag är rädd, tänker han. Afrika skrämmer mig, med sin värme, sina dofter, sina människor med dåliga skor. Jag syns för tydligt här. Min hudfärg lyser som om jag hade varit ett brinnande stearinljus i mörkret. Lämnar jag hotellet kommer jag att uppslukas, försvinna utan att lämna några spår ...

Tåget till Kitwe ska gå på kvällen. Dagen tillbringar Hans Olofson på sitt rum. Långa stunder står han vid fönstret. Han ser en man i trasiga kläder som slår gräs kring ett stort träkors med en lång, bredbladig kniv. Människor som rör sig med oformliga bylten på sina huvuden.

Klockan sju på kvällen lämnar han sitt rum och tvingas betala för den natt han inte kommer att använda det. När han kommer ut från hotellet överfalls han omedelbart av skrikande taxichaufförer.

Varför väsnas dom så förbannat, tänker han, och den första vågen av förakt sköljer över honom.

Han går mot den bil som verkar vara minst förfallen och tar med sig väskan in i baksätet. Pengarna har han gömt i sina skor och kalsonger. När han sätter sig i baksätet ångrar han genast sina gömställen. Sedlarna klibbar och trycker mot hans kropp.

Vid järnvägsstationen råder om möjligt ännu värre kaos än när han anlände till flygplatsen. Taxin släpper av honom mitt i ett vågsvall av människor, klädbylten, höns och getter, vattenförsäljare, eldar och rostiga bilvrak. Stationen är nästan helt mörklagd. De få lamporna är utbrända eller bortplockade.

Han hinner knappt betala taxin innan han är omgiven av smutsiga barn som erbjuder sina tjänster som bärare eller tigger pengar av honom. Utan att veta åt vilket håll han ska skyndar han därifrån, på fötter som redan skaver av sedelbuntarna. Han upptäcker ett gapande hål i en vägg där en sönderfallen skylt meddelar att det är biljettkontor. Väntsalen är packad med folk, det luktar urin och gödsel, och han ställer sig i någonting han tror vara en kö. En man utan ben kommer hasande på en planka och försöker sälja en smutsig biljett till Livingstone, men han skakar på huvudet, vänder sig bort, gömmer sig i sig själv.

Jag hatar detta kaos, tänker han. En överblick är omöjlig. Här är jag utlämnad åt tillfälligheter och människor som hasar fram på plankor.

41

Han köper en biljett till Kitwe och går ut på perrongen. Ett tåg med diesellok står framkört och han betraktar missmodigt det som väntar honom. Nerslitna vagnar, redan överfulla, som söndersprängda papplådor med leksaksfigurer, trasiga fönsterrutor.

Plötsligt upptäcker han två vita människor som klättrar in i vagnen närmast loket. Som om alla vita vore hans vänner i denna svarta värld, skyndar han sig efter dem och faller nästan omkull när han snubblar över en man som ligger utsträckt på perrongen och sover.

Han hoppas att han har köpt en biljett som ger honom tillträde till denna vagn. Han letar sig fram till den kupé där de vita människor han har följt efter håller på att stuva in sina väskor på bagagehyllan.

Att stiga in i en kupé på ett tåg i Sverige kan oftast kännas som att man träder in i någons privata vardagsrum, tänker han.

Men i denna kupé möts han av vänliga leenden och nickar. Han föreställer sig att han med sin närvaro förstärker en sönderfallande och ständigt minskande vit armé.

Det är en äldre man och en yngre kvinna. Far och dotter, gissar han. Han ställer ifrån sig sin väska och sätter sig, upplöst av svett. Den unga kvinnan ser uppmuntrande på honom, medan hon plockar fram en bok och en ficklampa.

– Jag kommer från Sverige, säger han, i ett plötsligt behov av att tala med någon. Jag antar att det här tåget går till Kitwe.

– Sverige, säger kvinnan. How nice.

Mannen har tänt sin pipa och lutar sig tillbaka i sitt hörn.

– Masterton, säger han. Jag heter Werner, min fru är Ruth.

Hans Olofson presenterar sig och känner en oändlig tacksamhet över att befinna sig tillsammans med människor som har ordentliga skor på fötterna.

Plötsligt startar tåget med ett ryck och oväsendet på stationen stiger i ett våldsamt crescendo. Ett par ben blir synliga utanför fönstret när en man klänger sig upp på taket. Efter honom kommer en korg med höns och en säck med torkad fisk som går sönder och genast sprider en lukt av förruttnelse och salt.

Werner Masterton ser på sin armbandsklocka.

– Tio minuter för tidigt, säger han. Antingen är lokföraren full, eller så har han bråttom hem.

Dieselångor drar förbi, eldar flammar längs spåret och ljusen i Lusaka försvinner långsamt.

– Vi åker aldrig tåg, säger Werner Masterton ur djupet av sitt hörn. En gång vart tionde år ungefär. Men om några år finns knappast några tåg längre i detta land. Efter självständigheten har allting förfallit. På fem år har nästan allt raserats. Allting stjäls. Om det här tåget plötsligt stannar i natt, vilket det säkert gör, betyder det att lokföraren håller på att sälja bränsle från loket. Afrikanerna kommer med sina dunkar. De gröna glasen i ljussignalerna har försvunnit. Barn som stjäl och försöker sälja till turister som smaragder. Men snart finns det inga turister heller. De vilda djuren är bortskjutna, utrotade. Jag har inte hört om någon som sett en leopard på över två år. Han gör en gest ut mot mörkret.

– Här fanns lejon, säger han. Här drog elefanter fram i fria, väldiga hjordar. I dag finns ingenting längre.

Mastertons har en stor farm utanför Chingola, lär sig Hans Olofson under den långa nattens resa mot Kitwe. Från Sydafrika kom de i början av 1950-talet, Werner Mastertons föräldrar. Ruth var dotter till en lärare som flyttade tillbaka till England 1964. De träffades hos vänner i Ndola, gifte sig trots den stora åldersskillnaden.

– Självständigheten var en katastrof, säger Werner Masterton och bjuder på whisky ur fickflaska. För afrikanerna betydde friheten att ingen längre behövde arbeta. Ingen gav order, ingen ansåg sig behöva utföra det ingen krävde. Nu lever landet på sina inkomster från kopparen. Men vad händer när priserna på världsmarknaden sjunker? Ingenting har investerats i några alternativ. Det här är ett jordbruksland. Det kunde vara ett av världens bästa eftersom jorden är bördig och här finns vatten. Men ingenting satsas. Afrikanerna har ingenting begripit, ingenting lärt. När den engelska flaggan halades och de hissade sin egen, var det inledningen till ett sorgetåg som fortfarande pågår.

43

– Jag vet nästan ingenting om Afrika, säger Hans Olofson. Det lilla jag kände till har jag redan börjat misstro. Ändå har jag bara varit här i två dagar.

De ser undrande på honom och han önskar plötsligt att han hade kunnat erbjuda ett annat svar.

– Jag ska besöka en missionsstation i Mutshatsha, säger han. Men jag vet inte riktigt hur jag ska komma dit.

Till hans förvåning engagerar sig Mastertons omedelbart i frågan om hur han ska kunna slutföra sin expedition. Hastigt tänker han att han kanske erbjuder ett problem som är möjligt att lösa, i motsats till det Werner Masterton nyss har berättat. Kanske svarta problem måste lösas av svarta, vitas av vita?

– Vi har vänner i Kalulushi, säger Werner Masterton. Jag kör dig dit i min bil. De kan hjälpa dig vidare.

– Det är för mycket begärt, svarar Hans Olofson.

– Det är som det är, säger Ruth Masterton. Om inte *mzunguz* hjälper varandra, så gör ingen det. Tror du att någon av de svarta som klänger här på vagnstaket skulle hjälpa dig? Kan de så stjäl de byxorna du går i.

Ruth Masterton dukar fram en måltid ur en väska och Hans Olofson inbjuds att delta.

– Har du inte ens vatten med dig, säger hon. Tåget kan bli ett dygn försenat. Alltid är det någonting som går sönder, som fattas, som har glömts bort.

– Jag tänkte att det fanns på tåget.

– Det är så smutsigt att inte ens en *munto* dricker det, säger Werner Masterton och spottar ut i mörkret. Det här skulle vara ett bra land att leva i om det inte var för de svarta.

Hans Olofson tänker att alla vita i Afrika kanske bekänner sig till rasistiska hållningar för att uthärda. Men gäller det också missionärer?

– Kommer det ingen konduktör? frågar han för att slippa kommentera det han nyss har hört.

– Det är inte säkert att det finns någon, svarar Ruth. Han kan ha glömt bort sitt tåg. Eller så har någon avlägsen släkting avlidit

44

och han har begett sig till begravningen utan att säga ifrån. Afrikanerna tillbringar en stor del av sitt liv på väg till och från begravningsceremonier. Men kanske han kommer. Ingenting är omöjligt.

De är överblivna rester från någonting förlorat, tänker Hans Olofson. Kolonialismen är idag helt begraven, med undantag av Sydafrika och de portugisiska kolonierna. Men människorna finns kvar. En historisk epok lämnar alltid över en handfull människor till en efterföljande tid. De blir tillbakablickande, drömmande, förgrämda. De ser på sina tomma händer och undrar vart maktens redskap har tagit vägen. Så upptäcker de plötsligt dessa verktyg i händerna på de människor de tidigare bara har talat till när de har delat ut sina order och tillsägelser. De lever i Grämelsens Epok, i undergångens skymningsland. De vita i Afrika är en irrande folkspillra som ingen vill veta av. De har förlorat sitt underlag, det de trodde var den bestående evigheten ...

En fråga framstår som given:

– Det var alltså bättre förr? undrar han.

– Vad ska man svara på det? säger Ruth och ser på sin man.

– Svara som sanningen ser ut, säger Werner.

Ett svagt, darrande ljus lägger kupén i dunkel. Hans Olofson ser en lampskärm, övertäckt av döda insekter. Werner Masterton följer hans blick.

– En sådan lampskärm och en städare hade varit avskedad, säger han. Inte nästa dag, inte efter en varning, utan genast, på stället utsparkad. Ett så nersmutsat tåg som det vi åker med nu hade varit en omöjlighet. Om några timmar är vi framme i Kabwe. Förr hette det Broken Hill. Till och med det gamla namnet var bättre. Sanningen, om du nu vill veta den, är att ingenting har bibehållits eller blivit bättre. Vi tvingas leva mitt i en förruttnelseprocess.

– Men, säger Hans Olofson innan han blir avbruten.

– Ditt men kommer för tidigt, säger Ruth. Jag anar att du tänker fråga om inte de svarta har fått det bättre. Inte heller det är sant. Vem kunde ta över efter alla européer som lämnade landet

1964? Det fanns ingen beredskap, bara ett gränslöst övermod. Ett förhäxat skrik om självständighet, egen flagga, kanske snart också ett eget mynt.

– Att kunna ta ansvar förutsätter kunskaper, fortsätter Werner. Det fanns sex svarta med universitetsexamen i det här landet 1964.

– En ny tid skapas ur den föregående, invänder Hans Olofson. Utbildningen måste ha varit dålig.

– Du utgår från fel förutsättningar, säger Ruth. Ingen tänkte sig det du så dramatiskt kallar en ny tid. Utvecklingen skulle fortsätta, alla skulle få det bättre, inte minst de svarta. Men utan att kaos bröt ut.

– En ny tid kommer inte av sig själv, envisas Hans Olofson. Vad var det egentligen som hände?

– Ett svek, säger Ruth. Moderländerna svek. Alldeles för sent insåg vi att vi hade blivit övergivna, I Syd-Rhodesia förstod de, och där har heller inte allting gått så illa som här.

– Vi kommer just från Salisbury, säger Werner. Där kunde vi andas. Kanske vi flyttar dit. Tågen gick i tid, lampkuporna var inte fulla med insekter. Afrikanerna gjorde det de är bäst på, lydde tillsägelser.

– Friheten, säger Hans Olofson, och vet sedan inte hur han ska fortsätta.

– Om frihet är att svälta, så är afrikanerna på god väg i detta land, säger Ruth.

– Det är svårt att förstå, säger Hans Olofson. Svårt att omfatta.

– Du kommer att se själv, fortsätter Ruth och ler mot honom. Det finns ingen orsak för oss att inte säga som det är, eftersom sanningen ändå kommer att uppenbaras för dig.

Plötsligt stannar tåget på linjen. Bromsarna gnisslar, sedan är allting stilla. Cikador spelar i den varma natten och Hans Olofson lutar sig ut i mörkret. Stjärnhimlen är nära och han återfinner Södra Korsets skarpt lysande stjärnbild.

Vad var det han hade tänkt när han lämnade Sverige? Att han var på väg mot en avlägsen, svagt lysande fixstjärna?

46

Ruth Masterton har försjunkit i en bok med hjälp av sin avskärmade ficklampa, Werner Masterton suger på sin slocknade pipa. Hans Olofson känner sig manad att försöka överblicka sin situation.

Janine tänker han. Janine är död. Min far har supit sig till ett vrak som aldrig mer kommer att kunna sjösättas. Min mor består i sin helhet av två fotografier från Ateljé Strandmark i Sundsvall. Två bilder som inger mig fruktan, ett kvinnoansikte mot en bakgrund av ett obarmhärtigt morgonljus. Jag lever med ett arv av gråhundsdoft, av vinternätter och en aldrig sviktande känsla av att egentligen inte behövas. I det ögonblick jag valde att inte inordna mig i mitt ursprung, bli skogshuggare som min far och gifta mig med någon av de flickor jag dansade med till Kringströms orkester i det dragiga Folkets Hus, valde jag också bort de enda utgångspunkter jag har haft. Jag avlade realexamen som en elev lärarna aldrig skulle minnas, jag genomlevde fyra ohyggliga år i residensstaden och mottog en intetsägande studentexamen för att jag inte gick under. Jag gjorde min militärtjänst på ett pansarregemente i Skövde, återigen som en människa som aldrig syntes. Jag närde en förhoppning att bli jurist, den förmildrande omständighetens svurne försvarare. Jag levde under ett drygt år som inneboende i en mörk lägenhet i Uppsala, där en dåre varje dag satt mitt emot mig vid frukostbordet. Den svenska arbetarklassens nutida förvirring, håglöshet och fruktan, har i mig en fullvärdig representant.

Ändå har jag inte gett upp. De misslyckade juridikstudierna var bara en tillfällig förödmjukelse, det kan jag överleva.

Men det att jag saknar en dröm? Att jag reser till Afrika med en annans, en död människas dröm? I stället för att bryta upp förvillar jag mig ut på en botgöringsresa, som om jag egentligen var skuld till att Janine dog.

En vinternatt kröp jag över de kalla järnspannen på älvbron. Månen hängde som ett kallt vargöga på himlen och jag var alldeles ensam med mig själv. Jag var fjorton år och jag föll inte. Men efteråt, när Sture skulle följa efter ...

Tankarna brister. Någonstans ifrån hörs en människa som snarkar. Han härleder ljudet till vagnstaket.

Han ger sig, i en plötsligt uppflammande ilska, två alternativ: antingen fortsätta de juridiska studierna, eller återvända till sitt frusna barndomslandskap.

Resan till Afrika, till missionsstationen i Mutshatsha kommer att sjunka undan. I varje människas liv finns oöverlagda handlingar, resor som aldrig hade behövt göras. Om två veckor ska han återvända till Sverige och lämna Södra Korset bakom sig. En parentes är därmed fullbordad.

Plötsligt står Werner Masterton vid hans sida och ser ut i mörkret.

– De säljer diesel, säger han. Hoppas bara att de inte räknar fel så att vi blir stående här. Inom ett år skulle de vandrande jägarmyrorna ha förvandlat det här tåget till ett förvridet stålskelett ...

Efter en timme rycker tåget igång.

Oförklarligt länge blir de sedan stående i Kapiri Mposhi. I gryningen slumrar Hans Olofson till i sitt hörn. Någon konduktör visar sig aldrig. Just när morgonens hetta bryter igenom kränger tåget in i Kitwe.

– Följ med oss, säger Ruth. Sedan kör vi dig till Kalulushi.

En gång lär Janine dem att dansa.
Av omvärlden förväntas det att hon ska jämra sig och klaga, men hon väljer att gå en helt annan väg. I musiken ser hon sin räddning. Hon bestämmer sig för att den plåga hon har så djupt inskuren i kroppen ska omvandlas till musik. I Hamrins musikaffär inhandlar hon en dragbasun och övar sedan dagligen. Hurrapelle försöker i det längsta att beveka henne att välja ett mer anslående instrument, som gitarr, mandolin eller möjligen mindre bastrumma. Men hon framhärdar, avstår från glädjen det sannolikt skulle innebära att ingå i frikyrkans gemensamma spelande, och övar ensam för sig själv i sitt hus vid älven. Hon köper en Dux grammofon och letar ofta och ivrigt i musikaffärens skivlådor. Hon fångas av jazzen där basunen ofta har en framträdande plats. Hon lyssnar, spelar med, och hon lär. I mörka vinterkvällar, när dagens dörrknackande med tidningspackarna är över, och församlingen inte har bönemöte eller annan gemenskap, försjunker hon i sin musik. »Some of these days«, »Creole Love Call« och inte minst »A Night in Tunisia« flödar ur hennes basun.

· Hon spelar för Sture och Hans Olofson. Häpet ser de henne första gången, barfota på köksgolvet, med grammofonen snurrande i bakgrunden och mässingsinstrumentet mot läpparna. Ibland skär hon ut ur melodin, men oftast vävs tonerna samman med orkestern som ligger nerpressad i skivornas spår.

Janine med sin basun ...

Janine med sitt näslösa ansikte och sin obegripliga åtbörd att släppa in dem i sitt hus i stället för att sätta polisen på dem, förvandlar detta år, 1957, till ett äventyr de tvivlar på att de igen ska få uppleva.

För Sture hade flyttningen från katedral och residens i en stad i Småland till denna norrländska köping framstått som en mardröm. I ett övergivet och insnöat Norrland skulle han gå under, det var han övertygad om. Men han fann en väpnare och de fann Janine ...

Hans Olofson skapar en stor dröm åt sig som han kan krypa in i som i en omfångsrik rock. Han har genast insett att han älskar henne, förser henne i drömmarna med en näsa, förvandlar henne till sin ställföreträdande mor.

Även om Janine är deras gemensamma egendom, sluter skotten tätt om deras upplevelser. Ty allt kan man inte dela, hemligheter ska man vaksamt hålla för sig själv. En avgörande visdom på livets krångliga väg är att lära sig vilka drömmar man kan dela med sig av och vilka man måste bevara i sina egna hemliga rum.

Janine betraktar, lyssnar och anar. Hon ser Stures anlag för arrogans och översitteri, hon anar Hans Olofsons längtan efter den bortsprungna modern. Hon ser bristningarna som finns där, de stora skillnaderna.

Men en kväll lär hon dem dansa.

Kringströms orkester som spelat oavbrutet på lördagsdanserna sedan 1943 har ilsket antagit utmaningen som riktats från den alltmer missnöjda ungdomen och motvilligt börjat ändra repertoaren. En lördag denna förvår överraskar de alla, inte minst sig själva, med att klämma i med något som kanske har släktskap med den nya musik som väller in från USA.

Just denna kväll hänger Sture och Hans Olofson utanför Folkets Hus. Otåligt väntar de på att bli stora nog att själva lösa biljett och bege sig in på det överfulla dansgolvet. Genom väggarna tränger musiken och Sture anser att det är dags för dem att lära sig att dansa.

Senare på kvällen, när de är utfrusna och stela, drar de sig ner mot älvbron, springer ikapp och vrålar under järnspannen, och stannar inte förrän de står utanför Janines dörr.

Genom väggen tränger musiken. Hon spelar ikväll ...

När hon förstår att de vill lära sig att dansa är hon genast

50

beredd att lära dem. Innan läkaren deformerade hennes ansikte, hade hon själv ofta dansat. Men med ingen har hon sedan rört sig över ett dansgolv. Med ett bestämt grepp om midjan och envist upprepade vänster- och högerturer med fötterna, för hon dem in i valsens och foxtrotens rytmiska trampande. Hon trycker dem stadigt intill sig, en efter en, och sveper runt på köksgolvets korkmatta. Den som inte dansar sköter grammofonen och snart är fönstren immiga av deras ansträngningar att följa och hålla reda på stegen.

Ur ett köksskåp plockar hon plötsligt fram en flaska hembränd sprit. När de frågar var hon fått tag i den skrattar hon bara. Hon bjuder dem på var sitt litet glas men dricker själv tills hon blivit berusad. Hon tänder en cigarr och blåser rök ur näshålet, samtidigt som hon beskriver sig som världens enda kvinnliga lokomotiv. Hon berättar att hon ibland föreställer sig hur hon lämnar Hurrapelles botbänk och försvinner ut i varieténs värld. Primadonna på slak lina kan hon aldrig bli, men väl ett monster som kan framkalla avsky och förbjudna sensationer. Att visa fram vanskapta mot betalning har traditioner som förlorar sig långt tillbaka i tiden. Hon berättar om Skrattbarnen, som fick sina mungipor uppskurna till öronen och sedan såldes till marknadsupptåg och gjorde sina ägare välmående.

Ur en kökslåda tar hon fram en röd clownnäsa som hon fäster med ett band runt huvudet, och de betraktar förstummat denna kvinna som utstrålar så många motsägelsefulla krafter. Det som är svårast att förstå men samtidigt oroar mest är hur Janine kan leva sitt dubbelliv.

Barfotadansen på köksgolvet, spriten i skåpet. De hårda bänkarna i Hurrapelles kyrka.

Men frälsningen är inget påhitt. Hon har sin gud säkert placerad i sitt hjärta. Utan den gemenskap församlingen en gång erbjöd henne hade hon inte längre varit i livet. Men därmed inte sagt att hon tilltalas och bekänner sig till alla församlingens föreställningar. Att samla in pengar för att sända missionärer till avlägsna afrikanska bantufolk anser hon inte bara vara meningslöst utan

51

en allvarlig kränkning mot det påbud som säger att all tro måste vara frivillig. När den kvinnliga delen av församlingen samlas till syjuntor för den ständigt pågående produktionen av bordlöpare till basarerna, håller hon sig hemma och syr sina egna kläder. Hon är ett oroligt inslag i församlingens värld, men så länge hon på egen hand knackar ihop större delen av de årliga intäkterna, tvekar hon inte att tillåta sig sina friheter. Hurrapelle försöker regelbundet att lirka in henne i syklubben, men hon avvisar honom. Eftersom han är rädd att hon ska börja svikta i tron, eller – ännu värre – flytta sin gud till en konkurrerande församling, retirerar han omedelbart. När församlingsmedlemmarna klagar över hennes självsvåldiga framfart, behandlar han kritiken strängt.

– Det minsta av mina barn, säger han. Betänk hennes lidande. Betänk hur mycket gott hon gör vår församling . . .

Kvällarna med Janine blir detta år en obruten rad av säregna seanser. Mot en fond av »Some of these days« håller hon sin hand över de två vandaler som i oförståndets ondskefullhet bestämt sig för att plåga livet ur henne.

Hos henne hittar de båda, var och en på sitt vis, något av den hemlighet de tidigare förgäves sökt i köpingen. Huset vid södra älvbrädden blir en resa ut i världen . . .

Den kväll hon börjar lära dem att dansa upplever de för första gången den upphetsande känslan av att vara nära en varm och svettig kvinnokropp.

Och själv kommer hon att tänka – kanske inte just då, men senare – att hon skulle vilja klä av sig alldeles naken inför dem, en enda gång bli sedd, även om det så bara är för två outväxta och magra pojkar.

På natten börjar de dunkla krafter som aldrig tillåtits att leva ut att brinna. Att då ropa ut sin nöd och följa Hurrapelles maning om att alltid hänge sig till den Gud som har sitt öra i ständig beredskap; det blir en omöjlighet. Där brister den religiösa strängen, och då har hon ingen annan än sig själv att hålla fast i. Den största av alla de sorger hon har att bära är att hon aldrig fått

52

lov att låta sig famnas, om så bara i det smutsiga baksätet på en bil som parkerats avsides på en timmerväg.

Men hon vägrar att bli en jämrande människa. Hon har sin basun. I vintermorgonens gryning står hon och spelar » Creole Love Call« på sitt köksgolv.

Och pojkarna som bar på sin säck med myror släpper hon alltid in. När hon lär dem att dansa känner hon glädje över att betvinga deras barnsliga blyghet ...

Denna senvinter och förvår 1957 tillbringar Sture och Hans Olofson många kvällar i hennes hus. Ofta går de inte hem förrän vinternatten har drivit sitt nerisade skepp mot midnatt.

Det blir vår igen, en dag kommer tussilagons anspråkslösa men efterlängtade gula krona att lysa i ett smutsigt dike. Hurrapelle står en morgon i baptistkyrkans bakrum och letar i en papplåda efter affischer som annonserar Vårmöte. Snart är det tid att även låta predikoaffischerna byta skinn.

Men våren är bedräglig för skönheten döljer bara hjälpligt att döden gömmer sig i tussilagons öga.

För Sture och Hans Olofson är döden en osynlig borrande insekt som knaprar på livet och allt som händer. Långa kvällar sitter de på stenen vid älven eller i Janines kök och begrundar hur döden egentligen ska kunna förstås och beskrivas. Sture föreslår att döden bör kunna liknas vid källarmästare Jönsson som står på Stora Hotellets trappa och tar emot sina gäster i en svart och flottig frack. Hur lätt skulle han sedan inte kunna nerfälla gift-droppar i svartsoppan eller såsen som omsluter stekarna. Han skulle lura vid svängdörrarna in till köket och borddukarna skulle förvandlas till fläckiga svepedukar ...

För Hans Olofson är döden alltför komplicerad för att kunna liknas vid en källarmästare. Att betrakta döden som En *Någon*, av kött och blod, med hatt och rock och snuvig näsa, är för enkelt. Hade döden ett ansikte, kläder och skor, vore den inte svårare att besegra än en av de fågelskrämmor som hästhandlare Under pryder sina bärbuskar med.

Döden är vagare, en kylig vind som plötsligt drar fram över

älven utan att vattnet krusas. Närmare än så kommer han inte döden denna vår, innan den stora katastrofen inträffar och döden blåser i sin allra gällaste trumpet.

Ändå är det någonting han kommer att minnas.

Långt senare; när den afrikanska natten omsluter honom, och hans uppväxt är lika avlägsen som det land han då befinner sig i, kommer han att påminna sig vad de talade om, på stenen vid älven eller i Janines kök. Som i en svårfångad dröm minns han det år då Janine lärde dem att dansa och de stod i mörkret utanför hennes hus och hörde tonerna från »A Night in Tunisia« ...

I Kitwe springer en skrattande afrikan dem till mötes.
Hans Olofson ser att han har gymnastikskor på fötterna,
utan hål, utan avklippta hälar.

– Det är Robert, säger Ruth. Vår chaufför. Den ende på farmen
vi kan lita på.

– Hur många anställda har ni? frågar Hans Olofson.

– 280, svarar Ruth.

Hans Olofson kryper in i baksätet på en illa medfaren jeep.

– Du har väl ditt pass? frågar Werner. Vi kommer att passera
flera vägspärrar.

– Vad är det de söker? undrar Hans Olofson.

– Smuggelgods på väg till Zaire, säger Ruth, eller sydafrikanska
spioner. Vapen. Men egentligen vill de bara tigga mat och cigaretter.

Den första vägspärren når de strax norr om Kitwe. Korslagda
trästockar, överdragna med taggtråd, skär av vägbanorna. En
skamfilad buss har stannat just innan de kommer fram, och Hans
Olofson ser hur passagerarna jagas ut ur bussen av en ung soldat
med automatvapen i handen. Afrikanerna som väller ut tycks
aldrig ta slut, och han undrar hur många som egentligen ryms
inne i bussen. Medan passagerarna tvingas ställa sig på led, kry-
per en soldat upp på busstaket och sliter i den oformliga högen av
bylten och madrasser. En fastbunden get sparkar sig plötsligt lös,
hoppar ner från busstaket och försvinner bräkande in i den täta
bushen vid sidan av vägen. En gammal kvinna börjar skrika och
jämra sig och ett våldsamt oväsen bryter ut. Soldaten på busstaket
ropar och lyfter sitt gevär, den gamla kvinnan vill springa efter sin
get, men hindras av andra soldater som plötsligt dyker upp från
en gräshydda intill vägen.

55

– Att komma just efter en buss är en mardröm, säger Ruth. Varför körde du inte om den?

– Jag såg den inte, madame, svarar Robert.

– Nästa gång upptäcker du en buss, säger Ruth irriterat. Annars kan du se dig om efter ett annat arbete.

– Ja, madame, svarar Robert.

Soldaterna tycks ha tröttnat efter att ha genomsökt bussen och viftar igenom jeepen utan att kontrollera den. Hans Olofson ser ett månlandskap breda ut sig. Höga slaggberg, omväxlande med djupa gruvhål och söndersprängda klyftor. Han förstår att han nu befinner sig mitt i det väldiga kopparbälte som sträcker sig som en kil in i Zaires Katangaprovins.

Samtidigt undrar han vad han skulle ha gjort om han inte hade träffat familjen Masterton. Hade han stigit av tåget i Kitwe? Eller hade han gömt sig i kupén och återvänt med tåget till Lusaka?

De passerar nya vägspärrar. Poliser och berusade soldater jämför hans ansikte med passfotografiet, och han märker att han blir mycket rädd.

De hatar de vita, tänker han. Lika starkt som de vita tydligen hatar de svarta ...

De svänger av från huvudvägen och plötsligt är jorden alldeles röd. Framför jeepen öppnar sig ett kuperat landskap, instängslat, vidsträckt.

Två afrikaner öppnar en träport och gör osäkra honnörer. Framför en vit villa i två plan, med pelargångar och blommande bougainvillea, stannar jeepen.

Hans Olofson stiger ur och tänker att det vita palatset påminner om tingshuset i den avlägsna köpingen.

– Nu är du vår gäst, säger Werner. I morgon ska jag köra dig till Kalulushi.

Ruth visar honom till hans rum. De går genom svala korridorer, stensatta golv med djupa mattor.

En äldre man står plötsligt framför dem. Hans Olofson ser att mannen är barfota.

56

– Louis tar hand om dig så länge du är här, säger Ruth. När du reser kan du ge honom en slant. Men inte för mycket. Förstör honom inte.

Hans Olofson oroas av hans trasiga kläder. Byxorna har två gapande hål på knäna, som om han tillbringade sitt liv krypande. Den urblekta skjortan är fransig och lappad.

Hans Olofson ser ut genom ett fönster. En stor park breder ut sig. Vita, flätade korgstolar, en vilogunga i ett jättelikt träd. Någonstans utifrån hörs plötsligt Ruths upprörda röst, en dörr som slås igen. Från badrummet hörs vatten som rinner.

– Badet är färdigt, *Bwana*, säger Louis bakom honom. Handdukarna ligger på sängen.

Hans Olofson blir plötsligt upprörd.

Någonting måste jag säga, tänker han. Så att han förstår att jag inte är en av dem, bara en tillfällig besökare, som inte har för vana att tilldelas personliga tjänare.

– Har du varit här länge? frågar han.

– Sedan jag föddes, *Bwana*, svarar Louis.

Därefter försvinner han ut ur rummet och Hans Olofson ångrar sin fråga. En herres fråga till en tjänare, tänker han. Trots att jag menar det väl gör jag mig falsk och gemen.

Han sjunker ner i badkaret och frågar sig vilka flyktvägar som ännu återstår.

Han upplever sig som en falskspelare som plötsligt blivit trött på att inte avslöjas.

Jag får hjälp att genomföra ett meningslöst uppdrag, tänker han. De är beredda att köra mig till Kalulushi och sedan hjälpa mig att finna den sista transporten ut till missionsstationen i ödemarken. De lägger ner möda på någonting som bara är en egocentrisk impuls, en turistresa med en konstgjord dröm som motiv.

Drömmen om Mutshatsha dog med Janine. Jag plundrar hennes lik med den här utflykten till en värld jag inte alls hör hemma i. Hur kan man vara svartsjuk på en död människa? På hennes vilja, hennes bestämda dröm, som hon höll fast vid, trots att hon aldrig skulle kunna förverkliga den?

57

Hur kan en gudsförnekande, icke troende människa, plötsligt överta en dröm om att bli missionär, om att hjälpa förnedrade och fattiga människor med ett religiöst motiv som främsta kraftkälla?

I badkaret bestämmer han sig för att återvända. Be att få bli körd tillbaka till Kitwe. Uppge någon trovärdig förklaring till varför han måste förändra sina planer.

Han klär sig och går ut i den stora parken. Under ett högt träd som breder ut sin mäktiga skugga står en bänk som är uthuggen ur ett enda stenblock. Knappt hinner han sätta sig förrän en tjänare kommer med en kopp te. Werner Masterton står plötsligt framför honom, klädd i en sliten overall.

– Vill du se vår farm, frågar han.

De sätter sig i jeepen som är nytvättad. Werner lägger sina stora händer på ratten efter att ha tryckt ner en sliten solhatt på huvudet. De kör förbi långa rader av hönshus och betesfält. Då och då bromsar han in bilen och omedelbart kommer svarta arbetare springande. Han delar ut korta order på en blandning av engelska och ett språk som är okänt för Hans Olofson.

Hela tiden har Hans Olofson en känsla av att Werner balanserar på en isfläck där ett raseriutbrott kan komma när som helst.

– Det är en stor farm, säger han när de fortsätter.

– Inte särskilt, svarar Werner. Hade det varit andra tider hade jag säkert utökat arealen. Nu vet man ingenting längre. Kanske kommer de att konfiskera de vitas farmer. Av avundsjuka, missnöje med att vi är så oändligt mycket duktigare än de svarta farmare som börjat efter självständigheten. De hatar oss för vår duktighet, vår förmåga att organisera, vår förmåga att få saker och ting att fungera. De hatar oss för att vi tjänar pengar, för att vi har bättre hälsa och lever längre. Avunden är en afrikansk arvedel. Men det de hatar oss mest för är att trolldom inte biter på oss.

De far förbi en påfågel som burrar upp sina färggranna vingpennor.

– Trolldom? undrar Hans Olofson.

58

– En afrikan som lyckas riskerar alltid att bli utsatt för troll-
dom, säger Werner. Häxkonsterna som praktiseras kan vara
ytterst verkningsfulla. Är det någonting som afrikanerna kan
så är det att blanda till dödliga gifter. Salvor som smetas på en
kropp, örter som kamoufleras till vanliga grönsaker. En afrikan
använder mera tid på att odla sin avundsjuka än att odla sin
jord.

– Det är mycket jag inte vet, säger Hans Olofson.

– I Afrika ökar inte kunskapen, svarar Werner. Den minskar,
ju mer du tycker dig förstå.

Werner avbryter sig och bromsar ursinnigt.

En bit av ett stängsel har fallit ner och när en afrikan kommer
springande, ser Hans Olofson till sin häpnad att Werner tar ho-
nom i örat. Det är en vuxen man, kanske femtio år, men hans öra
hänger i Werners grova hand.

– Varför är det inte lagat? ryter han. Hur länge har det varit
trasigt? Vem har haft sönder det? Var är Nkuba? Är han full
igen? Vem har egentligen ansvaret? Om en timme ska det vara
lagat. Om en timme ska Nkuba vara här.

Werner vräker mannen åt sidan och återvänder till jeepen.

– Två veckor kan jag vara borta, säger han. Mer än två veckor
så faller hela farmen ihop, inte bara en bit av ett stängsel.

De stannar vid en liten höjd, mitt ute i ett vidsträckt betesfält,
där puckelryggiga kor rör sig i långsamma flockar. På toppen av
kullen ligger en grav.

John McGregor, killed by bandits 1967 läser Hans Olofson på
en liggande gravsten.

Werner sitter på huk och röker sin pipa.

– Det första man tänker på när man slår sig ner på en farm är
att välja sin gravplats, säger han. Om jag inte blir jagad ut ur
landet kommer jag också att ligga här en dag, liksom Ruth. John
McGregor var en ung irländare som arbetade hos mig. Han blev
24 år. Utanför Kitwe hade de lagt ut en falsk vägspärr. När han
insåg att han blev stoppad av banditer och inte poliser, försökte
han köra därifrån. De sköt ner honom med ett maskingevär.

Hade han stannat hade de bara tagit bilen och hans kläder. Han glömde nog att han var i Afrika, att man inte försvarar sin bil här.

– Banditer? frågar Hans Olofson.

Werner rycker på axlarna.

– Polisen kom och sa att de hade skjutit några misstänkta under ett flyktförsök. Vem kan veta om det var de? Det viktiga för polisen var att de kunde bokföra några som skyldiga.

En ödla står orörlig på gravstenen. På avstånd ser Hans Olofson en svart kvinna röra sig oändligt långsamt på en grusväg. Det ser ut som om hon var på väg rakt in i solen.

– I Afrika är döden alltid närvarande, säger Werner. Jag vet inte vad det är. Värmen, allting som ruttnar, afrikanen med sitt ursinne alldeles under huden. Mycket behövs inte för att hetsa upp en folkmassa. Sedan slår de ihjäl vem som helst med en klubba eller en sten.

– Ändå lever ni här, säger Hans Olofson.

– Kanske vi flyttar till Syd-Rhodesia, svarar Werner. Men jag är 64 år gammal. Jag är trött, jag har svårt för att pissa och för att sova. Men kanske vi ger oss av.

– Vem köper farmen?

– Kanske jag bränner den.

De återvänder till det vita huset och från ingenstans kommer en papegoja och sätter sig på Hans Olofsons axel.

I stället för att ge besked om att hans fortsatta resa till Mutshatsha inte längre är nödvändig, betraktar han papegojan som nyper i skjortans linning.

Ibland är fegheten min dominerande själsliga tillgång, tänker han uppgivet. Jag vågar inte ens framföra en sanning till människor som inte alls känner mig.

Den tropiska natten faller som ett svart skynke. Skymningen är en flyktig, hastigt förbigående skugga. Med mörkret tycker han sig också förflyttas bakåt i tiden.

På den stora altanen som sträcker sig längs husets framsida, dricker han whisky med Ruth och Werner. De har just satt sig med sina glas när bilstrålkastare börjar spela över betesmarkerna,

60

och han hör hur Ruth och Werner utbyter gissningar om vem det är som kommer.

En bil bromsar in framför altanen och en man i obestämbar ålder kommer upp på altanen. I ljuset från avskärmade fotogenlampor som hänger i taket, ser Hans Olofson att mannen har röda brännsår i ansiktet. Hans huvud är alldeles kalt och han är klädd i en säckig kostym. Han presenterar sig som Elvin Richardson, farmare liksom Mastertons.

Vem är jag? tänker Hans Olofson. En tillfällig medpassagerare på nattåget från Lusaka?

– Boskapstjuvar, säger Elvin Richardson och sätter sig tungt med ett glas i handen.

Hans Olofson lyssnar som om han var barn och uppslukad av en saga.

– I går natt klippte de sönder staketet nere vid Ndongo, säger Elvin Richardson. De stal tre kalvar från Ruben White. Djuren hade klubbats och slaktats på platsen. Nattvakterna hade naturligtvis inte hört nånting. Om det fortsätter så här måste vi organisera patruller. Skjuta ett par av dem så att de förstår att det är allvar.

Svarta tjänare skymtar i skuggorna på altanen.

Vad talar de svarta om? tänker Hans Olofson hastigt. Hur beskriver Louis mig när han sitter med sina vänner vid sin eld? Såg han min osäkerhet? Slipar han en kniv som är alldeles särskilt ämnad åt mig?

Mellan de svarta och de vita tycks inte pågå några samtal i detta land. Världen är kluven, utan något inbördes förtroende. Order ropas över avgrunden, det är allt.

Han lyssnar på samtalet, märker att Ruth är mer aggressiv än Werner. Medan Werner menar att de kanske bör avvakta, säger Ruth att de genast ska gripa till vapen.

Han rycker till när en av de svarta tjänarna böjer sig över honom och fyller på hans glas. Plötsligt inser han att han är rädd. Altanen, det hastigt fallande mörkret, det oroliga samtalet; allt inger honom otrygghet. Samma hjälplöshet han kände som barn, när bjälkarna vred sig i kölden i huset vid älven.

61

Här pågår en uppladdning till ett krig, tänker han. Det som gör mig rädd är att Ruth och Werner och den främmande mannen inte tycks märka det ...

Vid middagsbordet ändrar samtalet plötsligt karaktär och Hans Olofson känner sig bättre till mods när han sitter i ett rum där elektriskt ljus motar bort alla skuggor, ett ljus där de svarta tjänarna inte kan gömma sig.

Samtalet vid matbordet handlar om gångna tider, om människor som inte längre finns kvar.

– Vi är som vi är, säger Elvin Richardson. Vi är säkert galna som håller oss kvar vid våra farmer. Efter oss kommer ingenting. Vi är de sista.

– Nej, säger Ruth. Du har fel. En dag kommer de svarta att tigga vid våra dörrar och be oss att stanna. Den nya generationen, den ser vart allting är på väg. Självständigheten var en färggrann trasa som hängdes på en stång, en högtidlig proklamation av tomma löften. Nu ser de unga att det enda som fungerar här i landet är det som fortfarande finns i händerna på oss.

Hans Olofson känner sig plötsligt berusad och manad att tala.

– Är alla lika gästfria? frågar han. Jag skulle kunna vara en efterspanad brottsling. En vem som helst, med det mörkaste av alla förflutna.

– Du är vit, säger Werner. I det här landet är det en tillräcklig garanti.

Elvin Richardson försvinner när middagen är över och Hans Olofson inser att kvällarna är tidiga för Ruth och Werner. Dörrar med gallergrindar blir omsorgsfullt igenbommade, schäferhundar skäller ute i mörkret och Hans Olofson blir instruerad om hur han ska fördröja ett larm om han går ut i köket på natten. Klockan tio ligger han i sin säng.

Jag är omgiven av stängsel, tänker han. Ett vitt fängelse i ett svart land. Rädslans hänglås runt de vitas egendom. Vad tänker de svarta? När de ser våra skor och sina egna trasor? Vad tänker de om den frihet de har uppnått?

Han glider bort i en orolig slummer.

Plötsligt vaknar han av något ljud som tränger in i hans medvetande. I mörkret vet han för ett kort ögonblick inte alls var han är.

Afrika, tänker han. Ännu vet jag ingenting om dig. Kanske såg Afrika ut just så här i Janines drömmar? Plötsligt minns jag inte längre vad vi talade om vid hennes köksbord. Men jag anar att mina vanliga värderingar och tankar inte är tillräckliga eller ens giltiga här. Ett annat sorts seende är nödvändigt ...

Han lyssnar ut i mörkret. Han undrar om det är tystnaden eller ljuden som är inbillade. Återigen blir han rädd.

I Ruth och Werner Mastertons vänlighet ligger en katastrof innesluten, tänker han. Hela denna farm, detta vita hus, är inneslutet av en ångest, en vrede som har varit uppdämd alldeles för länge.

Han ligger vaken i mörkret och föreställer sig att Afrika är ett sårat rovdjur som ännu inte har kraft nog att resa sig. Jordens och djurets andhämtning sammanfaller, snåret där det gömmer sig är ogenomträngligt. Var det inte så Janine föreställde sig denna sårade och sargade kontinent? Som en buffel som tvingats på knä, men med så mycket krafter kvar, att jägarna höll sig på avstånd?

Kanske hon med sin inlevelse kunde tränga djupare in i verkligheten än vad jag gör som trampar omkring på kontinentens jord? Kanske hon genomförde en resa i sina drömmar som var lika verklig som min meningslösa flykt till missionsstationen Mutshatsha.

En annan sanning kan kanske också finnas. Är det så att jag hoppas möta en annan Janine på denna missionsstation? En levande människa som kan ersätta henne som är död?

Han ligger vaken tills gryningen plötsligt bryter igenom mörkret. Genom fönstret ser han solen höja sig som ett rött eldklot över horisonten.

Plötsligt upptäcker han Louis som står och betraktar honom intill ett träd. Trots att morgonen redan är mycket varm ryser han till. Vad är det jag är rädd för? tänker han. Mig själv eller Afrika? Vad är det Afrika berättar som jag inte vill veta?

Kvart över sju tar han avsked från Ruth och sätter sig bredvid Werner i jeepens framsäte.

– Kom tillbaka, säger Ruth. Du är alltid välkommen.

När de svänger ut genom farmens stora grind där de två afrikanerna gör sina hjälplösa honnörer, upptäcker Hans Olofson en gammal man som står i det höga elefantgräset intill vägen och skrattar. Halvt bortgömd skymtar han hastigt förbi. Många år senare kommer denna bild att återvända i hans medvetande.

En man, halvt bortgömd, som skrattar ljudlöst i den tidiga morgonen ...

S kulle den store Leonardo ha slösat sin tid på att plocka
blommor?
De sitter i vindsrummet på tingshuset, och plötsligt är
den stora tystnaden där mellan dem. Det är försommaren 1957
och skolavslutningen närmar sig.

För Sture är folkskolan snart över, realskolan väntar.

Hans Olofson har ännu ett år innan han måste bestämma sig.
Flyktigt har han berört tanken att läsa vidare. Men varför? Inget
barn vill vara barn, alla vill bli vuxna så fort som möjligt.

Men vad har egentligen framtiden att erbjuda honom?

För Sture tycks vägen redan vara utstakad. Den store Leonardo
hänger på hans vägg och manar på.

Hans Olofson hukar skamset över sin egen hopplösa dröm, att
se trähuset kasta sina förtöjningar och driva bort längs älven. När
Sture ansätter honom med frågor, vet han inte alls vad han ska
svara.

Ska han gå ut i skogen och hugga rent vid horisonten som sin
far? Hänga upp sina våta raggsockar till evig tork över spisen?

Han vet inte och han känner avunden och oron, när han sitter
tillsammans med Sture i vindsrummet, och försommaren blåser in
genom det öppna fönstret. Hans Olofson har kommit för att
föreslå att de ska plocka blommor till skolavslutningen.

Sture sitter lutad över en astronomisk karta. Han gör anteck-
ningar och Hans Olofson vet att han har bestämt sig för att
upptäcka en hittills okänd stjärna.

När Hans Olofson föreslår blommor, breder tystnaden ut sig.
Leonardo slösade inte sin tid med att gå i markerna efter bords-
pynt.

Hans Olofson undrar med tillbakahållen ilska hur Sture kan vara så tvärsäker. Men han säger ingenting. Han väntar. Att vänta på att Sture ska bli klar med någon av de viktiga uppgifter han förelagt sig, har blivit allt vanligare denna vår.

Hans Olofson känner att avståndet mellan dem växer. Snart är det bara besöken hos Janine som återstår av den gamla förtroliga gemenskapen. Han har en känsla av att Sture är på väg bort. Inte från köpingen men från den gamla gemenskapen. Det oroar honom. Inte minst att han inte förstår varför, vad det är som har hänt.

En gång frågar han rakt ut.

– Vad fan skulle ha hänt? får han till svar.

Efter det frågar han inte igen.

Men Sture är också ombytlig. Som nu, när han plötsligt otåligt slänger undan stjärnkartan och reser sig.

– Ska vi gå då? säger han.

De hasar ner längs älvslänten och sätter sig under älvbrons breda tak av järnbalkar och stenkistor. Vårfloden forsar framför deras fötter, det vanliga stillsamma kluckandet har ersatts av strömvirvlarnas dån. Sture vräker en sönderfallen, rutten rotvälta i älven, och den flyter bort som ett halvdränkt troll.

Utan att han vet var det kommer ifrån, överfalls Hans Olofson plötsligt av en yra. Blodet bultar i tinningarna och han känner att han måste göra sig synlig för världen.

Ofta har han fantiserat om sitt mandomsprov, att klättra över älven på ett av de krumma brospannen som bara är några decimeter tjockt. Klättra upp i en hisnande rymd, väl medveten om att ett fall betyder döden.

Oupptäckta stjärnor, tänker han ilsket. Jag ska klättra mig närmare stjärnorna än vad Sture någonsin kommer att göra.

– Jag tänkte jag skulle klättra över brospannet, säger han.

Sture ser på de väldiga järnbågarna.

– Det går inte, säger han.

– Visst fan går det, svarar Hans Olofson. Det är bara att våga.

Sture ser på brospannet igen.

66

– Så dum är bara en barnunge, säger han.

Hjärtat slår en tvärvälta i bröstet på Hans Olofson. Menar han honom? Att brospannsklättring är för småbarn?

– Du vågar inte, säger han. Tamejfaen så vågar du inte.

Sture betraktar honom förvånat. I vanliga fall är Hans Olofsons röst nästan vek. Men nu är han högljudd och talar kantigt och hårt, som om tungan hade ersatts av en bit tallbark. Och dessutom anklagelsen, att han inte vågar ...

Nej, han skulle knappast våga. Att ge sig upp på ett av brospannen vore att våga livet för ingenting. Svindel får han inte, han klättrar som en apa i ett träd om det behövs. Men det här är för högt, här finns inga säkerhetsnät om han skulle slinta.

Fast det säger han naturligtvis inte till Hans Olofson. I stället börjar han skratta och spottar föraktfullt i älven.

När Hans Olofson ser spottloskan bestämmer han sig. Den hånfulla anklagelsen om barnslighet kan han bara bemöta på järnbalkarna.

– Jag ska klättra, säger han med darrande röst. Och jag ska tamejfaen ställa mig upp på spannet och pissa dig i huvet.

Orden skallrar i hans mun, som om han redan befann sig i den yttersta nöd.

Sture ser vantroget på honom. Menar han allvar?

Även om den darrande, gråtfärdige Hans Olofson minst av allt ser ut som en beslutsam och fullmogen bergsklättrare, beredd att bestiga en omöjlig fjällsida, är det något i hans skakande besatthet som gör Sture tveksam.

– Gör det då, säger han. Så ska jag göra om det efteråt.

Nu finns naturligtvis ingen återvändo. Att avstå nu vore att utsätta sig för en gränslös förnedring.

Som vore han på väg till sin egen avrättning, klättrar Hans Olofson uppför slänten tills han når brofästet. Han tar av sig jackan och klänger sig upp på ett av järnspannen. När han lyfter blicken ser han det väldiga järnbandet förlora sig långt borta, smälta samman med det grå molntäcket. Avståndet är oändligt, som vore han på väg att klättra upp till himlen. Han försöker

67

intala sig själv att vara lugn, men det gör honom bara ytterligare upprörd.

Desperat börjar han hasa sig uppför, och djupt nere i sitt medvetande inser han att han naturligtvis inte alls vet varför han ska behöva klättra över detta förbannade brospann. Men nu är det för sent, och som en hjälplös groda kravlar han sig uppför järnbandet.

Sture, som slutligen insett att Hans Olofson menar allvar, vill ropa åt honom att komma ner. Men samtidigt finns den förbjudna lusten att vänta och se. Kanske kommer han att bli vittne till hur någon misslyckas med att utföra det omöjliga?

Hans Olofson blundar och hasar sig vidare. Vinden sjunger i hans öron, blodet bultar i tinningarna, och han är alldeles ensam. Brospannet kyler mot kroppen, järnnaglarnas huvuden skaver mot knän och armar och fingrarna har redan blivit alldeles stela. Han tvingar sig att inte tänka, bara hasa sig vidare, som om det var en av hans vanliga drömmar. Men ändå är det som om han hasade sig fram över själva jordaxeln ...

Plötsligt känner han hur brospannet under honom börjar plana ut. Men det gör honom inte lugn utan ökar bara hans fasa. Ty då ser han för sitt inre hur högt upp han är, hur långt borta i sin stora ensamhet. Faller han nu kan ingenting rädda honom.

Förtvivlat kravlar han vidare, klamrar sig till spannet, och kavar sig meter för meter tillbaka mot jorden. Fingrarna griper om stålet som förlamade klor, och i en svindlande sekund tänker han att han har förvandlats till en katt. Bakom sig känner han plötsligt något som värmer men han vet inte vad det är.

När han når fram till brofästet på andra sidan älven och försiktigt slår upp ögonen och inser att det är sant, att han har överlevt, klamrar han sig fast vid brospannet som om det hade varit hans räddare. Länge blir han liggande innan han hoppar ner på marken igen.

Han ser på bron och tänker att han har besegrat den. Inte som en yttre fiende utan en fiende inom honom själv. Han torkar sig i

68

ansiktet, spretar med fingrarna för att återfå känseln och ser Sture komma gående över bron med hans jacka i handen.

– Du glömde pissa, säger Sture.

Glömde han? Nej, inte! Nu vet han var den plötsliga värmen kom från uppe på det kalla stålspannet. Det var kroppen som gav efter. Han pekar på den mörka fläcken på sina byxor.

– Jag glömde inte, säger han. Titta här! Eller ska du lukta?

Sedan kommer hämnden.

– Det är din tur nu, säger han och sätter på sig sin jacka.

Men Sture har redan förberett sin undanflykt. När han inser att Hans Olofson kommer att komma ner från brospannet utan att falla i älven, letar han febrilt efter en väg att undkomma.

– Jag ska, svarar han. Men inte nu. Jag sa inte när.

– När då då? frågar Hans Olofson.

– Jag ska säga till.

De söker sig hemåt i försommarkvällen. Blommorna har Hans Olofson glömt bort. Blommor finns många, men bara ett brospann ...

Tystnaden breder ut sig mellan dem. Hans Olofson vill säga nånting, men Sture är innesluten och omöjlig att nå. Hastigt skiljs de utanför tingshusets grind ...

Den sista skoldagen kommer med en lätt och svävande dimma som hastigt förtunnas och försvinner i soluppgången. I skolsalarna doftar nyskurat och överlärare Gottfried har suttit i sitt rum sedan klockan fem på morgonen för att förbereda sina avslutningsord till de elever han nu ska skicka ut i världen.

Han är försiktig med vermouthen denna morgon, så fylld av vemod och eftertanke. Skolårets sista dag är en påminnelse om hans egen förgänglighet mitt i all den brusande förväntan som eleverna känner ...

Klockan halv åtta går han ut på trappan. Innerligt hoppas han slippa se någon elev som kommer utan anhörig. Ingenting kan göra honom så upprörd som att se ett barn komma ensam på avslutningsdagen.

Klockan åtta ringer skolklockan och i klassrummen råder förväntansfull stillhet. Överlärare Gottfried går genom korridoren för att besöka de olika klasserna.

Men plötsligt står magister Törnkvist framför honom och meddelar att en elev saknas i avslutningsklassen. Sture von Croona, häradshövdingens son. Överlärare Gottfried ser på sin klocka, och bestämmer sig för att ringa till häradshövdingen.

Men först när det är tid att marschera över till kyrkan skyndar han sig in på sin expedition och ringer upp domsagans kansli. Han är svettig om händerna och hur mycket han än försöker intala sig att allt har en naturlig förklaring, känner han en stor oro...

Sture har gått i god tid på morgonen. Tyvärr har hans mor inte kunnat följa med eftersom hon drabbats av svår migrän. Naturligtvis har Sture gått till skolan, säger domaren i telefonen.

Överlärare Gottfried skyndar till kyrkan. De sista barnen med sina föräldrar är redan på väg in i vapenhuset, och han snubblar och halvspringer medan han försöker förstå vad som kan ha hänt med eleven Sture von Croona.

Men det är först när han står med den premiebok i handen som är avsedd för Sture som han på verkligt allvar börjar frukta att någonting har hänt.

I samma ögonblick ser han hur dörrarna till vapenhuset försiktigt öppnas. Sture, hinner han tänka, innan han ser att det är fadern som står där, häradshövding von Croona.

Överlärare Gottfried talar om den rättmätiga vilan, kraftsamlingen och beredskapen inför det kommande läsåret, manar till besinning i livets alla skiftande sammanhang, och sedan är det inte mer. Efter några minuter är kyrkan tom.

Häradshövdingen ser på honom men överlärare Gottfried kan bara skaka på huvudet. Sture har inte kommit till avslutningen.

– Sture försvinner inte hur som helst, säger häradshövdingen. Jag ska ta kontakt med polisen.

Överlärare Gottfried nickar tveksamt och känner hur plågan ökar.

– Kanske han ändå...

Längre kommer han inte. Härdadshövdingen är redan med bestämda steg på väg ut ur kyrkan.

Men någon skallgång behöver aldrig ordnas. Bara en timme efter skolavslutningen återfinner Hans Olofson sin försvunne vän.

Fadern, som varit med på avslutningen, har redan bytt om till arbetskläder igen och begett sig ut till sitt hygge. Hans Olofson njuter av den stora friheten som ligger framför honom, och han strövar som vanligt ner mot älven.

Hastigt tänker han att han inte sett Sture denna dag. Kanske han helt enkelt hoppat över att gå till skolan denna sista dag och i stället ägnat sig åt att avlocka himlen en okänd stjärna?

Han sätter sig på sin vanliga sten vid älven och tänker att han egentligen är belåten över att vara ensam. Sommaren som ligger framför honom kräver en stunds eftertanke. Sedan han besegrat järnbrons väldiga spann tycker han sig lättare kunna vara ensam med sig själv.

Hans ögon fångas av något som lyser rött under älvbron. Han kisar med ögonen och tänker att det är en pappersbit som fastnat i älvbräddens kvistar.

Och det är när han går för att utforska vad det röda som lyser egentligen är, som han återfinner Sture. Det är hans röda sommarjacka som lyser, och han ligger vid strandkanten, och han har ramlat ner från ett av brospannen och brutit sin ryggrad.

Hjälplös ligger han där sedan de tidiga morgontimmar då han vaknar och plötsligt bestämt sig för att i all hemlighet besegra brospannet. I ensamhet vill han utforska vilka svårigheter som döljer sig, och när det väl är gjort, ska han slå följe med Hans Olofson till bron och visa att även han kan besegra järnbalkarna.

Han skyndar sig ner till bron i den fuktiga gryningen. Länge betraktar han de väldiga spannen innan han börjar klättra.

Någonstans grips han av högmod. Alltför lättsinnigt lyfter han på överkroppen. Ett vindkast kommer från ingenstans, han svajar till, mister fästet och störtar ner från bron. Hårt träffar han vattnet och en av stenarna i älvfåran knäcker hans ryggrad. Avsvim-

71

mad förs han av en strömvirvel in mot stranden och huvudet vaggar ovanför vattenytan. Älvens kalla vatten kyler ner honom och när Hans Olofson hittar honom är han nästan död.

Hans Olofson drar upp honom ur vattnet, ropar till honom utan att få svar och springer sedan skrikande upp mot köpingens gator.

När han springer längs älven dör sommaren. Det stora äventyret försvinner i en mäktig solskugga.

Gallskrikande når han köpingens gator. Förskrämda människor drar sig undan som om han vore en galen hund.

Men skrothandlare Rönning som varit frivillig i finska vinterkriget och upplevt betydligt värre situationer än en vilt gastande unge, tar tag i honom och ryter åt honom att tala om vad som har hänt. Sedan rusar människorna mot älven.

Den droska som även används som ambulans kommer slirande i gruset och försvinner mot järnbron. Häradshövdingen och hans hustru underrättas om vad som har hänt och på sjukhuset börjar den ensamme och ständigt lika uttröttade läkaren att undersöka Sture.

Han lever, han andas. Hjärnskakningen kommer att gå över.

Men ryggraden är bruten, han är förlamad från fötterna upp till halsen.

Läkaren står en stund vid fönstret och ser ut över skogåsarna innan han går ut till föräldrarna som väntar.

Samtidigt står Hans Olofson och kräks på polisstationens toalett. En polisman håller honom om axlarna och när det är över, börjar ett försiktigt förhör.

– Den röda jackan, upprepar han, gång på gång. Jag såg att jackan låg i älven.

Omsider kommer fadern skyndande från skogen. Skrothandlare Rönning kör dem hem och Hans Olofson kryper ner i sin säng. Erik Olofson sitter på hans sängkant till långt efter midnatt, när hans son äntligen somnar.

Natten igenom lyser lamporna i tingshusets stora övervåning.

Några få dagar efter olyckan försvinner Sture från köpingen.

72

En tidig morgon bärs han på en bår till en väntande ambulans som hastigt försvinner söderut. Bilen river upp gruset när den passerar genom Ulvkälla. Men morgonen är tidig, Janine sover, och bilen försvinner mot de oändliga skogarna i Orsa Finnmark.

Hans Olofson får aldrig möjlighet att besöka sin fallne vapenbroder. I skymningen kvällen innan Sture förs bort, strövar han oroligt runt sjukhuset, försöker föreställa sig bakom vilket fönster Sture ligger. Men allt är hemlighetsfullt, fördolt, som om den brutna ryggraden kunde smitta.

Från sjukhuset driver han ner mot älven, dras obönhörligt till bron, och han känner en stor skuldbörda inom sig.

Olyckan är hans skapelse ...

När han får veta att Sture en tidig morgon har förts från köpingen, till ett sjukhus som ligger långt borta, skriver han ett brev som han stoppar i en flaska och så slänger den som flaskpost i älven. Han ser den driva bort mot Folkparkens udde och sedan springer han över bron till huset där Janine finns.

Hon har *Ett Härligt Vårmöte* i sin kyrka denna kväll, men när Hans Olofson står som en vit skugga i hennes dörr, stannar hon naturligtvis hemma. Han sätter sig på sin vanliga stol i hennes kök. Janine sätter sig mitt emot och betraktar honom.

– Sitt inte på den stolen, säger han. Den är Stures.

En gud som fyller jorden med meningslös plåga, tänker hon. Bryter ryggen av en ung pojke just när sommaren har slagit ut?

– Spela nånting, säger han plötsligt utan att lyfta huvudet och se på henne.

Hon plockar fram sin basun och spelar »Creole Love Call« så vackert hon förmår.

När hon har slutat och blåser saliven ur instrumentet, reser han sig, tar sin jacka, och går.

En alldeles för liten människa i en alldeles för stor och obegriplig värld, tänker hon. I en plötsligt uppflammande vrede sätter hon munstycket till läpparna och spelar sin klagan »Siam Blues.« Tonerna bölar som plågade djur och hon märker inte att Hurra-pelle kliver in genom dörren och bestört betraktar henne där hon

73

gungar på bara fötter i takt med sin musik. När hon upptäcker honom slutar hon att spela och kastar sig över honom med rasande frågor. Han tvingas åhöra hennes tvivel på den försonande guden, och han tycker plötsligt att hålet under hennes ögon hotar att sluka honom.

Han hukar i tystnad och låter henne tala sig trött. Sedan väljer han omsorgsfullt sina ord och vaggar henne tillbaka till den rätta vägen igen. Men trots att hon inte spjärnar emot, är han ändå inte säker på om han lyckats ingjuta trons krafter i henne igen. Han bestämmer sig genast för att hålla henne under noggrann observation den tid som kommer, och frågar henne sedan om hon inte ska delta i kvällens *Härliga Möte*. Men hon är stum, skakar bara på huvudet och öppnar dörren för att han ska gå. Han nickar och försvinner ut i sommaren.

Janine är långt borta i sina tankar och det kommer att dröja länge innan hon återvänder ...

Hans Olofson traskar hemåt bland maskrosor och fuktigt gräs. När han står under järnbalkarna på älvbron knyter han nävarna.

– Varför väntade du inte? ropar han.

Flaskposten gungar mot havet ...

Efter två timmars resa, på väg till missionsstationen Mutshatsha, slammar fördelaren igen på den bil i vilken han färdas.

De har stannat i ett övergivet och förtorkat landskap. Han stiger ur bilen, torkar av sitt nerdammade, svettiga ansikte och låter blicken vandra längs den oändliga horisonten.

Hans Olofson anar något av den stora ensamhet som är möjlig att uppleva på den svarta kontinenten. Det här måste Harry Johanson ha sett, tänker han. Han kom från andra hållet, från väster, men landskapet måste ha varit detsamma. Fyra år hade hans resa tagit. När han kom fram hade hela hans familj omkommit. Döden angav avstånden i tid och rum. Fyra år, fyra döda ...

I vår tid har resorna upphört, tänker han. Som passförsedda stenar i jättelika katapulter slungas vi över världen. Vår tid är inte längre än våra förfäders, men vi har breddat den med vår teknik. Vi lever i en epok då tanken tillåts svindla alltmer sällan inför avstånd och tid ...

Men ändå är det inte sant, ångrar han sig. Trots allt är det tio år sedan jag för första gången hörde Janine berätta om Harry Johanson och hans hustru Emma, och deras väg mot missionsstationen Mutshatsha.

Nu är jag nästan där och Janine är död. Det var hennes dröm, inte min. Jag är en förklädd pilgrim som tar mig fram i andras spår. Vänliga människor hjälper mig att bo och resa, som om mitt uppdrag var viktigt.

Som denne David Fischer som lutar sig över fördelaren i sin bil. Tidigt på morgonen har Werner Masterton svängt in på David

75

Fischers gårdsplan. Några timmar senare är de på väg till Mutshatsha. David Fischer är i hans egen ålder, mager och tunnhårig. Hans Olofson tycker att han påminner om en orolig fågel. Ständigt ser han sig runt, som om han hela tiden misstänkte att han hade förföljare. Men naturligtvis vill han hjälpa Hans Olofson att komma fram till Mutshatsha.

– Missionärerna vid Mujimbeji, säger han. Där har jag aldrig varit. Men jag känner vägen.

Varför är det ingen som frågar, tänker Hans Olofson. Varför är det ingen som vill veta vad jag ska göra i Mutshatsha?

De reser genom bushen i David Fischers rostiga militärjeep. Kapellet är uppspänt, men dammet yr in genom springorna. Den fyrhjulsdrivna bilen kastar och slirar i den djupa sanden.

– Fördelaren kommer nog att slamma igen, ropar David Fischer genom motordånet.

Bushen omger Hans Olofson. Då och då skymtar människor i det höga gräset. Kanske det bara är skuggor, tänker han. Kanske jag egentligen inte ser dem?

Sedan slammar fördelaren igen, och Hans Olofson står i den tryckande hettan och lyssnar på den afrikanska stillheten.

Som en vinternatt i köpingen, tänker han. Lika stilla, övergivet. Där var det kylan, här är det värmen. Ändå så påminner det om vartannat. Jag kunde leva där, uthärda. Alltså borde jag också kunna leva här. Att ha vuxit upp i det svenska norrländska inlandet visar sig kanske vara en utmärkt bakgrund för att leva i Afrika ...

David Fischer slår igen motorhuven, kastar en blick över axeln och ställer sig att pissa.

– Vad vet svenskar om Afrika? frågar han plötsligt.

– Ingenting, svarar Hans Olofson.

– Vi som bor här förstår det inte, säger David Fischer. Europas nyväckta intresse för Afrika, när ni redan en gång har övergivit oss. Nu kommer ni tillbaka, med våta samveten, den nya tidens frälsare.

Hans Olofson känner sig plötsligt personligt ansvarig.

76

– Mitt besök är alldeles onyttigt, svarar han. Minst av allt är jag här för att frälsa någon.

– Vilket land i Afrika mottar mest europeiskt bistånd? frågar David Fischer. Det är en gåta. Gissar du rätt är du den förste som gör det.

– Tanzania, föreslår Hans Olofson.

– Fel, säger David Fischer. Det är Schweiz. Namnlösa nummerkonton som fylls med biståndspengar som bara gör en hastig vändresa till Afrika. Och Schweiz är inget afrikanskt land ...

Vägen stupar plötsligt brant ner mot en flod och en ranglig träbro. Klungor av barn badar i det gröna vattnet, kvinnor ligger på knä och tvättar kläder.

– Nittio procent av de här barnen kommer att dö av bilharzia, ropar David Fischer.

– Vad kan man göra? frågar Hans Olofson.

– Vem vill se ett barn dö i onödan? ropar David Fischer. Du måste förstå att det är därför vi är så bittra. Hade vi fått lov att fortsätta som tidigare hade vi nog fått bukt med inälvsparasiterna också. Men nu är det för sent. När ni övergav oss, övergav ni också den här kontinentens möjlighet att skapa en uthärdlig framtid.

David Fischer tvingas tvärbromsa för en afrikan som hoppar fram på vägen och viftar med armarna för att få åka med. Ilsket tutar han och ropar något till mannen när de passerar.

– Tre timmar, så är vi framme, ropar David Fischer. Jag hoppas du i alla fall tänker på det jag har sagt. Naturligtvis är jag rasist. Men jag är ingen dum rasist. Jag vill det här landets bästa. Jag är född här och hoppas att få dö här.

Hans Olofson försöker göra som han blir tillsagd, men tankarna glider undan, mister sina fästen. Det är som om jag reste i mitt eget minne, tänker han. Redan nu har jag denna resa på avstånd, som om den var en avlägsen hågkomst ...

Det blir eftermiddag. Solen står rakt emot bilens framruta. David Fischer bromsar in och slår av motorn.

– Är det fördelaren igen? frågar Hans Olofson.

– Vi är framme, säger David Fischer. Det här måste vara Mut-shatsha. Floden vi nyss korsade var Mujimbeji.

När dammet sjunker undan, framträder en klunga låga, gråa byggnader, samlade kring en öppen plats med en brunn. Hit var det alltså Harry Johanson kom, tänker han. Hit var det Janine anträdde resan i sin ensamma dröm ... På avstånd ser han hur en gammal vit man kommer gående med långsamma steg. Runt bilen flockas barn, nakna eller behängda med trasor.

Mannen som kommer emot honom har ett blekt, insjunket ansikte. Hans Olofson får omedelbart en upplevelse av att han inte alls är välkommen. Jag bryter mig in i en sluten värld. En angelägenhet för de svarta och missionärerna ... Han bestämmer sig hastigt för att åtminstone avslöja en del av sanningen.

– Jag följer i Harry Johansons spår, säger han. Jag kommer från hans hemland, jag söker hans minne.

Den bleke mannen ser länge på honom. Sedan nickar han åt Hans Olofson att följa med.

– Jag väntar tills du säger att jag kan åka, säger David Fischer. Jag hinner ändå inte tillbaka förrän det är mörkt.

Han visas in i ett rum där det finns en säng, ett sprucket hand-fat och ett krucifix på väggen. En ödla försvinner i ett hål i vägg-en. En skarp lukt som han inte kan bestämma sticker i hans näsa.

– Fader LeMarque befinner sig på resa, säger den bleke mannen med återhållen röst. Han väntas tillbaka i morgon. Jag ska skicka hit någon med lakan, någon som kan visa var du kan få mat.

– Jag heter Hans Olofson, säger han.

Mannen nickar, utan att presentera sig.

– Välkommen till Mutshatsha, säger han med dyster röst innan han försvinner.

I dörröppningen står tysta barn och betraktar honom upp-märksamt.

Utifrån hörs plötsligt en kyrkklocka. Hans Olofson lyssnar. Han känner en krypande rädsla inom sig. Lukten som han inte kan bestämma sticker i hans näsa.

Jag ger mig av, tänker han upprört. Ger jag mig av genast har jag aldrig varit här. I samma ögonblick kommer David Fischer bärande på hans resväska.

– Jag förstår att du stannar, säger han. Lycka till med vad det nu är du ska göra. Vill du återvända har missionärerna bilar. Och du vet var jag bor.

– Hur ska jag kunna tacka? säger Hans Olofson.

– Varför ska man alltid tacka, säger David Fischer och går.

Hans Olofson ser bilen försvinna. Orörliga står barnen och ser på honom.

Plötsligt känner han sig yr i huvudet av den våldsamma hettan. Han går in i den klostercell han blivit tilldelad. Han sträcker ut sig på den hårda sängen och blundar.

Kyrkklockorna tystnar och allt är stilla. När han slår upp ögonen står barnen orörliga i dörröppningen och ser på honom. Han sträcker ut sin hand och vinkar åt dem. Genast är de borta.

Han behöver gå på en toalett. Han stiger ut genom dörren och värmen slår honom hårt i ansiktet. Den stora sandplanen är övergiven, till och med barnen är borta. Han går runt huset i sin sökan efter en toalett. På baksidan finner han en dörr. När han känner på vredet går dörren upp. Han går in och i mörkret är han blind. Den skarpa lukten gör honom illamående. När han har vant sig vid mörkret inser han att han befinner sig i ett bårhus. I dunklet urskiljer han två döda afrikaner som ligger utsträckta på träbänkar. Deras nakna kroppar är bara nödtorftigt övertäckta av smutsiga lakan.

Han ryggar och slår igen dörren bakom sig. Yrseln återkommer omedelbart.

På trappan utanför hans dörr sitter en afrikan och ser på honom.

– Jag är Joseph, *Bwana*, säger han. Jag ska vakta vid din dörr.

– Vem har sagt åt dig att sitta här?

– Missionärerna, *Bwana*.

– Varför det?

– Om någonting händer, *Bwana*.

– Vad skulle hända?

– I mörkret kan mycket hända, *Bwana*.
– Vad?
– Det vet man när det händer, *Bwana*.
– Har det hänt någonting förut?
– Det händer alltid mycket, *Bwana*
– Hur länge ska du sitta här?
– Så länge *Bwana* är kvar, *Bwana*.
– När sover du?
– När det finns tid, *Bwana*.
– Det finns bara natt och dag.
– Ibland uppstår andra tider, *Bwana*
– Vad gör du när du sitter här?
– Jag väntar på att någonting ska hända, *Bwana*.
– Vad?
– Det vet man när det händer, *Bwana*.

Joseph visar honom var det finns en toalett och var han kan duscha under ett bensinfat med en droppande slang. När han har bytt kläder följer Joseph honom till missionsstationens matsal. En låghalt afrikan går runt bland de tomma borden och torkar med en smutsig trasa.

– Är jag alldeles ensam? frågar han Joseph.

– Missionärerna är på resa, *Bwana*. Men i morgon är de kanske här igen.

Joseph stannar utanför dörren. Hans Olofson sätter sig vid ett bord. Den låghalte afrikanen kommer med en sopptallrik. Han äter och slår efter flugor som surrar kring hans mun. En insekt sticker honom plötsligt i nacken och när han rycker till, spiller han ut soppan på bordet. Genast kommer den låghalte mannen med sin trasa.

Någonting är omvänt på den här kontinenten, tänker han. När någon gör rent sprider sig smutsen ännu mer.

Den korta skymningen är nästan förbi när han lämnar matsalen. Joseph väntar honom utanför dörren. På avstånd glimmar eldar. Utanför dörren upptäcker han att Joseph står och gungar, att han knappt kan hålla balansen.

– Du är full, Joseph, säger han.

– Jag är inte full, *Bwana*.

– Jag ser ju att du är full!

– Jag är inte full, *Bwana*. Åtminstone inte mycket. Jag dricker bara vatten, Bwana.

– Man blir inte full av vatten. Vad har du druckit?

– Afrikansk whisky, *Bwana*. Men det är inte tillåtet. Jag får inte vara var här om någon av *mzungus* upptäcker det.

– Vad händer om någon ser att du är full?

– Ibland på morgnarna måste vi ställa upp på led och andas på en *wakakwitau*, *Bwana*. Om någon luktar annat än vatten blir han bestraffad.

– Hurdå?

– I värsta fall måste han lämna Mutshatsha med sin familj, *Bwana*.

– Jag säger ingenting, Joseph. Jag är ingen missionär. Jag är bara här på besök. Jag vill köpa lite av din afrikanska whisky.

Han ser hur Joseph försöker tänka över situationen, fatta ett beslut.

– Jag ska betala dig bra för din whisky, säger han.

Han följer Josephs vinglande gestalt som stryker i skuggorna, tätt intill husväggarna, bort mot ett område med gräshyddor. Ansikten han inte ser skrattar ur mörkret. En kvinna grälar på en osynlig man, barnögon glänser vid en eld.

Joseph stannar utanför en av gräshyddorna och ropar någonting med låg röst. Ur hyddan kommer två män och tre kvinnor, alla berusade. Hans Olofson har svårt att urskilja dem i dunklet. Joseph gör tecken åt honom att följa med in i hyddan. En ingrodd stank av urin och svett möter honom inne i mörkret.

Jag borde bli rädd, tänker han hastigt. Ändå känner jag mig alldeles trygg i Josephs sällskap ...

I samma ögonblick snubblar han över något på golvet och när han känner efter med handen märker han att det är ett sovande barn. Skuggorna dansar över väggarna och Joseph pekar åt honom att sätta sig ner. Han sjunker ner på en bastmatta och en kvinna räcker honom en mugg. Det han dricker smakar som vidbränt bröd, det är mycket starkt.

– Vad är det jag dricker? frågar han Joseph.

– Afrikansk whisky, *Bwana*.

– Det smakar illa.

– Vi är vana, *Bwana*. *Lituku* bränner vi av majsavfall, rötter och sockervatten. Sedan dricker vi det. När det är slut gör vi nytt. Ibland dricker vi också honungsöl.

Hans Olofson känner att han blir berusad.

– Varför gick de ut? frågar han.

– De är inte vana vid att en *mzungu* kommer hit, *Bwana*. I den här hyddan har aldrig någon *mzungu* varit tidigare.

-- Säg åt dem att komma tillbaka. Jag är ingen missionär.

– Men du är vit, *Bwana*. En *mzungu*.

– Säg åt dem i alla fall.

Joseph ropar ut i mörkret och de tre kvinnorna och de två männen återkommer och sätter sig på huk. De är unga.

– Mina systrar och mina bröder, *Bwana*. Magdalena, Sara och Salomo. Abraham och Kennedy.

– Salomo är ett mansnamn.

– Min syster heter Salomo, *Bwana*. Alltså är det också ett kvinnonamn.

– Jag vill inte störa. Säg åt dem det. Säg åt dem att jag inte vill störa.

Joseph översätter och den av kvinnorna som heter Sara säger något medan hon kastar blickar mot Hans Olofson.

– Vad vill hon? frågar han.

– Hon undrar varför en *wakakwitau* besöker en afrikansk hydda, *Bwana*. Hon undrar varför du dricker, eftersom alla vita här säger att det är förbjudet.

– Inte för mig. Förklara för henne att jag inte är någon missionär.

Joseph översätter och en våldsam diskussion utbryter. Hans Olofson betraktar kvinnorna, deras mörka kroppar som avtecknar sig under deras *chitengen*. Kanske Janine återvänder till mig i en svart skepnad, tänker han ...

82

Han dricker sig berusad på den dryck som smakar som vidbränt bröd och lyssnar på en diskussion han inte förstår.

– Varför är ni så upprörda? frågar han Joseph.

– Varför dricker inte alla *mzunguz*, *Bwana*? Särskilt de som predikar om sin gud? Varför förstår de inte att uppenbarelsen blir mycket starkare med afrikansk whisky? Det har vi afrikaner förstått sedan våra första förfäder levde.

Säg åt dem att jag håller med. Fråga dem vad de egentligen tycker om missionärerna.

När Joseph har översatt utbreder sig en förlägen tystnad.

– De vet inte vad de ska svara, *Bwana*. De är inte vana vid att en *mzungu* ställer en sådan fråga. De är rädda för att svara fel.

– Vad skulle hända?

– Att leva vid en missionsstation betyder mat och kläder, *Bwana*. De vill inte förlora det genom att svara fel.

– Vad skulle hända?

– Missionärerna skulle kunna bli missnöjda, *Bwana*. Kanske vi alla blev bortjagade?

– Händer det? Att de som inte lyder jagas iväg?

– Missionärer är som andra vita, *Bwana*. De kräver samma underkastelse.

– Kan du inte svara tydligare! Vad händer?

– *Mzunguz* tycker alltid att vi svarta är otydliga, *Bwana*.

– Du talar i gåtor, Joseph.

– Livet är gåtfullt, *Bwana*.

– Jag tror inte ett ord av vad du säger, Joseph. Inte jagas ni iväg av missionärerna!

– Naturligtvis tror du mig inte, *Bwana*. Jag säger bara som det är.

– Du säger ingenting.

Hans Olofson dricker.

– Kvinnorna, säger han. Det är dina systrar?

– Det är riktigt, *Bwana*.

– Är de gifta?

– De skulle gärna gifta sig med dig, *Bwana*.

– Varför det?

– En vit man är tyvärr inte svart, *Bwana*. Men en *bwana* har pengar.

– De har ju aldrig sett mig förr?

– De såg dig när du kom, *Bwana*.

– De känner mig inte?

– Om de var gifta med dig skulle de lära känna dig, *Bwana*.

– Varför gifter de sig inte med missionärerna?

– Missionärer gifter sig inte med svarta, *Bwana*. Missionärer tycker inte om svarta människor.

– Vad i helvete är det du säger?

– Jag säger bara som det är, *Bwana*.

– Sluta kalla mig *Bwana*.

– Ja, *Bwana*.

– Naturligtvis tycker missionärerna om er! Det är ju för er skull som de är här?

– Vi svarta tror att missionärerna är här som ett straff, *Bwana*. För mannen som de spikade upp på ett kors.

– Varför stannar ni här?

– Det är ett bra liv, *Bwana*. Vi tror gärna på en främmande gud om vi får mat och kläder.

– Bara därför?

– Naturligtvis, *Bwana*. Vi har ju våra riktiga gudar. De bryr sig nog inte om att vi knäpper händerna några gånger varje dag. När vi talar till dem slår vi på våra trummor och dansar.

– Det kan ni väl inte göra här?

– Ibland beger vi oss långt ut i bushen, *Bwana*. Där väntar våra gudar på oss.

– Vet missionärerna inte om det här?

– Naturligtvis inte, *Bwana*. Då skulle de bli mycket upprörda. Det vore inte bra. Särskilt inte nu när jag kanske ska få en cykel.

Hans Olofson reser sig på ostadiga ben. Jag är full, tänker han. I morgon kommer missionärerna tillbaka. Jag måste sova.

– Följ mig tillbaka, Joseph.

– Ja, *Bwana*.

– Sluta kalla mig *Bwana*!

– Ja, *Bwana*. Jag ska sluta kalla dig *Bwana* när du har rest.

Hans Olofson ger Joseph några sedlar.

– Dina systrar är vackra.

– De vill gärna gifta sig med dig, *Bwana*.

Hans Olofson kryper ner i den hårda sängen. Innan han somnar hör han hur Joseph redan har börjat snarka utanför dörren.

Han vaknar med ett ryck av att den bleke mannen står och ser på honom.

– Father LeMarque har återvänt, säger han med tonlös stämma. Han vill gärna träffa er.

Hans Olofson klär sig hastigt. Han mår illa och huvudet bultar av sviter efter den afrikanska whiskyn. I den tidiga gryningen följer han den bleke mannen över den röda jorden.

Färdas missionärerna om nätterna, tänker han. Vad ska jag egentligen säga om varför jag har kommit hit?

Han stiger in i ett av de grå husen. Vid ett enkelt träbord sitter en ung man i yvigt skägg. Han är klädd i en sönderklippt undertröja och smutsiga kortbyxor.

– Vår gäst, säger han och ler. Välkommen hit.

Patrice LeMarque kommer från Kanada, berättar han för Hans Olofson. Den låghalte mannen har kommit med två kaffekoppar och de sitter på baksidan av huset i skuggan av ett träd. På missionsstationen Mutshatsha finns missionärer och sjukvårdspersonal från olika länder.

– Men inga från Sverige? frågar Hans Olofson.

– Inte just nu, svarar Patrice LeMarque. Senast var för ungefär tio år sedan. En svensk sjuksköterska som kom från en stad som jag tror hette Kalmar.

– Den förste kom från Röstånga. Harry Johanson.

– Har du verkligen rest ända hit för att se hans grav?

– Jag stötte på hans öde när jag var mycket ung. Innan jag har sett hans grav blir jag inte färdig med honom.

– I skuggan av det här trädet satt Harry Johanson, säger han. När han ville vara ensam och meditera, brukade han dra sig undan hit. Då fick ingen störa honom. Jag har också sett ett

85

fotografi av honom när han sitter här. Han var kortvuxen men han hade stora kroppskrafter. Han hade dessutom ett häftigt humör. Fortfarande finns några gamla afrikaner som minns honom. När han blev arg kunde han lyfta en elefantunge över sitt huvud. Det är naturligtvis inte sant, men som bild på hans styrka är bilden god.

Han ställer ifrån sig kaffekoppen.

– Jag ska visa dig hans grav, säger han. Sedan måste jag tyvärr ägna mig åt arbete. Vår pumpstation har gått sönder.

De går längs en vindlande stig som bär uppför en kulle. Genom de täta buskagen skymtar då och då flodens vattenspegel.

– Gå inte dit utan Joseph, säger Patrice LeMarque. Där finns mycket krokodiler.

Terrängen planar ut och bildar en avsats på den höga kullen. Hans Olofson står plötsligt framför ett enkelt träkors.

– Harry Johansons grav, säger Patrice LeMarque. Vart fjärde år måste vi byta ut korset eftersom termiterna äter upp det. Men han ville ha ett träkors på sin grav. Vi följer hans vilja.

– Vad drömde han egentligen om? säger Hans Olofson.

– Jag tror inte han hade så mycket tid att drömma. En missionsstation i Afrika innebär ett ständigt praktiskt arbete. Att vara mekaniker, hantverkare, jordbrukare, affärsman. Harry Johanson var framgångsrik på alla dessa områden.

– Men religionen?

– Vårt budskap ligger planterat på majsfälten. Evangelium är en omöjlighet om det inte omsluts av vardagen. Omvändelsen är en fråga om bröd och hälsa.

– Men trots allt är omvändelsen det avgörande? Omvändelse från vad?

– Vidskepelse, fattigdom och trolldom.

– Vidskepelse kan jag förstå. Men inte att man kan omvända någon från fattigdom?

– Budskapet inger förtröstan. Kunskapen innebär livsmod.

Hans Olofson tänker på Janine.

– Var Harry Johanson lycklig? frågar han.

86

– Vem känner en annan människas innersta tankar? säger Patrice LeMarque.

De återvänder samma väg de har kommit.

– Jag träffade ju aldrig Harry Johanson, säger Patrice LeMarque. Men han måste ha varit en färgstark och egensinnig människa. Ju äldre han blev, desto mindre tyckte han sig förstå. Han accepterade att Afrika förblev en främmande värld.

– Kan man leva hur länge som helst i en främmande värld utan att försöka omskapa den så att den påminner om den värld man en gång har lämnat?

– Vi hade en ung präst från Holland här en gång. Modig och stark, självuppoffrande. Men en dag, utan förvarning, reste han sig från middagsbordet och gick rakt ut i bushen. Målmedvetet, som om han visste vart han skulle.

– Vad hände?

– Han blev aldrig återfunnen. Hans mål måste ha varit att uppslukas, att aldrig återvända. Någonting brast.

Hans Olofson tänker på Joseph och hans systrar och bröder.

– Vad tänker egentligen de svarta? frågar han.

– De lär känna oss genom den gud vi ger dem.

– De har ju sina egna gudar? Vad gör ni med dem?

– Låter dem försvinna av sig själva.

Fel, tänker Hans Olofson. Men kanske en missionär måste underlåta att se vissa saker för att uthärda.

– Jag ska hitta någon som kan visa dig runt, säger Patrice LeMarque. Tyvärr är nästan alla som arbetar här ute i bushen just nu. De besöker de avlägsna byarna. Jag ska be Amanda visa dig runt.

Men det är först på kvällen som Hans Olofson blir visad sjukhuset. Den bleke mannen som heter Dieter meddelar honom att Amanda Reinhardt som av Patrice LeMarque har utsetts att visa honom runt är upptagen och ber honom ursäkta.

När han återvänder från Harry Johansons grav sitter Joseph vid hans dörr. Han upptäcker genast att Joseph är rädd.

– Jag ska ingenting avslöja, säger han.

– *Bwana* är en god *bwana*, säger Joseph.

– Sluta kalla mig *bwana*!

– Ja, *Bwana*.

De går ner till floden och spanar efter krokodiler utan att upptäcka några. Joseph visar honom Mutshatshas omfattande majsodlingar. Överallt ser han kvinnor med hackor i händerna, böjda över jorden.

– Var är alla män? frågar han.

– Männen fattar viktiga beslut, *Bwana*. Kanske de också håller på att förbereda den afrikanska whiskyn.

– Viktiga beslut?

– Viktiga beslut, *Bwana*.

Efter att ha ätit av den mat som serveras honom av den låghalte mannen sätter han sig i skuggan av Harry Johansons träd.

Han förstår inte den tomhet som präglar missionsstationen. Han försöker tänka att Janine verkligen hade genomfört sin långa resa.

Sysslolösheten gör honom orolig. Jag måste återvända hem, tänker han. Återvända till det jag har att göra, vad nu än det månde vara ...

I skymningen står Amanda Reinhardt plötsligt i hans dörr. Han har lagt sig ovanpå sängen och somnat. Hon har en fotogenlykta i handen och han ser att hon är kortvuxen och knubbig. På hennes brutna engelska förstår han att hon är tyska.

– Jag beklagar att du har blivit lämnad ensam, säger hon. Men vi är så få här just nu. Det är så mycket att göra.

– Jag har legat och tänkt på Harry Johanson, säger Hans Olofson.

– Vem? frågar hon.

I samma ögonblick dyker en upphetsad afrikan fram ur skuggorna. Han utväxlar meningar med Amanda Reinhardt på det språk som Hans Olofson inte förstår.

– Ett barn håller på att dö, säger hon. Jag måste gå.

I dörren stannar hon plötsligt och vänder sig om.

– Följ med, säger hon. Följ med till Afrika.

Han reser sig från sängen och de skyndar mot sjukhuset som ligger vid foten av Harry Johansons kulle. Hans Olofson ryggar när han stiger in i ett rum som är fyllt med järnsängar. Glesa fotogenlampor kastar ett oklart ljus över rummet. Hans Olofson ser att det överallt ligger sjuka människor. På sängarna, mellan sängarna, under sängarna. I flera sängar ligger mödrar sammanflätade med sina sjuka barn. Kokkärl och klädbylten gör rummet nästan oframkomligt och den starka lukten av svett och urin och avföring är bedövande. I en säng som tillverkats av krokiga järnrör, sammanfogade med ståltråd, ligger ett barn som är tre eller fyra år gammalt. Runt sängen sitter kvinnor på huk.

Hans Olofson upptäcker att även ett svart ansikte kan utstråla blekhet.

Amanda Reinhardt böjer sig över barnet, känner på pannan, och talar samtidigt med kvinnorna.

Dödens väntrum, tänker han.

Fotogenlamporna är livets lågor ...

Plötsligt utbryter ett gemensamt skrik från kvinnorna som sitter på huk runt sängen. En av kvinnorna, knappast mer än arton år gammal, kastar sig över barnet i sängen, och hennes klagan är så genomträngande och skärande att Hans Olofson känner behov av att fly. Den jämmer, de vrål av smärta som fyller rummet, drabbar honom med förlamande verkan. Med ett jättelikt språng vill han lämna Afrika bakom sig.

– Så ser döden ut, säger Amanda Reinhardt i hans öra. Barnet har dött.

– Av vad, frågar Hans Olofson.

– Mässling, svarar Amanda Reinhardt.

Kvinnornas skrik stiger och faller. Aldrig tidigare har han upplevt sorgens röst som i detta smutsiga rum med sitt overkliga ljus. Någon slår med släggor mot hans trumhinnor.

– De kommer att skrika hela natten, säger Amanda Reinhardt. I den här värmen måste begravningen ske redan i morgon. Sedan klagar kvinnorna i några dygn till. De kanske svimmar av utmattning, men de fortsätter.

– Jag trodde inte det fanns en sådan klagan, säger Hans Olofson. Det här måste vara smärtans urljud.

– Mässling, säger Amanda Reinhardt. Du har säkert haft det. Men här dör barnen av det. De kom från en avlägsen by. Modern gick och bar på sitt barn i fem dygn. Hade hon kommit tidigare hade vi kanske kunnat rädda det. Men hon vände sig först till byns häxdoktor. Först när det var för sent kom hon hit. Egentligen är det inte mässlingen som dödar. Men barnen är undernärda, deras motståndskraft utarmad. När barnet dör är det slutet på en lång kedja av orsaker.

Hans Olofson lämnar sjukhuset ensam. Han har lånat hennes fotogenlampa och säger att han hittar själv. Han följs av skriken från de klagande kvinnorna. Utanför hans dörr sitter Joseph vid sin eld.

Honom ska jag minnas, tänker Hans Olofson. Honom och hans vackra systrar ...

Dagen efter dricker han åter kaffe med Patrice LeMarque.

– Vad tänker du nu om Harry Johanson? frågar han.

– Jag vet inte, säger Hans Olofson. Mest tänker jag nog på barnet som avled igår.

– Jag har redan begravt det, svarar Patrice LeMarque. Och pumpstationen har jag också fått igång.

– Hur kommer jag härifrån? frågar Hans Olofson.

– I morgon reser Moses till Kitwe med en av våra bilar. Då kan du åka med.

– Hur länge ska du stanna här, frågar Hans Olofson.

– Så länge jag lever, säger Patrice LeMarque. Men knappast lever jag så länge som Harry Johanson. Han måste ha varit mycket speciell.

I gryningen blir han väckt av Joseph.

– Nu åker jag hem, säger han. Till en annan del av världen.

– Jag stannar vid de vitas dörrar, Bwana, svarar Joseph.

– Hälsa dina systrar!

– Det har jag redan gjort, Bwana. De sörjer över att du reser.

– Varför kommer de inte och säger adjö då?

90

– Det gör de, *Bwana*. De säger adjö, men du ser dem inte.

– En sista fråga, Joseph. När kommer ni att jaga ut de vita ur ert land?

– När tiden är mogen, *Bwana*.

– Och när är den det?

– När vi bestämmer att den är det, *Bwana*. Men vi ska inte jaga alla *mzunguz* ur landet. De som vill leva med oss kan vara kvar. Vi är inte rasister som de vita.

En jeep kör fram till huset. Hans Olofson ställer in sin väska. Chauffören som heter Moses nickar mot honom.

– Moses är en bra chaufför, *Bwana*, säger Joseph. Han kör bara av vägen ibland.

Hans Olofson sätter sig i framsätet och de svänger ut på vägen.

Nu är det över, tänker han. Janines dröm och Harry Johansons grav ...

Efter några timmar tar de rast. Då upptäcker Hans Olofson att de två döda kroppar han upptäckt i bårrummet ligger inpackade i jeepens lastutrymme. Genast blir han illamående.

– De ska till polisen i Kitwe, säger Moses som upptäcker hans förfäran. Alla som blivit mördade måste undersökas av polisen.

– Vad har hänt?

– Det är två bröder. De blev förgiftade. Deras majsodling var nog för stor. Deras grannar blev avundsjuka. Då dog de.

– Hur?

– De åt någonting. Sedan svullnade de upp och magarna sprack. Det luktade mycket illa. De onda andarna hade dödat dem.

– Tror du verkligen på onda andar?

– Naturligtvis, säger Moses och skrattar. Vi afrikaner tror på trolldom och onda andar.

Resan fortsätter.

Hans Olofson försöker övertyga sig själv om att han ska återuppta sina avbrutna juridiska studier. Ännu en gång klamra sig fast vid sitt beslut att bli den förmildrande omständighetens försvarare.

Men jag har aldrig i grunden gjort klart för mig vad det innebär att tillbringa livet i rättssalar, tänker han. Där jag ska försöka urskilja vad som är lögn och vad som är sanning.

Kanske skulle jag få det som min far? Kanske skulle jag gå och hugga ut horisonter i en skog av paragrafer? Ur den förvirring som präglar mitt ursprung, letar jag fortfarande efter en utgång...

Den långa resan från Mutshatsha närmar sig sitt slut. Jag måste bestämma mig innan jag landar på Arlanda igen, tänker han. Mer tid har jag inte.

Han visar Moses vägen till Ruth och Werners farm.

– Först kör jag dig, sedan kör jag liken, säger Moses.

Hans Olofson är glad för att han inte kallar honom bwana.

– Hälsa Joseph när du har återvänt.

– Joseph är min bror. Jag ska hälsa honom.

Strax före klockan två på eftermiddagen är de framme...

Havet.
En blågrön våg som rör sig mot evigheten.
Det blåser en frusen vind från Kvarken. En segelbåt med osäker rorgängare står stilla på vågtopparna med segel som slår och smäller. Tång och lera sänder sin unkna doft mot Hans Olofsons ansikte, och trots att havet inte är som han har föreställt sig, är verkligheten överväldigande.

De strövar i den hårda motvinden längs en udde utanför Gävle, Hans Olofson och hans far. För att avleda smärtan från de ständiga tankarna på Sture, har Erik Olofson begärt en vecka ledigt för att ta med sin son och visa honom havet. En dag i mitten av juni reser de med landsvägsbuss från köpingen, byter i Ljusdal och når Gävle sent på kvällen.

Hans Olofson hittar en sönderskavd barkbåt som någon övergivit och stoppar den innanför jackan. Erik Olofson drömmer om de bananbåtar han en gång beseglade. Ur skogshuggaren sticker sjömannens ansikte fram, och han inser återigen att havet är den värld som är hans.

Hans Olofson tänker att havet hela tiden skiftar ansikte. Aldrig är det möjligt att helt och hållet fånga vattenspegeln med blicken. Någonstans pågår alltid en oväntad rörelse, solens och molnens växelspel blänker och förvandlar, oupphörligt, utan att förtröttas. Han kan inte se sig mätt på havet som rullar och grymtar, kastar vågtoppar fram och tillbaka, stillnar, och sedan åter fräser och sjunger och stönar.

Tanken på Sture finns där men det är som om havet sköljer över, långsamt begraver den tyngsta smärtan och den mest gnagande sorgen. Den oklara känslan av skuld, av att ha varit de osynliga händer som vräkte ner Sture från brospannen, sjunker undan, och efterlämnar bara en molande oro, som en smärta som inte kan bestämma sig för om den ska slå till eller inte.

Redan har Sture börjat förvandlas från levande människa till minne. För varje dag som går blir konturerna av hans ansikte alltmer oklara och utan att Hans Olofson kan formulera det för sig, inser han att livet, livet som pågår och omsveper honom, alltid är det viktigaste. Han anar att han är på väg in i någonting okänt, där nya och oroande krafter håller på att växa fram.

Jag väntar på någonting, tänker han. Och medan han väntar letar han ihärdigt efter vrakgods längs stränderna.

Erik Olofson går en bit vid sidan, som om han inte ville störa. Han plågas av att hans egen väntan aldrig tycks ta slut. Havet påminner om hans egen undergång ...

De bor på ett billigt hotell intill järnvägsstationen. När fadern har somnat kryper Hans Olofson upp ur sängen och sätter sig i den breda fönsternischen. Där har han utsikt över det lilla torget framför stationsbyggnaden.

Han försöker se det rum på det avlägsna sjukhus där Sture finns. En järnlunga, har han hört. En tjock svart slang in i halsen, en konstgjord strupe som andas åt Sture. Ryggraden är bruten, knäckt som på en abborre.

Han försöker föreställa sig vad det innebär att inte kunna röra sig, men det går naturligtvis inte, och han orkar plötsligt inte med oron, utan slår bort den.

Jag bryr mig inte om det, tänker han. Jag kröp över brovalvet, jag ramlade inte ner. Vad fan skulle han där att göra ensam, på morgonen, i dimman? Han skulle ha väntat på mig ...

Dagarna vid havet går fort. Efter en vecka måste de återvända. I den skakande bussen ropar han plötsligt till sin far.

– Morsan, ropar han. Varför vet du inte var hon är?

– Det är mycket man inte kan veta, värjer sig Erik Olofson, överrumplad av den oväntade frågan.

– Farsor försvinner, ropar Hans Olofson. Inte morsor.

94

– Nu har du fått se havet, säger Erik Olofson. Och här går inte att prata. Bussen skramlar så förbannat.

Dagen efter återgår Erik Olofson till att frilägga horisonten. Otåligt slår han med yxan efter en envis gren som vägrar skiljas från stammen. Han lägger hela sin kroppstyngd bakom slaget, hugger ursinnigt efter grenen.

Jag hugger efter mig själv, tänker han. Hugger av dessa förbannade rottrådar som binder mig här. Pojken är snart fjorton. Om några år klarar han sig själv. Då kan jag återvända till havet, till skeppen, till lasterna.

Han hugger med yxan, varje hugg som att dunka näven mot pannan och säga: jag måste ...

Hans Olofson springer genom den ljusa norrländska sommarkvällen. Att gå tar för lång tid, han har bråttom nu. Den mjuka, vattensjuka jorden bränner ...

I en skogsdunge bortom det nerlagda tegelbruket bygger han ett altare åt Sture. Han kan varken föreställa sig honom levande eller död, han är bara borta, men han bygger ett altare av brädlappar och mossa. Vad han ska göra med det vet han inte. Han tänker att han kunde fråga Janine, inviga henne i sin hemlighet, men han avstår. Att besöka altaret en gång varje dag och se att ingen har varit där är tillräckligt. Även om Sture inte vet om det så delar de nu ännu en hemlighet.

Han drömmer om att huset där han bor ska lossa sina förtöjningar och driva bort längs älven för att aldrig mera återkomma.

Han skenar genom sommaren, springer längs älven tills han är andfådd och svettig. När ingenting annat återstår finns ändå Janine.

En kväll när han kommer springande är hon inte hemma. Ett kort ögonblick blir han orolig att hon också är borta. Hur ska han kunna mista ännu en av dem som bär upp hans värld? Men han vet att hon är på ett av de *Härliga Mötena* i kyrkan, och han sätter sig på hennes trappa och väntar.

När hon kommer har hon en vit kappa över en ljusblå klänning. En vindil drar genom hans kropp, en plötslig oro.

– Varför rodnar du? säger hon.

– I helvete jag rodnar, svarar han. Det gör jag aldrig.

Han känner sig ertappad. Snyt dig i din näsa, tänker han ilsket. Snyt dig i hålet.

Den kvällen börjar Janine plötsligt tala om att resa.

– Vart reser en sådan som jag, säger Hans Olofson. Jag har varit i Gävle. Längre lär det knappast bli. Men jag kan ju försöka tjuvåka med rälsbussen till Orsa. Eller gå till skräddarn och be honom sy fast ett par vingar.

– Jag menar allvar, säger Janine.

– Det gör jag med, säger Hans Olofson.

– Jag skulle resa till Afrika, säger Janine.

– Afrika?

För Hans Olofson är det en obegriplig dröm.

– Afrika, säger hon igen. Jag skulle resa till länderna vid de stora floderna.

Plötsligt berättar hon. Köksfönstrets gardin fläktar svagt, en hund skäller på avstånd. Om de mörka ögonblicken berättar hon. Om den vånda som gör att hon längtar till Afrika. Där skulle hon inte överallt väcka uppmärksamhet med sin försvunna näsa. Där skulle hon inte ständigt vara omgiven av mänsklig avsky och bortvändhet.

– Spetälskan, säger hon. Kroppar som ruttnar, själar som förtvinar i förtvivlan. Där skulle jag kunna verka.

Hans Olofson försöker föreställa sig De Näslösas Rike, försöker se Janine bland deformerade människokroppar.

– Ska du bli missionär? frågar han.

– Nej, inte missionär. Kanske skulle jag kallas det. Men jag skulle arbeta med att lindra plågor.

– Man kan resa utan att resa, säger hon. Ett uppbrott börjar alltid inom dig. Så var det nog också för Harry Johanson och hans hustru Emma. I femton år förberedde de en resa som de nog aldrig trodde skulle bli av.

– Vem är Harry Johanson? frågar Hans Olofson.

– Han var född på ett fattigt torp utanför Röstånga, säger Ja-

96

nine. Han var näst yngst av nio syskon. När han var tio år bestämde han sig för att bli missionär. Det var i slutet på 1870-talet. Men först 20 år senare, 1898, när han redan var gift och Emma och han hade fyra barn, kunde de ge sig iväg. Harry hade fyllt trettio, Emma var några år yngre, och de reste ut från Göteborg. Också i Sverige fanns anhängare till den skotske missionären Fred Arnot som försökte bygga upp ett nät av missionsstationer längs de vägar som Livingstone hade färdats i Afrika. Från Glasgow seglade de med ett engelskt skepp och kom till Benguella i januari 1899. Ett av deras barn dog av kolera på överresan och Emma var så sjuk att hon måste bäras i land när de kom till Afrika. Tillsammans med tre andra missionärer och över hundra svarta bärare begav de sig efter en månads väntan ut på en tvåhundra mil lång vandring, rakt genom obanat land. Det tog dem fyra år att komma fram till Mutshatsha där Fred Arnot hade bestämt att den nya missionsstationen skulle ligga. Ett år fick de vänta vid Lungafloden innan den lokale hövdingen gav dem tillstånd att passera genom hans land. Hela tiden plågades de av sjukdomar, brist på mat, orent vatten. När Harry efter fyra år äntligen kom fram till Mutshatsha var han ensam. Emma hade dött av malaria, de tre barnen hade tynat bort i olika tarmsjukdomar. Också de tre andra missionärerna hade dött. Harry var själv omtöcknad av malaria när han kom fram tillsammans med de av bärarna som inte gett sig av flera år tidigare. Hans ensamhet måste ha varit obeskrivlig. Och hur förmådde han hålla fast vid sin gudstro när hela hans familj hade utplånats på vägen att sprida Guds budskap? Harry levde i nästan femtio år i Mutshatsha. När han dog hade det vuxit upp ett helt samhälle kring den lilla hyddan som var början på missionsstationen. Där fanns ett sjukhus, ett barnhem, ett hus för äldre kvinnor som fördrivits från sina byar efter anklagelser om att de var häxor. När Harry Johanson dog kallades han »*Ndotolu*«, den vise mannen. Han begravdes på en kulle där han under sina sista år hade dragit sig undan och byggt sig en liten oansenlig hydda. När han dog fanns engelska läkare och en annan svensk missionärsfamilj i Mutshatsha. Harry Johanson dog 1947.

– Hur vet du det? frågar Hans Olofson.

– En gammal kvinna som en gång besökte Harry i Mutshatsha har berättat, svarar Janine. Hon kom dit som ung för att arbeta på missionsstationen, men hon blev sjuk och Harry tvingade henne att återvända. Hon besökte vår församling förra året och jag talade länge med henne om Harry Johanson.

– Säg det en gång till, säger Hans Olofson. Namnet.

– Mutshatsha.

– Vad gjorde han egentligen där?

– Han kom som missionär. Men han blev den vise mannen. Läkaren, hantverkaren, domaren.

– Säg det en gång till.

– Mutshatsha.

– Varför reser du inte dit?

– Jag har nog inte det som Harry Johanson hade. Och Emma, fast hon aldrig nådde fram.

Vad var det Harry Johanson hade, tänker han när han går hem i den ljusa sommarkvällen.

Han klär sig i Harry Johansons kläder, bakom sig har han en utsträckt rad av bärare. Innan karavanen korsar älven sänder han ut spanare för att undersöka om krokodiler lurar på sandbankarna. När karavanen når fram till huset där han bor har det gått fyra år och de har kommit till Mutshatsha. Då är han ensam, inga bärare finns kvar, alla har övergivit honom. När han går uppför trappan tänker han att altaret han har byggt åt Sture i skogsdungen bakom tegelbruket ska heta Mutshatsha ...

Han öppnar dörren och drömmen om Harry Johanson och Mutshatsha slår bakut och överger honom, ty i köket sitter Erik Olofson och super tillsammans med fyra av köpingens mest notoriska fyllon. Céléstine är framplockad ur sin monter och ett av fyllona sitter och petar i den omsorgsfullt utförda riggen med fumliga fingrar. Någon som inte ens har dragit av sig sina smutsiga gummistövlar ligger och sover ovanpå Hans Olofsons säng.

Fyllona bligar nyfiket på honom och Erik Olofson reser sig svajade och säger någonting som drunknar i slamret av en flaska

98

som faller i golvet. I vanliga fall känner Hans Olofson sorg och skam när fadern börjar supa och går in i någon av sina perioder. Men nu känner han bara vrede. Åsynen av fullriggaren på bordet, som om den strandat bland glas och flaskor och askfat, gör honom så utom sig av sorgset ursinne, att han blir alldeles lugn. Han går fram till bordet, lyfter upp skeppet och stirrar det petande fyllot rakt in i hans glansiga ögon.

– Henne ska du ge faen i, säger han.

Utan att vänta på svar ställer han tillbaka skeppet i dess monter. Sedan går han in i sitt rum och sparkar till den snarkande mannen som ligger på hans säng.

– Upp nu. Upp nu för faen, säger han, och ger sig inte förrän mannen vaknar.

Han ser att fadern står och håller sig i dörrposten, med byxorna halvt nerhasade, och när han ser hans irrande ögon, börjar han hata honom. Han jagar ut det yrvakna fyllot i köket och slår sedan igen dörren, mitt framför ögonen på sin far. Han river bort sängöverkastet och sätter sig ner och känner hur hjärtat bultar i bröstet.

Mutshatsha, tänker han.

I köket skrapar de med stolar, ytterdörren öppnas, röster mumlar och sedan är det tyst.

Först tror han att fadern har följt med fyllona ut i köpingen. Men sedan hör han ett hasande och en duns från köket. När han öppnar dörren ser han sin far krypa omkring med en trasa i handen för att torka bort smutsen från golvet.

Hans Olofson tycker att fadern påminner om ett djur. Byxorna har hasat ner så ändan är bar. Ett blint djur som kryper runt, runt ...

– Sätt på dig byxorna, säger han. Kryp inte omkring. Jag ska torka det här jävla golvet.

Han hjälper fadern upp och när Erik Olofson mister balansen hamnar de i kökssoffan i en ofrivillig omfamning. När han ska dra sig loss håller fadern honom kvar.

Hastigt tänker han att fadern vill slåss, men sedan hör han hur han snörvlar och piper och hickar av en våldsam gråtattack. Det har han aldrig varit med om tidigare.

Vemod och glansiga ögon, darrande röst som blivit tjock, det känner han till. Men aldrig denna öppna, övergivna gråt.

Vad i helvete ska jag göra nu, tänker han, med faderns svettiga och orakade ansikte mot sin hals.

Gråhundarna slokar oroligt under köksbordet. De har blivit sparkade och trampade och inte fått mat på hela dagen. Köket stinker av instängd svett, osande pipor och utfluten pilsner.

– Vi måste städa, säger Hans Olofson och gör sig fri. Lägg dig du så ska jag torka upp skiten.

Erik Olofson sjunker ihop i soffhörnet och han börjar torka golvet.

– Ta ut hundarna, mumlar fadern.

– Ta ut dem själv, svarar Hans Olofson.

Att Skumrasket, köpingens föraktade och fruktade fyllon, fått lov att breda ut sig i köket, gör honom illa till mods. De kan hållas i sina ruckel, tänker han, hållas där med sina kärringar och ungar och pilsnerflaskor ...

Fadern somnar i soffan. Hans Olofson lägger över honom en filt och tar ut hundarna och kedjar dem vid vedboden. Sedan går han till altaret i skogen.

Det är redan natt, den ljusa norrländska sommarnatten. Utanför Folkets hus larmar några ungdomar kring en skinande Chevrolet. Hans Olofson återgår till sin karavan, räknar in bärarna och manar på till avmarsch.

Missionär eller inte, en viss myndighet är nödvändig för att inte bärarna ska drabbas av lättja och kanske också börja stjäla av förråden. De bör uppmuntras med glaspärlor och annat krimskrams med jämna mellanrum men också tvingas att bevittna bestraffningar för försummelser när så är nödvändigt. Han vet att han under de många månader, kanske år, som karavanen kommer att vara på väg aldrig kan tillåta sig att sova annat än med ett öga åt gången.

Bortom sjukhuset börjar bärarna ropa om att de behöver vila

men han driver på dem. Först när de har nått altaret i skogen låter han dem ta av de stora packningar de bär på sina huvuden ...

– Mutshatsha, säger han till altaret. Tillsammans ska vi en gång resa till Mutshatsha, när din ryggrad är läkt och du har rest dig upp igen ...

Han skickar iväg bärarna i förväg för att få ro till eftertanke.

Att resa betyder kanske att man bestämmer sig för att besegra någonting, tänker han oklart. Besegra de Hånfulla som aldrig trott att man skulle komma iväg, aldrig ens komma så långt som till Orsa finnskogar. Eller att besegra dem som tidigare gett sig av genom att resa ännu längre, försvinna än djupare in i vildmarkerna. Besegra sin egen lättja, feghet, rädsla.

Jag besegrade älvbron, tänker han. Jag var starkare än min egen rädsla ...

Han strövar hemåt genom sommarnatten.

Frågorna är så många fler än svaren. Erik Olofson, hans obegripliga far. Varför börjar han supa nu? När de tillsammans har varit vid havet och sett att det finns kvar? Mitt i sommaren, när snön och kölden är borta? Varför släpper han in fyllona och låter dem fingra på Céléstine?

Och varför reste egentligen morsan? Utanför Folkets Hus stannar han och ser på resterna av affischen till försommarens sista bioprogram.

»Spring för livet«, läser han. Just det, springa för livet. Och han springer på tysta fötter genom den ljumma sommarnatten.

Mutshatsha, tänker han.

Mutshatsha är mitt lösenord ...

H ans Olofson säger adjö till Moses och ser bilen med de döda männen försvinna i ett dammoln.
— Du stannar så länge du vill, säger Ruth som kommit ut på altanen. Jag frågar inte varför du redan är tillbaka. Jag bara säger att du kan stanna.

När han kommer in i sitt gamla rum håller Louis redan på att fylla badkaret med vatten.

I morgon, tänker han, i morgon ska jag återuppta mig själv till värdering, bestämma mig för vad jag ska återvända till.

Werner Masterton har rest till Lubumbashi för att köpa tjurar, berättar Ruth när de på kvällen sitter med whiskyglas på altanen.

— Denna gästfrihet, säger Hans Olofson.

— Här är den nödvändig, svarar Ruth. Vi överlever inte utan varandra. Att överge en vit är den enda dödssynd vi består oss med. Men ingen begår den. Inte minst är det viktigt att de svarta inser det.

— Kanske har jag fel, säger Hans Olofson. Men jag upplever ett krigstillstånd här. Det syns inte, men det finns där ändå.

— Inget krig, svarar Ruth. Men en skillnad som är nödvändig att försvara, med kraft om så behövs. Egentligen är det de vita som finns kvar i det här landet som är de nya svarta härskarnas yttersta garanti. De använder sin nyvunna makt till att forma sina liv som vi. Guvernören i det här distriktet lånade ritningarna av Werner till det här huset. Nu bygger han en kopia, med en enda skillnad, att hans hus blir större.

— På missionsstationen i Mutshatsha talade en afrikan om en jakt som höll på att mogna, säger Hans Olofson. Jakten på de vita.

— Det finns alltid några som ropar högre än andra, svarar Ruth.

Men de svarta är fega, deras metod är lönnmordet, aldrig det öppna kriget. De som ropar behöver man inte bry sig om. De som är tysta ska man hålla ett vakande öga på.

– Du säger att de svarta är fega, säger Hans Olofson och känner att han har börjat bli berusad. I mina öron låter det som om det skulle vara en rasdefekt. Men det vägrar jag att tro.

– Jag kanske sa för mycket, säger Ruth. Men se själv, lev i Afrika, återvänd sedan till ditt eget land och berätta vad du har upplevt.

De äter middag, ensamma vid det stora bordet. Tysta tjänare byter fat. Ruth dirigerar med ögonkast och bestämda handrörelser. En av tjänarna spiller plötsligt sås på duken. Ruth säger åt honom att gå.

– Vad händer med honom? frågar Hans Olofson.

– Werner behöver arbetare i grishusen, svarar Ruth.

Jag borde resa mig och gå, tänker Hans Olofson. Men jag gör ingenting och frikänner mig själv genom att säga att jag inte tillhör, bara är en tillfälligt förbipasserande gäst ...

Några dagar har han tänkt stanna hos Ruth och Werner. Hans flygbiljett tillåter att han återvänder tidigast om en vecka.

Men utan att han märker det, grupperar sig människor runt honom, intar utgångspositioner för det drama som kommer att hålla honom kvar i Afrika i nästan tjugo år.

Många gånger kommer han att fråga sig vad som egentligen hände, vilka krafter som lockade honom till sig, vävde in honom i beroenden och till slut gjorde det omöjligt för honom att resa sig upp och gå.

Ridån går upp tre dagar innan Werner ska köra honom till Lusaka. Han har då bestämt sig för att återuppta sina juridiska studier, göra ännu ett försök.

En kväll visar sig leoparden för första gången i Hans Olofsons liv. En Brahmankalv hittas en morgon riven. En gammal afrikan som arbetar som traktorförman hämtas till det sönderslitna djuret och han identifierar omedelbart de knappt synliga spåren som en leopards tassar.

– En stor leopard, säger han. En ensam hanne. Djärv, kanske också listig.

– Var finns den nu? frågar Werner.

– I närheten, säger den gamle mannen. Kanske den ser oss just nu?

Hans Olofson som är med märker mannens rädsla. Leoparden är fruktad, dess förslagenhet överlägsen människans ...

En fälla gillras. Den slagna kalven hissas upp och binds fast i ett träd. Femtio meter därifrån byggs ett gräshus med en öppning för ett vapen.

– Kanske den kommer tillbaka, säger Werner. Kommer den så sker det strax före gryningen.

När de återvänder till det vita huset, sitter Ruth tillsammans med en kvinna på altanen.

– En god väninna till mig, säger Ruth. Judith Fillington.

Hans Olofson hälsar på en mager kvinna med förskrämda ögon och ser ett blekt, härjat ansikte. Hennes ålder är obestämbar men han tänker sig att hon är fyrtio år gammal. Hon har en farm som enbart producerar ägg, förstår han av samtalet som pågår. En farm som ligger norr om Kalulushi, med Kafuefloden som en av gränserna mot kopparfälten.

Hans Olofson gömmer sig i skuggorna. Fragment av en tragedi framträder långsamt.

Judith Fillington har kommit för att berätta att hon äntligen har lyckats få sin man dödförklarad. Ett byråkratiskt dimbälte har slutligen besegrats.

En man slagen till marken av sin melankoli, förstår Hans Olofson. En man som plötsligt försvunnit i bushen. Sinnesförvirring, kanske ett oväntat självmord, kanske ett rovdjur. En kropp som aldrig återfunnits. Nu finns ett papper som bekräftar att han är död i laga ordning.

Utan sigill har han vandrat omkring som en vålnad, tänker Hans Olofson. För andra gången hör jag om en man som försvinner i bushen ...

– Jag är trött, säger Judith Fillington till Ruth. Duncan Jones

104

har alldeles druckit ner sig, han kan inte hantera farmen längre. Är jag borta mer än en dag bryter allting samman. Äggen levereras inte, lastbilen går sönder, hönsfodret tar slut.

– Du hittar ingen ny Duncan Jones i det här landet, säger Werner. Du får annonsera i Salisbury eller Johannesburg. Kanske också i Gaborone.

– Vem kan jag få, säger Judith Fillington. Vem flyttar hit? En ny alkoholist?

Hastigt tömmer hon sitt whiskyglas och sträcker ut det för att få det påfyllt. Men när tjänaren kommer med flaskan drar hon tillbaka glaset tomt.

Hans Olofson sitter i skuggorna och lyssnar. Alltid väljer jag den stol där det är mörkast, tänker han. Mitt i en gemenskap söker jag upp ett gömställe.

Vid middagsbordet talar de om leoparden.

– Det finns en legend om leoparderna som de gamla arbetarna ofta berättar, säger Werner. På den yttersta dagen, när människorna redan är borta, kommer den sista kraftmätningen att stå mellan en leopard och en krokodil. Två djur som överlevt in i det sista, i kraft av sin förslagenhet. Legenden är oavslutad. Den upphör just i det ögonblick de två djuren anfaller. Afrikanerna föreställer sig att leoparden och krokodilen sträcker sin envig in i evigheten, in i det slutliga mörkret eller pånyttfödelsen.

– Tanken svindlar, säger Judith Fillington. Den absoluta slutstriden på jorden, utan åskådare. Bara en tom planet och två djur som hugger tänder och klor i varandra.

– Följ med i natt, säger Werner. Leoparden kanske återkommer.

– Jag kan ändå inte sova, säger Judith Fillington. Varför inte? En leopard har jag aldrig sett, trots att jag är född här i landet.

– Få afrikaner har sett en leopard, säger Werner. Spåren av tassarna finns där i gryningen, tätt intill hyddorna och människorna. Men ingen har sett någonting.

– Finns det plats för en till? frågar Hans Olofson. Jag har en högt utvecklad förmåga att vara tyst och osynlig.

– Hövdingarna bär ofta leopardskinn som tecken på värdighet och osårbarhet, säger Werner. Leopardens magiska väsen förenar olika folkslag och stammar. En *kaunde*, en *bemba*, en *luvale*; alla respekterar leopardens visdom.

– Finns det plats? frågar Hans Olofson igen, men utan att få svar.

Strax efter nio bryter de upp.

– Vem tar du med dig? frågar Ruth.

– Gamle Musukutwane, svarar Werner. Han är nog den ende här på farmen som har sett mer än en leopard i sitt liv.

De lämnar jeepen ett stycke från leopardfällan. Musukutwane, en gammal afrikan i trasiga kläder, böjd och mager, kliver ljudlöst fram ur skuggorna. Tyst lotsar han dem genom mörkret.

– Välj sittställning ordentligt, viskar Werner när de är inne i gräshyddan. Vi kommer att vara här i minst åtta timmar.

Hans Olofson sitter i ett hörn och allt som hörs är deras andhämtning och nattens spelande ljud.

– Inga cigaretter, viskar Werner. Ingenting. Tala tyst om ni talar, mun mot öra. Men när Musukutwane bestämmer måste alla vara tysta.

– Var är leoparden nu? frågar Hans Olofson.

– Bara leoparden vet var leoparden är, svarar Musukutwane.

Svetten rinner över Hans Olofsons ansikte. Plötsligt känner han hur någon rör vid hans arm.

– Varför gör man det egentligen, viskar Judith Fillington. Väntar en natt på en leopard som förmodligen inte kommer.

– Kanske jag kommer på ett svar åt mig själv före gryningen, säger Hans Olofson.

– Väck mig om jag somnar, säger hon.

– Vad krävs av en förman på din farm? frågar han.

– Allt, svarar hon. 15 000 ägg ska plockas, packas och levereras varje dag, också söndagar. Foder ska finnas, två hundra afrikaner ska hållas i örat. Varje dag innebär att man hindrar ett antal kriser från att utvecklas till katastrofer.

– Varför inte en svart förman? frågar han.

– Om det vore så väl, säger hon. Men så väl är det inte.

– Utan Musukutwane blir det ingen leopard, säger han. För mig är det ofattbart att inte en afrikan kan upphöjas till förman i det här landet. Det finns en svart president, en svart regering.

– Kom och arbeta hos mig, säger hon. Alla svenskar är bönder, inte sant?

– Inte riktigt, svarar han. Förr kanske, men inte nu längre. Och jag vet ingenting om höns. Jag vet inte ens vad femtontusen hönor äter. Tonvis med brödsmulor?

– Avfall från majskvarnarna, svarar hon.

– Jag tror inte att jag har anlag för att ta någon i örat, säger han.

– Jag måste ha någon som hjälper mig.

– Om två dagar flyger jag härifrån. Jag kan inte tänka mig att jag kommer tillbaka.

Hans Olofson stryker bort en mygga som sjunger framför hans ansikte. Jag kunde göra det, tänker han hastigt. Jag kunde åtminstone försöka tills hon hittat någon som är lämplig. Ruth och Werner har upplåtit sitt hus till mig och gett mig ett andrum. Jag kunde kanske ge henne detsamma.

Han tänker att lockelsen ligger i att han kanske kan ta sig ut ur sitt tomrum. Men naturligtvis misstror han lockelsen, också den kan vara ett gömställe.

– Behövs det inte mycket papper, undrar han. Uppehållstillstånd, arbetstillstånd?

– Det behövs en ofattbar mängd papper, säger hon. Men jag känner en överste i Immigration Department i Lusaka. Femhundra ägg levererade till hans dörr skaffar de nödvändiga stämplarna.

– Men jag vet ingenting om höns, säger han igen.

– Du vet redan vad de äter, svarar hon.

En gräshydda och ett anställningskontor, tänker han, och föreställer sig att han är med om något mycket ovanligt ...

Försiktigt byter han ställning. Benen värker och en sten gnager mot hans korsrygg.

En nattfågel skriker plötsligt klagande i mörkret. Grodorna tystnar och han lyssnar på de olika andetag som omger honom. Det enda han inte kan höra är Musukutwanes.

Werner rör sin hand, ett svagt metalliskt ljud kommer från geväret. Som i en skyttegrav, tänker han. I väntan på den osynliga fienden...

Strax före gryningen utstöter Musukutwane plötsligt ett knappt märkbart strupljud.

– Från och med nu, viskar Werner. Inte ett ljud, inte en rörelse.

Hans Olofson vrider försiktigt på huvudet och gör ett litet hål med ett finger i gräsväggen. Judith Fillington andas tätt intill hans ena öra. Ett svagt ljud avslöjar att Werner har osäkrat sitt gevär. Gryningsljuset kommer sakta, som ett svagt återsken av en avlägsen eld. Cikadorna tystnar, den skrikande nattfågeln är borta.

Natten är plötsligt ljudlös.

Leoparden, tänker han. När den närmar sig föregås den av tystnaden. Genom hålet i väggen försöker han urskilja trädet där djurkadavret är fastbundet.

De väntar men ingenting sker. Plötsligt är det full dag, landskapet är avtäckt. Werner säkrar sitt gevär.

– Nu kan vi gå hem, säger han. Ingen leopard i natt.

– Den har varit här, säger Musukutwane plötsligt. Den kom strax före gryningen. Men den anade nånting och försvann igen.

– Såg du den? frågar Werner misstroget.

– Det var mörkt, säger Musukutwane. Men jag vet att han var här. Jag såg honom i mitt huvud. Men han var misstänksam och klättrade aldrig upp i trädet.

– Om leoparden var här måste det finnas spår, säger Werner.

– Det finns spår, svarar Musukutwane.

De kryper ut ur gräshyddan och går fram till trädet. Flugor surrar kring den döda kalven.

Musukutwane pekar på marken.

Leopardens spår.

Han har kommit från ett tätt buskage strax bakom trädet, gjort en kringgående rörelse för att betrakta kalven från olika håll,

108

innan han har närmat sig trädet. Plötsligt har han vänt och hastigt försvunnit i den täta bushen igen. Musukutwane läser spåret som om det var skrivna ord han såg.

– Vad skrämde den? frågar Judith Fillington.

Musukutwane skakar på huvudet och stryker försiktigt med handflatan över spåret.

– Han hörde ingenting, svarar han. Han visste ändå att det var farligt. Det är en gammal och erfaren hanne. Han har levt länge eftersom han är klok.

– Kommer han tillbaka i natt? frågar Hans Olofson.

– Det vet bara leoparden, svarar Musukutwane.

Ruth väntar dem med frukost.

– Inget skott i natten, säger hon. Ingen leopard?

– Ingen leopard, säger Judith Fillington. Men jag har kanske fått mig en förman.

– Verkligen? säger Ruth, och ser på Hans Olofson. Kan du tänka dig att stanna?

– En kort tid, svarar han. Medan hon söker rätt person.

Efter frukosten packar han sin väska och Louis bär ut den till landrovern som väntar.

Han inser förvånat att han inte alls ångrar sig. Jag binder mig inte, försvarar han sig. Jag unnar mig bara ett äventyr.

– Kanske leoparden kommer i natt, säger han till Werner när de tar adjö.

– Musukutwane tror det, svarar Werner. Om leoparden har någon svaghet så är den som människan. En ovillighet att se ett redan nerlagt byte förkomma.

Werner lovar att avboka Hans Olofsons återresa.

– Kom snart tillbaka, säger Ruth.

Judith Fillington drar en smutsig mössa över sitt bruna hår och tvingar med stora svårigheter i den första växeln.

– Vi fick aldrig några barn, min man och jag, säger hon plötsligt när de svänger ut genom farmens grindar.

– Jag kunde inte undgå att lyssna, säger Hans Olofson. Vad hände egentligen?

– Stewart, min man, kom ut till Afrika när han var fjorton år, säger Judith. Hans föräldrar lämnade depressionen i England 1932 och deras besparingar räckte till en enkel resa till Capetown. Stewarts far var slaktare och han lyckades väl. Men hans mor började plötsligt bege sig ut mitt i nätterna och predika för de svarta arbetarna i deras shantytowns. Hon blev sinnessjuk och begick självmord bara några år efter det att de hade kommit till Capetown. Stewart var hela tiden rädd för att han skulle bli som sin mor. Varje morgon när han vaknade letade han efter tecken på att han höll på att mista förståndet. Ofta frågade han mig om jag tyckte att han gjorde eller sa något konstigt. Jag tror aldrig han hade ärvt något från sin mor, jag tror han blev sjuk av sin egen rädsla. Efter självständigheten här, med alla förändringar, alla svarta som skulle bestämma, tappade han modet. Men ändå var jag alldeles oförberedd när han försvann. Inget meddelande lämnade han efter sig, ingenting ...

Efter en dryg timme är de framme. »Fillington Farm«, läser Hans Olofson på en sprucken träskylt som är fastspikad i ett träd. De svänger in genom en grind som öppnas av en afrikan i trasiga kläder, passerar rader av låga äggkläckningslängor, och stannar till slut utanför ett hus i mörkrött tegel. Ett hus som aldrig blivit färdigt, ser Hans Olofson.

– Stewart höll alltid på att ändra huset, säger hon. Han rev och byggde till. Han tyckte nog aldrig om huset, hade helst velat riva det och göra ett nytt.

– Ett slott ute i den afrikanska bushen, säger Hans Olofson. Ett märkligt hus. Jag trodde inte sådana fanns.

– Välkommen hit, säger hon. Du kallar mig Judith och jag kallar dig Hans.

Hon visar honom till ett stort och ljust rum med brutna vinklar och ett fallande snedtak. Genom fönstret ser han ut över en halvt igenvuxen park med förfallna trädgårdsmöbler. I en inhägnad hundgård löper schäferhundar oroligt fram och tillbaka.

– *Bwana*, säger någon bakom honom.

En massai, tänker han hastigt när han vänt sig om. Så har jag

110

alltid föreställt mig dem. Kenyattas män. Så såg de ut, Mau-mau-krigarna, de som drev engelsmännen ut ur Kenya.

Afrikanen som står framför honom är mycket lång, hans ansikte värdigt.

– Mitt namn är Luka, *Bwana*.

Kan man ha en tjänare som är värdigare än man själv, tänker Hans Olofson hastigt. En afrikansk hövding som fyller ens badkar?

Judith står plötsligt i dörren.

– Luka sköter om oss, säger hon. Han påminner mig om det jag glömmer.

Senare, när de sitter i de förfallna trädgårdsmöblerna och dricker kaffe, fortsätter hon att tala om Luka.

– Jag litar inte på honom, säger hon. Där finns någonting dolskt, även om jag aldrig har kunnat beslå honom med att stjäla eller ljuga. Men naturligtvis gör han båda delarna.

– Hur ska jag förhålla mig? frågar Hans Olofson.

– Bestämt, svarar Judith. Afrikanerna söker hela tiden efter din svaga punkt, de ögonblick där du kan bevekas. Ge honom ingenting, hitta någonting att klaga på första gången han har tvättat dina kläder. Även om det ingenting är, så vet han att du ställer krav ...

Två stora sköldpaddor sover intill Hans Olofsons fötter. Hettan ger honom en molande huvudvärk och när han ställer ifrån sig kaffekoppen, ser han att hans bord är en uppstoppad elefantfot.

Här skulle jag kunna leva resten av mitt liv, tänker han plötsligt. Impulsen är ögonblicklig, den omfattar hans medvetande utan att han förmår formulera någon invändning. Jag kunde lägga 25 år av mitt liv bakom mig. Aldrig mera behöva påminnas om det som varit tidigare. Men vilka av mina rötter skulle dö om jag försökte plantera om dem här, i den röda jorden?

Den norrländska åkerjorden mot den sandlika röda jord som finns här? Varför skulle jag vilja leva på en kontinent där en obeveklig avstötningsprocess pågår? Afrika önskar de vita bort,

111

det har jag förstått. Men de framhärdar, bygger sina skansar till försvar med rasism och förakt som verktyg. De vitas fängelser är bekväma, men ändå alltid fängelser, bunkrar med bugande tjänare...

Han blir avbruten i sina tankar. Judith ser på kaffekoppen hon har i sin hand.

– Porslinet är en påminnelse, säger hon. När Cecil Rhodes hade fått sina koncessioner över det som i dag kallas Zambia, skickade han ut sina tjänstemän i vildmarken för att sluta avtal med de lokala hövdingarna. Kanske också för att få deras hjälp att spåra okända malmfyndigheter. Men dessa tjänstemän som ibland skulle färdas oavbrutet i åratal genom bushen, skulle också vara civilisationens förtrupper. Varje expedition var som att sända ut en engelsk herrgård med bärare och oxdrift. Varje kväll när det slogs läger, packades porslinsservisen fram. Ett bord med vit duk ställdes upp, medan Cecil Rhodes badade i sitt tält och bytte om till aftonkläder. Den här servisen tillhörde en gång en av dessa män som banade mark för Cecil Rhodes' dröm om ett obrutet engelskt territorium från Kap till Kairo.

– Alla behärskas i perioder av omöjliga drömmar, säger Hans Olofson. Bara de som är galnast försöker förverkliga dem.

– Inte de galna, svarar Judith. Där har du fel. Inte de galna utan de kloka och förutseende. Cecil Rhodes' dröm var ingen omöjlighet, hans problem var att han var ensam, utlämnad till kraftlösa och lynniga engelska politiker.

– Ett imperium som bygger på den mest sviktande av alla grundstommar, säger Hans Olofson. Förtryck, främlingskap i sitt eget land. Ett sådant bygge måste störta samman innan det har fullbordats. Det finns en sanning som inte går att komma förbi.

– Vilken? frågar Judith.

– Att de svarta var här först, säger Hans Olofson. Världen är full av olika rättssystem, i Europa har vi den romerska utgångspunkten. I Asien finns andra rättsmönster, i Afrika, överallt. Men alltid bevakas ursprungsrätten, även om lagarna får en politisk uttolkning. Den nordamerikanske indianen utrotades nästan fullständigt på några hundra år. Ändå var deras ursprungliga rätt inskriven i lagen ...

Judith brister ut i skratt.

– Min andre filosof, säger hon. Duncan Jones försvinner också i svävande filosofiska betraktelser. Ingenting har jag någonsin förstått, även om jag till en början ansträngde mig. Nu har han druckit sin hjärna till kaos, hans kropp skakar och han biter sönder sina läppar. Kanske lever han några år till innan jag måste begrava honom? En gång var han en människa med värdighet och beslutsamhet. Nu lever han i ett ständigt skymningsland av sprit och förfall. Afrikanerna tror att han håller på att förvandlas till en helig man. De är rädda för honom. Han är den bästa vakthund jag kan ha. Och nu kommer du, min näste filosof. Kanske Afrika inbjuder vissa människor att börja grubbla?

– Var bor Duncan Jones? frågar Hans Olofson.

– Jag ska visa dig i morgon, svarar Judith.

Hans Olofson ligger länge vaken i sitt oregelbundna rum med det fallande taket. En doft som påminner honom om vinteräpplen fyller rummet. Innan han släcker ljuset ser han på en stor spindel som står orörlig på en av väggarna. Någonstans klagar en bjälke i takstommen och han tycker sig plötsligt förflyttad till huset vid älven. Han lyssnar på schäferhundarna som Luka släppt ut. Oroligt springer de runt huset, varv efter varv.

En kort tid, tänker han. En tillfällig besökande som sträcker ut en hjälpande hand, till människor han inte har något gemensamt med, men som ändå tagit sig an honom under hans resa till Afrika.

Afrika har de övergett, men inte varandra, tänker han. Det kommer också att bli deras undergång ...

I hans drömmar visar sig den leopard han väntade på natten innan, i en gräshydda.

Nu jagar den i hans inre hålrum, söker ett byte som Hans Olofson har lämnat efter sig. Leoparden letar sig fram genom hans innersta landskap och han ser plötsligt Sture framför sig. De sitter på stenen vid älven och betraktar en krokodil som krupit upp på en sandbank, just intill älvbrons mäktiga stenkistor.

113

På en av järnbalkarna balanserar Janine med sin basun. Han försöker höra vad det är hon spelar, men nattvinden driver undan tonerna.

Till slut finns där bara leopardens vakande öga som betraktar honom från drömmens kammare.

Drömmen sjunker undan och när han vaknar i den afrikanska gryningen ska han inte minnas den.

Det är en dag i slutet av september 1969.

Hans Olofson kommer att bli kvar i Afrika i arton år ...

II

HÖNSFARMAREN I KALULUSHI

När han slår upp ögonen i mörkret är febern borta. Kvar finns bara ett klagande och vinande ljud inne i hans huvud.

Fortfarande lever jag, tänker han. Ännu är jag inte död. Ännu har inte malarian besegrat mig. Jag kan fortfarande hinna förstå varför jag har levat innan jag dör ...

Den tunga revolvern trycker mot hans ena kind. Han vänder på huvudet och känner den kalla pipan mot pannan. En svag doft av krut, som kogödsel som brunnit ute på ett betesfält, sticker i hans näsa.

Han är mycket trött. Hur länge har han sovit? Ett par minuter eller ett dygn? Han vet inte. Han lyssnar ut i mörkret. Men det enda han hör är sin egen andhämtning. Hettan är kvävande. Lakanen förmår inte suga upp allt han svettas ut.

Det är nu jag har möjlighet, tänker han. Innan nästa feberanfall är över mig. Det är nu jag måste ha tag på Luka som har förrått mig och lämnat mig åt banditerna för att de ska skära strupen av mig. Det är nu jag kan få tag på honom och skrämma honom att springa på sina tysta fötter genom natten och hämta hjälp. De finns där ute i mörkret, med sina automatvapen och hackor och knivar och de väntar bara på att jag ska börja yra igen innan de kommer in här och dödar mig ...

Ändå är det som om han inte bryr sig om det. Om det är malarian som dödar honom eller banditerna.

Han lyssnar ut i mörkret. Grodorna kväker. En flodhäst suckar nere vid floden.

Sitter Luka utanför dörren, på huk, väntande? Hans svarta ansikte koncentrerat, inåtvänt, lyssnande på förfäderna som talar

117

inom honom. Och banditerna? Var väntar de? I de täta snåren av hibiskus bortom lusthuset som blåste ner året innan, i den häftiga stormen som kom när alla trodde att regntiden redan var över?

Ett år sedan, tänker han. I tio år har han levat här vid Kafuefloden. Eller femton år, kanske mer. Han försöker räkna efter men han är för trött. Ändå skulle han bara vara här i två veckor innan han reste hem. Vad var det egentligen som hände? Även tiden förråder mig, tänker han.

Alldeles klart kan han se sig själv stiga ut ur flygplanet på Lusaka International Airport den gången för så obegripligt många år sedan. Betongen var alldeles vit, värmen hängde som ett dis över flygplatsen och en afrikan som sköt på en bagagekärra skrattade när han besteg Afrikas brännande jord.

Han minns sin ängslan, sin omedelbara misstro mot Afrika. Den gången förlorade han det äventyr han föreställt sig ända sedan sin barndom. Alltid hade han tänkt sig att han skulle träda ut i det okända med ett medvetande som var öppet och helt befriat från ängslan.

Men Afrika krossade den föreställningen. När han steg ur flygplanet och plötsligt befann sig omgiven av svarta människor, främmande dofter och ett språk han inte förstod, längtade han genast hem igen.

Resan till Mutshatsha, den tvivelaktiga pilgrimsfärden till slutmålet för Janines dröm; den genomförde han under ett tvång han pålade sig. Fortfarande minns han den förödmjukande känslan av att rädslan var hans enda medresenär, det överskuggade allt annat i hans medvetande. Pengarna som klibbade i hans kalsonger, den förskrämda varelsen som kröp ihop i sitt hotellrum.

Afrika besegrade äventyret inom honom när han tog sitt första andetag på den främmande kontinentens jord. Genast hade han börjat planera för sin återresa.

Femton eller tio eller arton år senare är han fortfarande kvar. Hans returbiljett ligger någonstans i en låda bland skor och trasiga armbandsklockor och rostiga skruvar. För många år sedan såg

118

han den när han letade efter någonting i lådan och då hade insekterna angripit omslaget och gjort färdbiljetten oläslig.

Vad var det egentligen som hände?

Han lyssnar ut i mörkret.

Plötsligt är det som om han ligger i sin säng i trähuset vid älven igen. Om det är vinter eller sommar kan han inte avgöra. Hans far snarkar inne i sitt rum och han tänker att snart, snart ska trähusets förtöjningar kapas och huset ska driva bort längs älven, bort mot havet ...

Vad var det som hände? Varför stannade han i Afrika, vid denna flod, på denna farm, där han tvingas uppleva att de som är hans vänner blir mördade, där han snart bara tycker sig vara omgiven av de döda?

Hur har han kunnat leva så länge med en revolver under huvudkudden? Det är inte naturligt för en människa som växt upp vid en norrländsk älv, i ett samhälle och en tid där ingen någonsin tänkte på att låsa dörren om natten, att varje kväll kontrollera att revolvern är laddad, att inte någon bytt ut patronerna mot tomhylsor. Det är inte naturligt att leva ett liv omgiven av hat ...

Återigen försöker han förstå. Innan malarian eller banditerna har besegrat honom vill han veta ...

Han märker att ett nytt feberanfall är på väg. Plötsligt har vinandet i hans huvud upphört. Nu hörs bara grodorna och den suckande flodhästen. Han tar tag om lakanet för att hålla fast när febern vräker sig över honom som en stormvåg.

Jag måste hålla mig kvar, tänker han förtvivlat. Så länge jag har min vilja ska febern inte kunna besegra mig. Lägger jag kudden över ansiktet hörs det inte om jag ropar när hallucinationerna plågar mig.

Febern fäller ner sina galler runt honom. Han tycker sig se att den leopard som bara visar sig när han är sjuk ligger vid sängens fotände. Kattansiktet är vänt mot honom. De kalla ögonen är orörliga.

Den finns inte, tänker han. Den jagar bara omkring i mina inre hålrum. Med min vilja kan jag besegra även honom. När febern

119

är borta finns leoparden inte längre. Då har jag kontroll över mina tankar och drömmar. Då finns den inte längre ...

Vad var det egentligen som hände? tänker han igen.

Frågan ekar inom honom.

Plötsligt vet han inte längre vem han är. Febern driver honom bort från hans medvetande. Leoparden vakar vid sängen, revolvern vilar mot hans ena kind.

Febern jagar honom ut på de oändliga slätterna ...

En dag i slutet av september 1969.

Han har lovat att stanna och hjälpa Judith Fillington med hennes farm, och när han vaknar den första morgonen i rummet med de sneda vinklarna, ser han att det ligger en overall med lappade knän på hans stol.

Luka, tänker han. Medan jag sover uträttar han vad hon säger åt honom.

Tyst lägger han overallen på en stol, betraktar mitt ansikte, försvinner.

Han ser ut genom fönstret, ut över den vidsträckta farmen. En oväntad upprymdhet uppfyller honom. För ett kort ögonblick tycks han ha besegrat sin ängslan. Några veckor kan han stanna och hjälpa henne. Resan till Mutshatsha är redan avlägsen, ett minne. Att stanna på Judiths farm är inte längre att följa i Janines spår...

Under de heta morgontimmarna lyssnar Hans Olofson på hönsens evangelium. De sitter i skuggan av ett träd och hon berättar.

– Femton tusen ägg per dygn, säger hon. Tjugu tusen höns som värper, tilläggskolonier om minst fem tusen kycklingar som ersätter de höns som inte längre värper och som går till slakt. Varje lördagsmorgon i gryningen säljer vi dem. Afrikanerna kan vänta i tysta köer hela natten. Vi säljer hönsen för fyra *kwacha*, de säljer hönsen vidare på marknaderna för sex eller sju *kwacha*...

Hon liknar en fågel, tänker han. En orolig fågel som hela tiden väntar att en slagskugga från en falk eller örn ska sänka sig över hennes huvud. Han har dragit på sig overallen som låg på stolen när han vaknade. Judith bär ett par urblekta och smutsiga kakibyxor, en röd skjorta som är alldeles för stor, och en hatt med

121

breda brätten. Hennes ögon vilar oåtkomliga i skuggan under brättet.

– Varför säljer du inte själv på marknaderna? frågar han.

– Jag koncentrerar mig för att överleva, svarar hon. Redan är jag nära att knäckas under arbetsbördan.

Hon ropar på Luka och säger någonting som Hans Olofson inte förstår.

Varför låter alla vita otåliga? tänker han. Som om varje svart man eller kvinna var olydig eller enfaldig.

Luka återvänder med en smutsig karta och Hans Olofson sätter sig på huk bredvid Judith. Med ett finger visar hon på kartan var hennes farm levererar sina ägg. Han försöker minnas namnen, Ndola, Mufulira, Solwezi, Kansanshi.

Judiths skjorta är öppen i halsen. När hon lutar sig framåt ser han hennes magra bröst. Solen har bränt en röd triangel ner mot hennes navel. Plötsligt rätar hon upp sig, som om hon hade blivit medveten om att han inte längre såg på kartan. Hennes ögon är oåtkomliga under hatten.

– Vi levererar till den statliga kooperationens affärer, säger hon. Vi levererar till gruvbolagen, alltid stora partier. Högst tusen ägg per dag går till lokala uppköpare. Varje anställd får ett ägg per dag.

– Hur många arbetar här? frågar Hans Olofson.

– Två hundra, svarar hon. Jag försöker lära mig alla namn genom att själv betala ut alla löner. Jag gör avdrag för fylleri och för dem som inte kommer till arbetet utan att ha en rimlig orsak. Jag utdelar varningar och böter, jag avskedar och anställer, och jag använder mitt minne som garanti för att ingen som avskedats återkommer under falskt namn och anställs på nytt. Av de tvåhundra som arbetar här är tjugu nattvakter. Här finns tio värphus, vart och ett betjänat av en underförman och tio arbetare som går i skift. Dessutom finns här slaktare, snickare, chaufförer och diversearbetare. Bara män, inga kvinnor.

– Vad ska jag egentligen göra? frågar Hans Olofson. Nu vet jag vad hönsen äter, vart äggen levereras. Men vad ska jag göra?

122

– Följ mig som en skugga. Lyssna på vad jag säger, kontrollera att det blir utfört. Allt vad man begär måste ständigt upprepas, krävas på nytt, kontrolleras.

– Någonting måste vara fel, säger Hans Olofson. Någonting som de vita aldrig har förstått.

– Älska gärna de svarta, säger Judith. Men följ mitt råd. Jag har levat bland dem i hela mitt liv. Jag talar deras språk, jag vet hur de tänker. Jag skaffar läkare till deras barn när medicinmännen har misslyckats, jag betalar deras begravningar när det inte finns några pengar. Jag låter de duktigaste barnen gå i skola på min bekostnad. När maten tar slut ordnar jag transport av majssäckar till deras bostäder. Jag gör allt för dem. Men den som stjäl ett enda ägg och blir ertappad överlämnar jag till polisen. Jag avskedar dem som är berusade, jag sparkar ut de nattvakter som sover.

Hans Olofson börjar långsamt inse omfattningen. En ensam kvinnas regemente, afrikaner som underkastar sig eftersom de saknar alternativ. Två olika former av fattigdom, ansikte mot ansikte i en gemensam mötespunkt. De vitas rädsla, deras beskurna liv som överlevande kolonialister i ett utbrunnet imperium. Ensamhetens askhög i en ny eller återuppstånden svart koloni.

De vitas fattigdom är deras sårbarhet. Deras brist på alternativ blir den punkt där de stämmer möte med afrikanerna utan att själva inse det. Även en trädgård som den här, med den knappt synliga drömmen om den viktorianska parken inbäddad i grönskan, är en befäst bunker.

Judith Fillingtons sista fäste är hennes hatt som gör hennes ögon oåtkomliga.

De svartas fattigdom och sårbarhet är kontinentens fattigdom. Uppbrutna och sönderstyckade livsmönster som förlorar sitt ursprung i forntidens dimmor, ersatta av vansinniga imperiebyggare som klädde om till frack djupt inne i regnskogarna och på elefantgräsets slätter.

Denna kulissvärld står fortfarande kvar. Här försöker afrikanerna utforma sin framtid. Kanske har de ett oändligt tålamod? Kanske de fortfarande tvekar om hur framtiden ska se ut? Hur dessa kulisser ska kunna bringas till upplösning och utplåning. De vita som är kvar har bara tillfälligt uppskjutit sin undergång.

Men när det brister?

Omedelbart utarbetar Hans Olofson en beredskap, en flyktplan.

Jag är bara på ett kort besök, tänker han. Jag gör en främmande kvinna en flyktig tjänst, som om jag hjälpte henne att resa sig efter ett fall på en gata. Men hela tiden befinner jag mig utanför det verkliga skeendet. Jag beblandar mig inte, jag kan inte avkrävas något ansvar ...

Plötsligt reser hon sig.

– Arbetet väntar, säger hon. De flesta av de frågor du har kan du nog bara svara på själv. Afrika är vars och ens egendom, aldrig en gemensam.

– Du vet ingenting om mig, säger han. Min bakgrund, mitt liv, mina drömmar. Ändå är du beredd att ge mig ett omfattande ansvar. Från min svenska utgångspunkt är det obegripligt.

– Jag är ensam, svarar hon. Övergiven av en man jag aldrig ens fick möjlighet att begrava. Att leva i Afrika är att alltid tvingas ta det fulla ansvaret själv ...

Långt senare kommer han att minnas sina första dagar på Judith Fillingtons farm som en overklig resa in i en värld han tycker sig förstå mindre och mindre av, ju mer hans insikt ökar. Omgiven av de svarta arbetarnas ansikten upplever han att han befinner sig mitt inne i en pågående men ännu inte utlöst katastrof.

Under de dagarna upptäcker han att känslor utsöndrar olika dofter. Hatet anar han i en bitter lukt, som gödsel eller ättika, överallt, var han än följer Judith som en skugga, finns lukten i närheten. Också när han vaknar på natten finns lukten där, en svag ström genom malarianätet som hänger över sängen.

Någonting måste hända, tänker han. Ett utbrott av raseri i vanmakten och fattigdomen.

Att inte ha något alternativ är att inte ha någonting alls, tänker han. Att bortom fattigdomen inte se någonting annat än en annan fattigdom ...

Han tänker att han måste bort, lämna Afrika innan det är för sent. Men efter en månad är han fortfarande kvar. Han ligger i sitt rum med det fallande taket och lyssnar på hundarna som oroligt rör sig runt huset. Varje kväll innan han lägger sig ser han Judith kontrollera att dörrar och fönster är låsta. Han ser hur hon först släcker ljuset i ett rum innan hon går in och drar för de tunga gardinerna. Ständigt lyssnar hon, plötsligt avstannande, mitt i ett steg eller en rörelse. En hagelbössa och ett tungt elefantgevär tar hon varje kväll med sig in i sitt sovrum. Under dagarna är vapnen inlåsta i ett stålskåp och han ser att hon alltid bär nycklarna med sig.

Efter en månad inser han att han har börjat dela även hennes rädsla.

Med den hastigt fallande skymningen förvandlas det egendomliga huset till en bunker av tystnad. Han frågar om hon funnit någon efterträdare, men hon skakar på huvudet.

– I Afrika tar allt det som är viktigt lång tid, svarar hon.

Han börjar misstänka att hon aldrig har författat några annonser, aldrig har tagit kontakt med de tidningar som Werner Masterton har föreslagit. Men han avstår från att ge uttryck för sin misstro.

Judith Fillington fyller honom med en förundrad respekt, kanske också hängivenhet. Han följer henne från soluppgång till skymning, följer hennes obrutna ansträngning, som innebär att femton tusen ägg lämnar farmen varje dag, trots sönderkörda och misshandlade lastbilar, en ständig brist på det majsavfall som utgör det huvudsakliga fodret, och plötsligt uppflammande virussjukdomar som under en enda natt tar livet av samtliga höns i en av de avlånga uppmurade stenlängor där de trängs i sina stålburar. En natt väcker hon honom, rycker upp hans dörr och riktar en ficklampa mot hans ansikte och säger åt honom att genast klä sig.

Utanför huset med alla de låsta dörrarna har en uppskrämd nattvakt ropat att vandrarmyror kommit in i ett av hönshusen, och när de når fram ser han uppskrämda afrikaner slå med brinnande risknippen efter de oändliga kolonnerna av myror. Utan att tveka tar hon ledningen för att driva myrorna att ändra riktning och hon skriker åt honom när han inte uppfattar vad hon vill att han ska göra.

– Vem är jag? frågar han henne en tidig morgon. Vem är jag för de svarta?

– En ny Duncan Jones, svarar hon. Två hundra afrikaner letar just nu efter din svaga punkt.

Det går två veckor innan han träffar den man han har kommit för att ersätta. Varje dag passerar de det hus där han sitter inlåst med sina flaskor och förvandlar sig till en helig man. Huset ligger på en kulle, strax intill floden, omgivet av en hög mur.

En rostig bil, kanske en Peugeot, står ibland utanför muren. Alltid är den parkerad som om den hastigt hade blivit övergiven. Bakluckan står öppen, ur en dörr hänger en flik av en smutsig filt.

Han föreställer sig ett belägringstillstånd, en slutstrid som kommer att utkämpas om denna kulle, mellan de svarta arbetarna och den ensamme vite mannen som finns därinne i mörkret.

– Nattvakterna är rädda, säger Judith. De hör hur han vrålar på nätterna. De är rädda men samtidigt upplever de en trygghet. De tror att hans förvandling till en helig man kommer att innebära att banditerna håller sig borta från den här farmen.

– Banditerna? frågar Hans Olofson.

– De finns överallt, svarar hon. I slumområdena utanför Kitwe och Chingola finns mängder av vapen. Ligor uppstår och förintas, nya kommer i deras ställe. Vita farmer överfalls, bilar med vita blir stoppade på vägarna. Säkert är många poliser själva inblandade, också arbetare på farmen.

– Och om dom kommer? frågar han.

– Jag litar på mina hundar, svarar hon. Afrikaner är rädda för hundar. Och jag har Duncan som vrålar på nätterna. Vidskepelsen kan vara bra om man vet hur den ska hanteras. Kanske nattvakterna tror att han håller på att förvandlas till en orm?

En morgon möter han Duncan Jones för första gången.

126

Han står och övervakar att tomma fodersäckar lastas in i en vanställd lastbil när de svarta arbetarna plötsligt slutar arbeta. Duncan Jones kommer långsamt gående emot honom. Han är klädd i smutsiga byxor och en sönderriven skjorta. Hans Olofson ser en man som skurit sönder sitt ansikte under sin rakhyvel. Ett brunbränt ansikte, huden som garvat läder. Tunga ögonlock, grått hår som är tovigt och smutsigt.

– Gå aldrig och pissa innan alla säckar är ilastade och bakdörren låst, säger Duncan Jones och hostar. Går du och pissar innan, måste du räkna med att minst tio säckar försvinner. De säljer säckarna för en *kwacha* per styck.

Han sträcker fram handen.

– Det är bara en sak jag inte förstår, säger han. Varför har Judith väntat så länge med att finna min efterträdare? Alla människor måste förr eller senare kasseras. Bara de förskonas som dör i förtid. Men vem är du?

– Jag är svensk, säger Hans Olofson. Jag är bara här tillfälligt.

Duncan Jones öppnar sitt ansikte till ett leende och Hans Olofson ser rakt in i en mun med svarta tandstumpar.

– Varför måste alla som kommer till Afrika ursäkta sig? säger han. Till och med de som är födda här säger att de bara är här på tillfälligt besök.

– I mitt fall är det faktiskt sant, säger Hans Olofson.

Duncan Jones rycker på axlarna.

– Judith förtjänar det, säger han. Hon förtjänar den hjälp hon kan få.

– Hon har annonserat, säger Hans Olofson.

– Vem kan hon få? säger Duncan Jones. Vem flyttar hit? Överge henne inte. Fråga mig aldrig om råd, jag har inga. Kanske hade jag några en gång, råd jag borde ha gett till mig själv. Men de är borta. Jag lever ett år till. Knappast längre ...

Plötsligt ryter han till mot afrikanerna som tyst betraktar hans möte med Hans Olofson.

– Arbeta, skriker han. Arbeta, inte sova.

Omedelbart griper de fatt i säckarna.

127

– De är rädda för mig, säger Duncan Jones. Jag vet att de tror att jag är på väg att upplösas och uppstå i den helige mannens skepnad. Jag är på väg att bli en *kashinakashi*. Eller kanske en orm. Vad vet jag?

Sedan vänder han sig om och går. Hans Olofson ser hur han stannar och trycker ena handen mot korsryggen, som om en smärta plötsligt hade överfallit honom. På kvällen, när de äter middag, berättar han om mötet.

– Kanske han förmår nå fram till en klarhet, säger hon. Afrika har gjort honom fri från alla drömmar. Livet för Duncan är ett åtagande man får sig tilldelat av slumpen. Han dricker sig medvetet och metodiskt mot den stora sömnen. Utan rädsla, tror jag. Kanske är han värd att avundas? Eller kanske man borde känna medkänsla med att han alldeles saknar förväntningar?

– Ingen hustru, inga barn? frågar Hans Olofson.

– Han ligger med de svarta kvinnorna, svarar hon. Kanske har han också svarta barn? Jag vet att han ibland har misshandlat de kvinnor han tar till sin säng. Men jag vet inte varför han har gjort det.

– Det såg ut som om han hade smärtor, säger Hans Olofson. Kanske är det njurarna?

– Han skulle svara att det är Afrika som tar honom inifrån, säger hon. Någon annan sjukdom skulle han aldrig vidkännas.

Sedan ber hon Hans Olofson att stanna ytterligare en tid. Han inser att han lyssnar på en människa som ljuger, när hon säger att annonserna i tidningarna i Sydafrika och Botswana ännu inte har gett några svar.

– Men inte länge, svarar han, högst en månad, inte mer.

En vecka innan tiden har runnit ut blir Judith en natt plötsligt sjuk. Han vaknar av att hon står i mörkret vid hans säng och rör hans arm. Det han ser när han med en yrvaken hand har lyckats tända sänglampan är något han inser att han aldrig kommer att glömma.

En döende människa, kanske redan död. Judith är klädd i en gammal fläckig morgonrock. Håret är okammat och tovigt, hen-

128

nes ansikte blankt av svett, ögonen uppspärrade, som om hon betraktade något outhärdligt. I handen har hon sitt hagelgevär.

– Jag är sjuk, säger hon. Jag behöver din hjälp.

Alldeles utan krafter sjunker hon ner på sängkanten. Men madrassen är mjuk. Utan att kunna bjuda motstånd kanar hon ner på golvet och blir sittande med huvudet vilande mot sängen.

– Det är malaria, säger hon. Jag måste ha medicin. Ta bilen, kör till Duncan, väck honom, be honom om medicin. Om inte han har måste du åka till Werner och Ruth. Dit hittar du.

Han hjälper henne upp i sängen.

– Ta med geväret, säger hon. Lås efter dig. Om inte Duncan vaknar så skjut med geväret.

När han vrider om bilnyckeln fylls natten av våldsam rumbamusik från radion. Det är vansinne, tänker han medan han tvingar den tröga växelspaken i läge. Så här rädd har jag aldrig varit tidigare. Inte ens när jag var barn och kröp över älvbron.

Han kör över den gropiga sandvägen, alldeles för fort och osäkert, slirar med växelspaken och känner gevärspipan mot sin axel.

Utanför hönshusen dyker nattvakterna upp i ljuset från billyktorna. En vit man i natten, tänker han. Det är inte min natt, det är de svartas natt.

Utanför Duncan Jones' hus tutar han vilt. Sedan tvingar han sig ur bilen, hittar en sten på marken och börjar dunka den mot porten i muren. Han spräcker skinnet på knogarna, lyssnar efter ljud inifrån huset, men han hör bara sitt eget hjärta. Han hämtar geväret från bilen, erinrar sig säkringsmekanismen och avlossar sedan ett skott mot de avlägsna stjärnorna. Kolven sparkar tillbaka mot hans axel, skottet dånar i natten.

– Kom nu, ropar han. Vakna ur fyllan, kom med den helvetes medicinen!

Ett skrapande ljud hörs plötsligt på andra sidan porten och Hans Olofson ropar vem han är. Duncan Jones står naken framför honom. I handen har han en revolver.

Det här är vansinne, tänker Hans Olofson igen. Ingen skulle tro mig, knappast kommer jag ens att kunna tro mina egna minnen. Jag ska hämta hennes medicin. Sedan reser jag. Det här är inget liv, det är galenskap.

Duncan Jones är så berusad att Hans Olofson gång på gång måste förklara varför han har kommit. Till slut kör han hagelgevärets mynning i bröstet på honom.

– Malariamedicin, ryter han. Malariamedicin ...

Till slut förstår Duncan Jones och han vacklar tillbaka till sitt hus. Hans Olofson träder in i ett obeskrivligt förfall av smutskläder, tomflaskor, halvätna måltider och tidningshögar.

Det här är ett likhus, tänker han. Här håller döden på att göra en sista ommöblering.

Naturligtvis kan inte Duncan Jones hitta några mediciner i detta kaos, tänker han och förbereder sig redan för att fara den långa vägen till Mastertons farm. Men Duncan Jones vacklar ut ur det rum som Hans Olofson anar är hans sovrum, och i handen har han en papperspåse. Han sliter till sig påsen och lämnar huset.

När han har återvänt och slagit igen alla låsen bakom sig, märker han att han är genomvåt av svett.

Försiktigt skakar han upp henne ur febersömnen och tvingar i henne tre tabletter efter att ha läst på förpackningen. Hon sjunker tillbaka mot kuddarna och han sätter sig i en stol och andas ut. Plötsligt märker han att han fortfarande har geväret i händerna. Det är inte naturligt, tänker han. Jag skulle aldrig kunna vänja mig vid detta liv. Jag skulle aldrig överleva ...

Han vakar sig igenom natten, ser hennes feberanfall mattas och sedan återkomma. I gryningen känner han på hennes panna. Andetagen är djupa och regelbundna.

Han går ut i köket och låser upp ytterdörren. Luka står där och väntar.

– Kaffe, säger Hans Olofson. Ingen mat, bara kaffe. Madame Judith är sjuk idag.

– Jag vet, *Bwana*, svarar Luka.

Tröttheten tar plötsligt överhanden i Hans Olofsons sinne. Han brister ut i en ursinnig fråga.

130

– Hur kan du veta? säger han ilsket. Alla dessa afrikaner som alltid vet på förhand.

Luka tycks oberörd över hans utbrott.

– En bil kör alldeles för fort genom natten, *Bwana*, svarar han. Alla *mzunguz* kör på olika sätt. *Bwana* stannar utanför bwana Duncans hus. Avlossar gevär, ropar i natten. Luka vaknar och tänker att madame är sjuk. Madame är aldrig sjuk annat än när hon har malaria.

– Koka nu mitt kaffe, säger Hans Olofson. Det är för tidigt att lyssna på långa förklaringar.

Strax efter klockan sex sätter han sig i jeepen igen och försöker föreställa sig att han är Judith. Han utför hennes sysslor, prickar av på en närvarolista att arbetarna har kommit, övervakar att äggen plockas och lämnar farmen. Han gör ett överslag över foderbehållningen och organiserar en traktortransport till den kvarn som står på tur att leverera majsavfall.

Klockan elva svänger en rostig personbil med nerslitna stötdämpare upp framför det lerskjul där Judith har inrättat sitt kontor. Hans Olofson stiger ut i den skarpa solen. En afrikan som är påfallande välklädd kommer emot honom. Åter en gång befinner sig Hans Olofson invecklad i en komplicerad hälsningsprocedur.

– Jag söker madame Fillington, säger mannen.

– Hon är sjuk, svarar Hans Olofson.

Afrikanen betraktar honom, leende och värderande.

– Jag är mister Pihri, säger han sedan.

– Jag är madame Fillingtons tillfällige förman, svarar Hans Olofson.

– Jag vet, säger mister Pihri. Just för att ni är den ni är har jag i dag kommit hit med några viktiga papper. Jag är alltså mister Pihri som då och då gör madame små tjänster. Inte stora tjänster. Men också små tjänster kan ibland bli nödvändiga. För att undvika problem som kan bli bekymmersamma.

Hans Olofson anar att han måste vara försiktig.

– Papper? säger han.

131

Mister Pihri ser plötsligt sorgsen ut.

– Madame Fillington brukar bjuda på te när jag besöker henne, säger han.

Hans Olofson har sett en tekokare inne i skjulet och ropar åt en av de afrikaner som hukar över de oläsliga närvarolistorna att koka te. Mister Pihris sorgsna ansikte förbyts genast i ett stort leende. Hans Olofson betämmer sig för att le han också.

– Våra myndigheter är noga med formaliteterna, säger mister Pihri. Det lärde vi oss av engelsmännen. Kanske våra myndigheter i dag överdriver noggrannheten. Men vi måste vara försiktiga med de människor som besöker vårt land. Alla papper måste vara i ordning.

Det gäller alltså mig, tänker Hans Olofson. Varför måste den här leende mannen komma just idag när Judith är sjuk?

De dricker te inne i skjulets dunkel och Hans Olofson ser hur mister Pihri tömmer åtta skedar socker i sin kopp.

– Madame bad mig om hjälp med att påskynda behandlingen av ert uppehållstillstånd, säger mister Pihri, medan han dricker sitt te i långsamma klunkar. Det är naturligtvis viktigt att man undviker onödiga bekymmer. Madame och jag brukar utbyta tjänster till vår gemensamma fördel. Det gör mig mycket sorgsen att höra att hon är sjuk. Om hon avled vore det synnerligen ofördelaktigt.

– Kanske jag kan hjälpa till i hennes ställe, säger Hans Olofson.

– Det går säkert utmärkt, svarar mister Pihri.

Ur sin innerficka tar han fram några papper, maskinskrivna och stämplade.

– Jag är mister Pihri, säger han igen. Polisofficer och en mycket god vän med madame Fillington. Jag hoppas att hon inte dör.

– Jag är naturligtvis tacksam på hennes vägnar. Jag vill gärna göra er en tjänst i hennes ställe.

Mister Pihri fortsätter att le.

– Mina vänner och kollegor på Immigration Department är mycket upptagna nu för tiden. Arbetsbelastningen är synnerligen hög. De avslår också många ansökningar om tillfälliga uppe-

132

hållstillstånd. Tråkigt nog måste de också ibland avvisa människor som gärna skulle vilja vistas i vårt land. Det är naturligtvis aldrig trevligt att behöva lämna ett land inom tjugufyra timmar. Särskilt inte när madame Fillington är sjuk. Jag hoppas bara att hon inte dör. Men mina vänner på Immigration Department visade stor förståelse. Jag är glad att jag kan överlämna dessa papper, undertecknade och stämplade i vederbörlig ordning. Man ska alltid undvika bekymmer. Myndigheterna ser allvarligt på människor som saknar de nödvändiga dokumenten. Ibland tvingas de tyvärr också att sätta människor i fängelse på obestämd tid.

Mister Pihri ser plötsligt sorgsen ut igen.

– Fängelserna i detta land är tyvärr mycket eftersatta. Särskilt för européer som är vana vid andra förhållanden.

Vad är det han vill ha, tänker Hans Olofson.

– Jag är naturligtvis mycket tacksam, säger han. Jag vill gärna visa min uppskattning på madame Fillingtons vägnar.

Återigen ler mister Pihri.

– Bakluckan på min bil är inte så stor. Men fem hundra ägg ryms utan svårighet.

– Lasta in fem hundra ägg i mister Pihris bil, säger Hans Olofson till en av de hukande kontoristerna.

Mister Pihri ger honom de stämplade dokumenten.

– Då och då måste tyvärr dessa stämplar förnyas. Man måste alltid undvika bekymmer. Just därför brukar madame Fillington och jag träffas regelbundet. På så vis kan man enkelt bespara sig många obehagligheter.

Hans Olofson följer mister Pihri till bilen där äggkartongerna staplas in i bakluckan.

– Min bil börjar bli gammal, säger mister Pihri bekymrat. Kanske den alldeles slutar att gå en dag. Då kan det bli bekymmersamt för mig att besöka madame Fillington.

– Jag ska säga till henne att er bil har börjat bli dålig, svarar Hans Olofson.

– Det vore jag tacksam för. Säg också åt henne att det just nu finns en utmärkt begagnad Peugeot till salu hos en av mina vänner i Kitwe.

– Jag ska nämna det för henne.

De upprepar den komplicerade hälsningsproceduren.

– Det var mycket trevligt att råkas, säger mister Pihri.

– Vi är naturligtvis tacksamma, svarar Hans Olofson.

– Bekymmer ska man undvika, säger mister Pihri och sätter sig bakom ratten och kör därifrån.

Bestickelsens Höga Visa, tänker Hans Olofson medan han återvänder till det mörka skjulet. Som ett välansat skägg. Ett hövligt och lågmält samtal ...

När han studerar de dokument som mister Pihri har överlämnat, inser han till sin förvåning att Judith har ansökt och fått beviljat uppehållstillstånd för honom som »resident« för två år framåt.

Plötsligt blir han upprörd. Jag ska inte stanna här, tänker han. Jag tänker inte låta mig infångas av hennes planer för sin egen framtid ...

När han återvänder till huset för att äta lunch är Judith vaken. Fortfarande ligger hon kvar i hans säng. Hon är blek och trött, hennes leende en stor ansträngning. När han börjar tala skakar hon avvärjande på huvudet.

– Senare, säger hon. Inte nu. Jag är för trött. Luka ger mig det jag vill ha.

När Hans Olofson återkommer på kvällen har hon flyttat tillbaka till sitt eget rum. Han betraktar hennes övergivenhet i den breda dubbelsängen. Sjukdomen har förminskat henne, tänker han. Hennes skinn har krympt. Bara ögonen är oförändrade, lika stora och oroliga.

– Jag mår bättre, säger hon. Men jag är mycket trött. För varje gång jag får malaria ökar kraftlösheten. Jag avskyr svagheten, att ingenting kunna göra.

– Mister Pihri kom på besök, säger han. Han överlämnade papper med många stämplar och jag gav honom det han ville ha, fem hundra ägg.

– Hela tiden leende, säger Judith. Han är en skurk, en av de

134

värsta. Ändå är han pålitlig, att leka korruptionsleken med honom ger alltid resultat.

– Han vill ha en ny begagnad bil. Han har sett ut en Peugeot.

– Den ska han få när jag har ett tillräckligt svårt ärende för honom.

– Varför har du sökt ett tvåårigt uppehållstillstånd för mig?

– Jag tror inte det finns för kortare tid.

Så sjuk hon är så ljuger hon, tänker han. När hon har blivit frisk måste jag fråga henne varför. Han lämnar hennes rum och stänger dörren efter sig. Han lyssnar utanför hennes dörr, hör hennes svaga snarkningar.

Sedan begår han en vallfart genom huset, räknar antalet rum, letar sig fram genom övergivna gästrum, och stannar utanför en dörr han tidigare inte har lagt märke till. Han befinner sig i slutet av en bruten korridor, och dörren är knappt synlig där den är infälld i den bruna panelen.

Dörren går upp när han känner på handtaget och en unken lukt av kamfer slår emot honom. Med ena handen stryker han över väggen för att finna en strömbrytare. En naken glödlampa i taket glimmar plötsligt till. Han befinner sig på tröskeln till ett rum som är fullt av djurskelett. Han ser ett lårben som han gissar är från en elefant eller en buffel. En krokodil med reptilens utdragna revben. Olika kranier och horn, delvis sönderbrutna, hopblandade.

Han föreställer sig att djuren en gång har blivit inspärrade levande i detta rum och där långsamt ruttnat bort tills allt som återstår är ben och skallar.

Hennes mans rum, tänker han. En vuxen mans fördrömda pojkrum. I en dammig fönsternisch ligger en anteckningsbok. Hjälpligt tyder han blyertsskriften och inser att det är poetiska utkast han har framför ögonen. Skälvande poetiska skärvor, skrivna med en blyerts som är så svag att det kanske aldrig varit avsett att texten skulle bevaras ...

En ryggsäck full med myror var allt som återfanns, tänker han. Också det är poesi, det gåtfulla försvinnandets gravskrift ... Olustig lämnar han rummet.

Ännu en gång lyssnar han utanför Judiths dörr och går sedan in i sitt eget rum. En svag doft från hennes kropp finns fortfarande kvar mellan lakanen. Feberns avtryck ... Hennes gevär ställer han bredvid sängen. Utan att jag ville håller jag på att överta någonting från henne, tänker han. Redan står ett av hennes gevär vid min säng.

Plötsligt längtar han hem, barnsligt, övergivet. Nu har jag sett Afrika, tänker han. Det jag såg förstod jag inte, men jag har ändå sett. Jag är ingen resenär, expeditioner ut i det okända innebär bara en inbillad lockelse för mig.

En gång klättrade jag över ett brospann, som om jag red på själva jordaxeln. Någonting lämnade jag kvar däruppe på det kalla järnspannet. Det var den längsta resa jag kom att göra i mitt liv ...

Möjligen är det så att jag fortfarande finns däruppe, med fingrarna krampaktigt slutna runt det kalla järnet. Kanske jag egentligen aldrig kom ner? Fortfarande finns jag där uppe, innesluten i min rädsla ...

Han lägger sig i sängen och släcker lampan. Ur mörkret väller ljuden fram. De tassande hundarna, flodhästen som suckar från floden.

Just när han håller på att somna blir han på ett ögonblick klarvaken. Någon skrattar ute i mörkret. En av hundarna gläfser till och sedan är allt stilla igen.

I stillheten minns han tegelbruket. Ruinen där han formulerade sitt medvetande för första gången. I skrattet som når honom ur natten tycker han sig ana en fortsättning. Tegelbrukets ruin klargjorde hans närvaro. Det befästa sovrummet i huset vid Kafuefloden, omgiven av stora hundar, avslöjar ett villkor. Skrattet som tränger igenom beskriver den värld han tillfälligtvis råkar vara närvarande i.

Så ser den ut, tänker han. Tidigare visste jag utan att veta. Nu ser jag hur världen har kantrat, den fattigdom och den plåga som är den egentliga sanningen. Uppflugen på älvbron fanns bara stjärnorna och granarnas utdragna horisont. Jag ville där bortom

136

och nu är jag framme. Att vara här måste innebära att jag är mitt i den tid som råkar vara min.

Vem som skrattade vet jag inte. Inte heller kan jag avgöra om skrattet är ett hot eller ett löfte. Ändå vet jag.

Han tänker att han snart ska resa härifrån. Returbiljetten är hans stora försäkran. Där världen delas, där världen avgörs, behöver han inte vara med.

Han sträcker ut handen i mörkret och känner med fingrarna över gevärets kalla löp.

Flodhästen suckar nere vid floden.

Plötsligt har han bråttom att komma hem. Judith får söka Duncan Jones efterträdare utan hans medverkan. Det uppehållstillstånd som mister Pihri har utverkat av sina vänner och fått betalt för med fem hundra ägg kommer aldrig till användning ...

Men han tar fel, Hans Olofson.

Som så många gånger tidigare vrider sig hans bedömningar runt sin egen axel och återkommer till utgångspunkten som sina motsatser.

Returbiljetten har redan börjat vittra ...

Hans Olofsons drömmar är nästan alltid påminnelser.
I hans drömmar vakar medvetandet över att han ingenting glömmer. Ofta finns ett återkommande preludium, som om drömmarna drog undan den gamla slitna ridån till samma sorts musik.

Musiken är vinternatten, den stjärnklara, midvinterkalla.

Där ute finns han, Hans Olofson, fortfarande knappt utvuxen. Han står någonstans vid kyrkomuren under en gatlampa. Han är en ensam och sorgsen skugga mot allt det vita i den stränga vinternatten ...

Inte kunde han ana! Inte kunde han smygtitta in i framtidens beslöjade värld när han äntligen hade gjort sin sista skoldag; slängt skolböckerna under sängen och marscherat iväg till sitt första heltidsarbete som yngsteman på Handelsföreningens lager. Då var världen i allra högsta grad vetbar och fulländad. Nu skulle han tjäna egna pengar, dra sina egna lass, lära sig bli vuxen.

Det han efteråt skulle minnas av sin tid på Handelsföreningen var det ständiga dragandet i uppförsbacken mot järnvägen. Den kärra han hade blivit tilldelad var vanskött och sliten, och med en ständig förbannelse inom sig slet och drog han den i ett evigt kretslopp mellan godsexpeditionen och lagret. Han lärde sig snabbt att svordomar inte gjorde backen mindre svår att besegra. Svordomen var hämnd och hjälplöst ursinne, och som sådan möjligen en kraftkälla.

Men inte planade backen ut!

Han bestämmer sig för att det helveteshål som är Handelsföreningens lager inte kan vara sanningen. Arbetets Ära och Arbetets Gemenskap måste se annorlunda ut.

138

Och naturligtvis är det skillnad att börja arbeta som underlydande till hästhandlare Under som är i plötsligt behov av en hjälpreda, sedan en av hans stallkarlar blivit illa biten i en arm av en ilsken hingst.

I hästhandlarens egendomliga rike gör Hans Olofson sin entré en dag i slutet av september, när det redan är snö i luften. Vinterförberedelserna är i full gång, spiltor ska byggas om och utvidgas, det läckande taket ska angripas, seldon ses över, lagret av hästskor och sömmar inventeras. Senhösten är förberedelse till vinteride, hästar såväl som människor ska sova, och Hans Olofson står med en slägga i handen och slår ut en av tvärväggarna i stallet. I cementröken vandrar Under omkring i sina galoscher och ger goda råd. I ett hörn sitter Visselgren och lappar på en hög med seldon. Visselgren som är låghalt och skåning, en gång upphittad på Skänninge marknad, blinkar åt Hans Olofson. De två urstarka tvillingarna Holmström drar med förende krafter ner en tvärvägg. Hästar kunde inte gjort det bättre och Under vankar belåtet av och an.

I hästhandlare Unders värld råder en ständig växling mellan tankspritt ointresse och grundlagda meningar som han lidelsefullt försvarar. Den bärande pelaren i hans världsbild är att ingenting från början egentligen är givet, utom att handla med hästar. Utan att besvära sig med blygsamhet anser han sig tillhöra en av de utvalda som bär jorden på sina axlar. Utan hästaffärer skulle kaos råda, de vilda hästarna inta jorden som de nya barbariska härskarna.

Hans Olofson slungar med sin tunga slägga och gläds åt att ha sluppit den vanskötta kärran. Här råder liv!

Under ett år kommer han att vara en del av denna märkliga hästhandlargemenskap. Hans arbetsuppgifter kommer ständigt att växla, dagarna kontrasterar omilt men lockande med varandra.

En kväll springer han över älvbron till Janines hus.

Just denna kväll har hon prytt sig med sin röda näsa och hon sitter vid köksbordet och putsar sin trombon när han stampar av sig på yttertrappan.

Länge sedan är det nu han slutade att knacka. Janines hus är ett hem, ett annat hem än trähuset vid älven, men ändå hans hem. En liten läderpåse som hänger ovanför köksbordet sprider en doft av kummin. Janine som inte längre känner några dofter kan ändå minnas kummin från den tid som ligger bortom den misslyckade operationen.

Till Janine anförtror han det mesta. Inte allt, det är omöjligt. Tankar och känslor han själv knappast kan kännas vid, förblir hemliga. Inte minst gäller detta Hans Olofsons alltmer oroliga och sårbara upptäckt av den främmande lust som står på uppkok inom honom.

I dag har hon sin röda näsa. Men annars är hålet under ögonen oftast täckt av en vit näsduk.

Den är instoppad i hålet så att han kan se de röda snitten där kniven har skurit, och anblicken av naket kött under hennes ögon blir till något förbjudet, något som låter ana något helt annat.

Han föreställer sig henne naken, med trombonen framför munnen, och då kan han rodna av upphetsning. Om hon anar något av vad han tänker vet han inte. Han önskar att hon gjorde det, lika ofta önskar han motsatsen.

Hon spelar något nytt hon har lärt sig. »Wolverine Blues« som hon har plockat ut på sin grammofon. Hans Olofson gungar takten med socklästen, gäspar och lyssnar med tankspridda öron.

När hon slutar har han inte tid att stanna längre. Ingenting har han som kallar men han har ändå bråttom. Ända sedan han slutade skolan har han sprungit. Någonting manar på honom, oroar och lockar ...

Huset ligger där det ligger. Ett svagt snötäcke vilar över potatistäppan som ingen någonsin gräver i. I ett av de upplysta fönstren ser han sin fars skugga. Hans Olofson tycker plötsligt synd om honom. Han försöker föreställa sig hur fadern hade stått på akterdäcket av ett fartyg som stävar fram under en ljummen vind i passaden. Långt borta, mot solnedgångens sista strimmor, lyser de svaga ljusen från nästa hamn han ska angöra ...

Men när han stiger in i köket knyter det sig i magen, för vid

140

bordet sitter hans far med glansiga ögon och framför honom står en halvtömd flaska. Hans Olofson inser att hans far har börjat supa sig till vrak igen ...

Att det ska vara så förbannat besvärligt att leva, tänker han. Blankis att halka på, vart fan man än vänder sig ...

Den här vintern avslöjar sig till slut även Under som något annat än en välmenande hästhandlare i galoscher. Där finns en ondska bakom den vänliga masken.

Hans Olofson inser att vänligheten har ett pris. Under den omfångsrika överrocken döljer sig en reptil. Sakta börjar han förstå att han i hästhandlarns värld inte är något annat än ett par starka armar och lydiga ben. När Visselgren i mitten av februari drabbas av ledvärk är det roliga över för hans del. Hästhandlarn utrustar honom med en enkel biljett mot Skänninge och kör honom till stationen. Där bekvämar han sig inte ens att stiga ur bilen och tacka för den tid som varit. Tillbaka i stallet orerar han sedan länge över Visselgrens falska natur, som om han menade att hans låghälta egentligen borde betraktas som en karaktärsdefekt.

Nya anställda kommer och går, det är till slut bara bröderna Holmström och Hans Olofson som finns kvar av de gamla. Hans Olofson kommer på sig med att börja tänka samma tankar som när han drog kärran mellan lagret och godsexpeditionen.

Är han där nu igen? Var finns i så fall Arbetets Stora Ära och den gemenskap i den dagliga mödan som han trott vara livets stora Ändamål?

Några veckor efter Visselgrens försvinnande, kommer hästhandlarn en sen eftermiddag in i stallet med en svart låda under armen. Bröderna Holmström har redan försvunnit i sin melankoliska Saab och Hans Olofson är ensam och gör klart stallet för natten.

Hästhandlarn styr sina steg mot en bortglömd spilta där en utsliten nordsvensk hukar i ett hörn. Han är nyss inköpt för några symboliska sedlar, och Hans Olofson har undrat varför hästen inte redan har gått till slakt.

Ur den svarta lådan packar hästhandlarn upp någonting som

141

mest liknar en transformator till ett elektriskt tåg. Sedan kallar han på Hans Olofson som får besked att han ska dra fram en elektrisk ledning. Hästhandlarn gnolar, kränger av sig den stora rocken, och Hans Olofson gör som han blir tillsagd.

Och vad blir han tillsagd?

Med kedjor ska den gamla hästen spännas fast, stålklämmor fästas på öronen. Genom kablarna vandrar sedan elektriciteten, och djuret rycker i kramp under strömstötarna. Hästhandlare Under skruvar belåtet på mätapparatens lilla ratt, som om han dirigerade ett leksakståg, och Hans Olofson bestämmer sig vanmäktigt att aldrig någonsin glömma hästens plågade ögon.

I nästan en timme pågår den utdragna tortyren och hästhandlarn manar på Hans Olofson att kontrollera att kedjorna är spända så hästen inte sliter sig.

Han hatar den förbannade hästhandlarn som plågar den orkeslösa hästen. Han inser att Under måste ha en spekulant i bakgrunden även åt detta utslitna djur. Med ström och stålklämmor jagas den utsinade kraften tillbaka in i hästen, en kraft som bara bygger på fruktan.

– Han blir som ung på nytt, säger Under och vrider upp strömmen ytterligare.

Hästen fradgar, ögonen spränger mot sina fästen.

Hans Olofson önskar att han kunde sätta stålklämmorna i näsan på hästhandlarn och sedan vrida upp strömmen tills han tiggde om nåd och förbarmande. Men naturligtvis gör han det inte. Han gör som han blir tillsagd.

Sedan är det över. Hästen står bortvänd och hästhandlarn betraktar sitt verk.

Plötsligt hugger han tag i Hans Olofsons skjorta som om han hade satt tänderna i honom.

– Det stannar oss emellan, säger han. Mellan dig och mig och hästen. Förstår du?

Ur fickan drar han fram en skrynklig femkronorssedel och trycker ner den i Hans Olofsons hand...

När han river sönder sedeln utanför kyrkomuren undrar han

142

om livets Ändamål någonsin kommer att uppenbara sig för honom.

Vem behöver honom, Hans Olofson? Var, annat än som dragare av en kärra eller i ett vinterstall där orkeslösa hästar plågas?

Jag måste bort, tänker han. Bort från den förbannade hästhandlarn.

Men vad ska han göra istället? Har livet egentligen några lösningar? Vem kan viska lösenordet i hans öra?

Han går hem i vinternatten, februari 1959.

En svindlande sekund är livet, ett andetag i evighetens mun. Att tro sig om att kunna trotsa tiden gör bara dåren ...

Han stannar utanför trähuset. Kölden gnistrar i snön.

Plogen, ankaret, förtöjer.

Att vara jag och ingen annan, tänker han. Men sedan då? Vidare, där bortom?

Han går upp i det tysta huset, snör av sig pjäxorna. Hans far snarkar och suckar från sitt rum.

Som oroliga fågelflockar samlas tankarna i hans huvud när han har lagt sig i sängen. Han försöker fånga dem, syna dem en efter en.

Men allt han ser är hästens skrämda öga och hästhandlarn som flinar som ett ondskefullt troll.

En svindlande sekund är livet, tänker han igen, innan han somnar.

I drömmen växer Célestine sig ur sin monter och mot en bakgrund av en värld han inte alls känner, hugger han till slut av förtöjningarna.

Har tiden anletsdrag?
Hur ser man när den vinkar och tar farväl?
En dag inser han att han har varit hos Judith Filling-
ton i ett år. En regntid har passerat. Åter trycker den orörliga
hettan över hans huvud och den afrikanska jorden.

Och frågorna han ställde till sig själv? De finns kvar, en undran
är bara utbytt mot en annan. Efter ett år är hans undran inte att
han är där han är, utan hur tiden har kunnat gå så hastigt förbi.

Efter sitt malariaanfall drabbades Judith av en utdragen, halv-
årslång kraftlöshet. En alltför sent identifierad parasit som borrat
sig fast i hennes inälvor förstärkte denna svaghet. Hans Olofson
såg ingen möjlighet att resa. Det hade varit att överge henne, den
utmattade kvinnan som låg i sin alltför stora säng.

Som gåtfullt uppfattade han hennes mod att utan vidare över-
lämna skötseln av farmen i hans ovana händer.

En dag upptäcker han att han vaknar på morgnarna med en
alldeles nyfunnen och okänd glädje. För första gången i sitt liv
tycker han sig ha ett uppdrag, även om det bara gäller att se
äggbilar försvinna i den röda jordens dammoln.

Kanske något viktigare inte finns, tänker han. Att producera
mat och veta att någon alltid väntar på den.

Efter ett år tänker han också tankar som förefaller honom
lättsinniga. Jag stannar, tänker han. Så länge Judith är kraftlös, så
länge efterträdaren inte kommer. Jag lär mig någonting av allt
detta. Av äggen och de ständiga foderproblemen. Av att leda två
hundra afrikaner vid handen. Någonting av detta måste vara be-
tydelsefullt även när jag återvänder hem.

Efter ett halvt år skriver han ett brev till sin far och meddelar

144

att han kommer att stanna i Afrika på obestämd tid. Om sina studier, om att återvända till ambitionen att bli den förmildrande omständighetens försvarare skriver han bara: Jag är ännu ung. Brevet är en utsvävande epistel, ett personligt rövardrama, där han vänder och vrider på alla proportioner.

Det är ett senkommet tack, tänker han. Ett tack för alla upplevelser vid sjökorten i huset vid älven.

»Jag ingår i ett äventyr«, skriver han. »Ett äventyr som uppstått ur den kraftkälla som kanske är äventyrets sanna väsen: tillfälligheter som kopplas samman, där jag tillåts delta.«

Som en värdefull last att sänka ner i Céléstines lastrum sänder han en krokodiltand.

»Här garanterar reptilens tänder mot det hotfulla«, skriver han. »Här har du den amulett som kan skydda mot felslag med yxan och ett fallande träd du inte skulle hunnit undan.«

En natt när han inte kan sova och går genom det mörka huset till köket för att dricka vatten, hör han plötsligt hur Judith gråter från sitt stängda rum. Och kanske är det då, när han står i det varma mörkret utanför hennes dörr, som den första aningen skymtar förbi. Aningen om att han kommer att stanna i Afrika. En dörr som gläntar i hans medvetande, en glimt in i en framtid som aldrig varit avsedd.

Det går ett år.

Flodhästen som han aldrig ser suckar nere vid floden. En glänsande kobra ringlar en morgon i det fuktiga gräset framför hans fötter. På natten kan han se eldar som brinner vid horisonten och det avlägsna ljudet av trummor når honom som ett svårtydbart språk.

Elefantgräset brinner och djuren flyr. Han föreställer sig att han betraktar ett avlägset slagfält, ett krig som pågått sedan urtidens dimma ...

Jag, tänker han. Jag, Hans Olofson, är förvisso lika rädd för det okända som när jag steg ur flygplanet och solen gjorde världen alldeles vit. Jag inser att jag omges av en katastrof, ett tillfälligt uppskjutet tidsslut, när två epoker byter av varandra. Jag vet att

145

jag är vit, ett av stearinljusen som syns alldeles för tydligt, en av dem som ska förgås på denna kontinent. Men ändå stannar jag.

Jag har försökt gardera mig, göra mig till en som *Icke är* i denna kraftmätning. Jag står utanför, en tillfällig besökare, utan delaktighet eller skuld. Kanske är det verkningslöst? Den vite mannens yttersta inbillning? Men ändå kan jag se alldeles klart att min rädsla inte är densamma som när jag för första gången stod i den vita solen.

Jag tror inte längre att alla svarta urskillningslöst vässar en *panga* för att en gång skära av mig strupen i sömnen. I dag är min rädsla riktad, mot mördarbanden som härjar i detta land, mot de lönnmördare som kanske också döljer sig på denna farm. Men jag rättfärdigar inte det jag inte vet genom att se mördare i alla svarta jag möter. Arbetarna på farmen är inte längre namnlösa, hotfulla ansikten som alla liknar varandra.

En kväll när Judith börjat återfå sina krafter kommer Ruth och Werner Masterton på besök. Middagen blir lång och länge sitter de bakom de låsta dörrarna och tömmer sina glas.

Hans Olofson blir berusad den kvällen. Han säger inte mycket, hukar i ett hörn, känner sig plötsligt utanför igen. Sent på natten bestämmer sig Ruth och Werner för att övernatta. Överfallen på ensamma bilar har åter ökat, på natten är den vite mannen ett jagat villebråd.

När han ska gå och lägga sig möter han Judith utanför hennes dörr. Han hinner tänka att hon står där och väntar på honom, onykter även hon, med irrande ögon som påminner honom om hans far.

Plötsligt sträcker hon ut en hand, tar tag i honom, drar honom in i sitt rum, och de utför ett lika hjälplöst som våldsamt kärleksmöte på det kalla stengolvet. När han griper om hennes magra kropp, tänker han på rummet ovanför, de döda djurens benhus.

Efteråt vrider hon sig undan som om han slagit henne. Inte ett enda ord, tänker han. Hur kan man älska utan att säga ett enda ord?

Dagen efter, när han är bakfull och illamående, minns han

146

hennes kropp som något strävt och motbjudande. I gryningen tar de avsked av Ruth och Werner. Hon undviker hans ögon, trycker den bredbrättade hatten djupt ner i pannan.

Ett år har gått.

Cikadornas nattliga ljudväv har blivit en vana. Doften av träkol, av torkad fisk, av svett och stinkande avskrädeshögar, omger honom som om de alltid funnits där.

Men helheten, den svarta kontinenten, blir alltmer ogripbar, ju mer han tycker sig förstå. Han anar att Afrika egentligen inte är någon helhet, i alla fall inget han med sina invanda föreställningar kan omfatta och tränga in i.

Här finns inga enkla lösenord. Här talar trägudar och förfäder lika tydligt som de levande människorna. Den europeiska sanningen förlorar sin giltighet på den ändlösa savannen.

Han ser sig fortfarande som en ängslans resenär, inte som en av de målmedvetna och välutrustade stigfinnarna. Men ändå är han där han är. Bortom granåsarna, bortom finnskogarna, på andra sidan älven och bron ...

En dag i oktober när han har varit hos Judith i ett år, kommer hon emot honom i den igenvuxna trädgården. Det är söndag, bara en gammal man går och vattnar i trädgården. Hans Olofson använder dagen till att försöka laga ett fäste till den pump som drar upp vattnet ur Kafue till deras hus.

I motljuset ser han hennes ansikte och han blir genast orolig. Det hon har att säga vill jag inte höra, tänker han hastigt.

De sätter sig i skuggan av det höga trädet, och han förstår att hon har förberett detta samtal, för Luka kommer med kaffe.

– Det finns en punkt som är oåterkallelig, säger hon. I varje människas liv. Någonting man inte vill, någonting man fruktar men inte kan undkomma. Jag har insett att jag inte förmår detta längre, varken farmen, Afrika eller det här livet. Därför ska jag nu ge dig ett förslag. Något du ska tänka på men inte besvara just nu. Tre månader kan jag ge dig och det jag säger kommer att kräva att du fattar ett beslut. Inom kort reser jag härifrån. Jag är fortfarande sjuk, kraftlösheten kväver mig, jag tror aldrig mer jag åter-

147

får min styrka. Jag reser till Europa, kanske till Italien. Längre än så äger jag ingen framtidsplan. Men jag erbjuder dig nu att överta min farm. Den ger ett överskott, den är inte intecknad, ingenting tyder på att den skulle förlora sitt värde. Fyrtio procent av detta överskott ska tillfalla mig så länge jag lever. Det är det pris du har att betala mig om du övertar farmen. Skulle du sedan sälja farmen inom tio år, tillfaller sjuttiofem procent av överskottet mig. Efter tio år reduceras det till femtio procent, efter tjugu år till ingenting. Enklast för mig vore naturligtvis att genast sälja farmen. Men någonting hindrar mig, ett ansvar tror jag, mot dem som arbetar här. Kanske jag inte orkar se Duncan tvingas bort från det som en gång ska bli hans grav? I ett år har jag sett dig på min farm. Jag vet att du skulle kunna överta den ...

Hon tystnar och Hans Olofson tänker att han genast vill signera en överlåtelsehandling. En alldeles oreserverad glädje fyller honom. Tegelbruksrösten inom honom börjar plötsligt tala. Att vara behövd, en någon ...

Det kommer oväntat, är dock allt han svarar.

– Jag är rädd för att förlora det enda som är oersättligt, säger hon. Min vilja att leva. Den enkla kraft som innebär att man reser sig upp ur sängen när morgonen gryr. Allt annat kanske kan ersättas. Men inte det.

– Ändå är det oväntat, säger han. Jag inser din trötthet, jag ser den varje dag. Men samtidigt ser jag hur dina krafter återkommer.

– Varje dag är en utdragen leda, svarar hon. Och den kan du inte se. Den märker bara jag. Du måste förstå att jag under lång tid har förberett mig. Sedan länge finns pengar placerade på banker i London och Rom. Min advokat i Kitwe är informerad. Svarar du nej så säljer jag farmen. Spekulanter kommer inte att saknas.

– Mister Pihri kommer att sakna dig, säger han.

– Mister Pihri kommer du att överta, svarar hon. Hans äldste son ska också bli polis. Även den unge mister Pihri kommer du att överta.

– Beslutet är stort, säger han. Egentligen skulle jag ju ha återvänt för länge sedan.

– Jag har inte sett dig resa, säger hon. Jag har sett dig stanna. Dina tre månader börjar just nu, här i skuggan av trädet.

– Då kommer du tillbaka, frågar han.

– För att sälja eller för att packa, svarar hon. Eller båda delarna.

Hennes förberedelser har varit grundliga. Fyra dagar efter samtalet under trädet kör Hans Olofson henne till flygplatsen i Lusaka. Han följer henne till incheckningen och står sedan i den ljumma kvällen på takterrassen och ser det stora jetplanet skjuta fart och försvinna med ett rytande mot stjärnorna.

Deras avsked har varit enkelt. Det borde ha varit jag, tänker han. I all rimlighet borde det ha varit jag som äntligen reste härifrån ...

Han stannar över natten på det hotell han en gång gömde sig i. Till sin förvåning upptäcker han att han har fått samma rum, 212. Trolldom, tänker han. Jag glömmer att jag är i Afrika.

En rastlös oro driver honom ner i baren och han ser efter den svarta kvinna som den gången erbjöd sig åt honom. När han inte tillräckligt hastigt blir uppmärksammad av servitörerna, ropar han skarpt åt en som står sysslolös vid bardisken.

– Vad finns i dag? frågar han.

– Det finns ingen whisky, svarar servitören.

– Alltså finns det gin? Men finns det tonic?

– Det finns tonic idag.

– Alltså finns det gin och tonic?

– Det finns gin och tonic idag.

Han dricker sig berusad och döper i tankarna om farmen till *Olofson Farm*.

Snart står en svart kvinna framför hans bord. I dunklet har han svårt att urskilja hennes ansikte.

– Ja, säger han. Jag vill ha sällskap. Rum 212. Men inte nu, inte än.

Han ser hur hon tvekar om hon ska vänta vid hans bord eller inte.

– Nej, säger han. När du ser mig gå uppför trapporna, vänta ännu en timme. Kom sen.

När han har ätit och går uppför trappan kan han inte se henne. Men hon ser mig, tänker han.

När hon knackar på dörren upptäcker han att hon är mycket ung, knappast mer än sjutton år gammal. Men hon är erfaren. När hon stigit in i rummet kräver hon omedelbar uppgörelse.

– Inte hela natten, säger han. Jag vill att du går.

– Hundra *kwacha*, säger hon. Eller tio dollar.

Han nickar och frågar vad hon heter.

– Vilka namn tycker du om, säger hon.

– Maggie, föreslår han.

– Jag heter Maggie, säger hon. I kväll heter jag Maggie.

När han ligger med henne känner han meningslösheten. Bortom upphetsningen finns ingenting, ett rum som har stått tomt alltför länge. Han andas in dofterna från hennes kropp, den billiga tvålen, parfymen som påminner honom om något syrligt. Hon luktar som ett äpple, tänker han. Hennes kropp är som en unken lägenhet jag minns från min barndom ...

Hastigt är det över, han ger henne pengar och hon klär sig inne i badrummet.

– Jag finns här en annan gång, säger hon.

– Jag tycker om namnet Janine, säger han.

– Då heter jag Janine, svarar hon.

– Nej, säger han. Aldrig mer. Gå nu.

När han går in i badrummet upptäcker han att hon har tagit med sig toalettpapperet och hans tvål. De stjäl, tänker han. De skulle skära ut våra hjärtan om de bara kunde ...

I skymningen dagen efter är han tillbaka på farmen.

Han äter den middag som Luka har gjort i ordning.

Jag ska driva den här farmen annorlunda, tänker han. Genom mitt exempel ska de ständiga argumenten om de vitas nödvändighet försvinna. Den man jag utser till min ställföreträdare ska vara svart. Jag ska bygga en egen skola åt arbetarnas barn, jag ska inte bara bistå dem när de ska begravas.

Sanningen om den här farmen idag, eller Ruths och Werners farm, är det underbetalda arbetet, de utslitna arbetarna. Judiths pengar i de europeiska bankerna är löner som aldrig blivit utbetalade.

Jag ska förvandla den här farmen, och den skola jag ska bygga ska jag tillägna Janine. När jag en gång lämnar farmen ska den vara till åminnelse av det ögonblick då de vita farmarnas föreställningar slutligen blivit motbevisade ...

Men han inser också att han redan i utgångspunkten är välmående. Farmen representerar en förmögenhet. Även om han fördubblar arbetarnas löner kommer hönsen att värpa direkt för hans egna fickor ...

Otåligt väntar han på gryningen. Han går genom det tysta huset och stannar framför speglarna och betraktar sitt ansikte. Han utstöter ett vrål som ekar i det tomma huset ...

I gryningstimmen låser han upp dörren. Svaga stråk av dimma driver över floden. Luka väntar där ute, liksom trädgårdsarbetarna och kvinnan som tvättar hans kläder. När han ser deras tysta ansikten ryser han till. Deras tankar som han inte kan läsa är ändå tydliga nog ...

Arton år senare erinrar han sig denna morgon. Som om minnesbilden och nuet är ett gemensamt ögonblick, kan han återkalla dimman som drev över Kafue, Lukas outgrundliga ansikte, den rysning som genomfor hans kropp.

När det mesta redan är förbi, återvänder han till det ögonblicket, oktober 1970. Han minns vandringen genom det tysta huset, de avsikter för framtiden han formulerade. I återskenet av den natten betraktar han de många åren, ett artonårigt liv i Afrika.

Judith Fillington återkom aldrig. I december 1970 får han besök av hennes advokat och till hans förvåning är det en afrikan, inte en vit man, som överlämnar ett brev från Neapel, där hon frågar efter hans beslut. Han ger sitt besked till mister Dobson som lovar att telegrafera till henne och snarast återkomma med de papper som ska undertecknas.

Vid nyår utväxlas namnteckningar mellan Neapel och Kalu-

151

lushi. Samtidigt kommer mister Pihri på besök med sin son.

– Allt blir vid det gamla, säger Hans Olofson.

– Bekymmer bör man undvika, svarar mister Pihri leende. Min son, unge mister Pihri, såg en begagnad motorcykel som var till salu i Chingola för några dagar sen.

– Mitt uppehållstillstånd ska snart förnyas, säger Hans Olofson. Naturligtvis behöver unge mister Pihri en motorcykel.

I mitten av januari kommer ett långt brev från Judith, avstämplat i Rom.

»Någonting har jag förstått«, skriver hon. »Något jag tidigare aldrig vågat inse. Under hela mitt liv i Afrika, från min tidigaste barndom, växte jag upp i en värld som vilade på skillnaden mellan svarta och vita. Mina föräldrar ömkade de svarta, deras fattigdom. De såg den nödvändiga utvecklingen, de lärde mig förstå att de vitas villkor bara skulle råda under en begränsad tid. Kanske två eller tre generationer. Sedan skulle en omvälvning inträffa, de svarta skulle överta de vitas funktioner, de vita skulle se sin inbillade betydelse beskäras. Kanske skulle de krympa till en undertryckt minoritet. Jag lärde mig att de svarta var fattiga, deras liv inskränkta. Men jag lärde mig också att de har något som vi inte har. En värdighet som en gång kommer att bli utslagsgivande. Jag inser nu att jag har förnekat den insikten, kanske särskilt efter det att min man spårlöst försvann. Jag har anklagat de svarta för hans försvinnande, jag har hatat dem för någonting de inte har gjort. Nu när Afrika är så långt borta, nu när jag har bestämt mig för att leva mitt återstående liv här, vågar jag på nytt förena mig med den insikt jag tidigare förnekat. Jag har sett odjuret i afrikanen, men inte i mig själv. Det kommer alltid en punkt i en människas liv då det viktigaste måste överlämnas till någon annan.«

Sedan ber hon honom om att skriva och berätta när Duncan Jones har dött, och hon uppger en adress till en bank på Jersey.

Mister Dobson kommer med män som packar Judiths tillhörigheter i stora trälårar. Noga prickar han av på en lista.

– Det som blir kvar är ert, säger han till Hans Olofson.

De går till rummet som är fullt med ben.

– Om detta nämner hon ingenting, säger mister Dobson. Alltså är det ert.

– Vad gör jag? frågar Hans Olofson.

– Det är knappast ett ärende för en advokat, svarar mister Dobson vänligt. Men jag förmodar att det finns två möjligheter. Antingen låter man det vara. Eller så tar man bort det. Krokodilen kan ju lämpligen återbördas till floden.

Tillsammans med Luka bär han benresterna ner till floden och ser dem sjunka mot botten. Ett lårben från en elefant glänser genom vattnet.

– Vi afrikaner kommer att undvika detta ställe, *Bwana*, säger Luka. Vi ser döda djur som fortfarande lever på botten. Krokodilens skelett kan vara farligare än den levande krokodilen.

– Vad tänker du? frågar Hans Olofson.

– Jag tänker det jag tänker, *Bwana*, svarar Luka ...

Hans Olofson spänner sin artonåriga tidsbåge, uppfylld av att förvandla den farm som nu är hans till ett politiskt föredöme.

En tidig lördagsmorgon samlar han alla arbetare utanför det lerskjul som är hans kontor, klättrar upp på ett bensinfat och berättar att det nu är han och inte Judith Fillington som äger farmen. Han ser de avvaktande ansiktena men han är fast besluten att genomföra det han har bestämt sig för.

Under åren som kommer, år av oavbrutet arbete, försöker han genomföra det som han givit sig som sitt stora uppdrag. Han utpekar de dugligaste arbetarna till förmän och ger dem allt mer kvalificerade uppgifter. Han genomför drastiska löneförhöjningar, bygger nya bostäder, och ser en skola för arbetarnas barn växa upp. Redan från början möts han av de andra vita farmarnas motstånd.

– Du underminerar din egen situation, säger Werner Masterton till honom när de en kväll kommer på besök.

– Du är aningslös, säger Ruth. Jag hoppas att det inte är för sent när du inser det.

– För sent för vad? frågar Hans Olofson.

– För allt, svarar Ruth.

Ibland står Duncan Jones som en vålnad och betraktar honom. Hans Olofson ser de svartas rädsla för honom.

En natt när han åter blivit väckt av nattvakterna och utkämpar en våldsam kamp mot invaderande jägarmyror, hör han hur Duncan Jones vrålar från sitt befästa hus.

Två år senare är han död. I regntiden börjar huset lukta och när de bryter sig in ligger den halvt uppruttnade kroppen på golvet bland flaskor och halvätna måltider. Huset är fullt av insekter och gula fjärilar svärmar över den döda kroppen.

På natten hör han hur trummorna dånar. Den helige mannens ande svävar redan över farmen vid floden.

Duncan Jones får sin grav på en liten kulle intill floden. En katolsk präst kommer från Kitwe. Förutom Hans Olofson finns ingen vit man vid kistan, bara de svarta arbetarna.

Han skriver ett brev till banken i Jersey och berättar att Duncan Jones nu är död. Något svar kommer aldrig från Judith.

Länge står huset tomt innan Hans Olofson bestämmer sig för att riva muren och inreda en hälsocentral för arbetarna och deras familjer.

Oändligt långsamt tycker han sig se en förändring. Meter för meter försöker han utplåna gränsen mellan sig själv och de två hundra arbetarna.

Aningen om att något är alldeles fel, att alla hans föresatser har misslyckats, kommer efter en resa han gör till Dar-es-Salaam. Plötsligt börjar produktionstalen oförklarligt falla. Det kommer klagomål om trasiga eller aldrig levererade ägg. Reservdelar börjar stjälas, hönsfoder och verktyg försvinner oförklarligt. Han upptäcker att förmännen förfalskar närvarolistor och vid en nattlig kontroll finner han hälften av nattvakterna sovande, några kraftigt berusade.

Han samlar förmännen och utkräver ansvar. Men allt han får är egendomliga bortförklaringar.

Resan till Dar-es-Salaam har han gjort för att skaffa reservdelar till farmens traktor. Dagen efter det att traktorn har reparerats är den borta. Han tillkallar polisen, avskedar samtliga nattvakter, men traktorn förblir försvunnen.

Samtidigt begår han ett allvarligt misstag. Han sänder bud efter mister Pihri och de dricker te inne i lerskjulet.

– Min traktor är borta, säger Hans Olofson. Jag gjorde den långa resan till Dar-es-Salaam för att inköpa de reservdelar som inte finns att tillgå i detta land. Jag gjorde den långa resan för att min traktor skulle kunna börja arbeta igen. Nu är den borta.

– Det är naturligtvis mycket bekymmersamt, svarar mister Pihri.

– Jag förstår inte att era kollegor inte kan återfinna traktorn. I det här landet finns inte många traktorer. En traktor är svår att gömma. Det måste också vara besvärligt att köra den över gränsen till Zaire för att sälja den i Lubumbashi. Jag förstår inte att era kollegor inte kan finna den.

Mister Pihri blir plötsligt mycket allvarlig. I dunklet tycker sig Hans Olofson upptäcka en farlig glimt i hans ögon. Tystnaden är lång.

– Om mina kollegor inte kan återfinna traktorn beror det på att den inte längre är en traktor, svarar mister Pihri till slut. Kanske är den redan sönderplockad? Hur ska man kunna skilja en skruv från en annan? En växelspak har inget ansikte. Mina kollegor skulle kunna bli mycket upprörda om de fick veta att ni är missnöjd med deras arbete. Mycket, mycket upprörda. Det skulle betyda bekymmer som inte ens jag kunde göra något åt.

– Men jag vill ha igen min traktor!

Mister Pihri serverar sig påfyllning innan han svarar.

– Alla är inte överens, säger han.

– Överens om vad då?

– Om att vita fortfarande ska äga det mesta av den bästa jorden. Utan att ens vara medborgare i vårt land. Sina pass vill de inte byta ut, men ändå äga vår bästa jord.

– Jag förstår inte vad det har med min traktor att göra?

– Bekymmer ska man undvika. Om mina kollegor inte hittar er traktor betyder det att det inte finns någon traktor längre. Naturligtvis vore det mycket olyckligt om ni också skulle göra mina

155

kollegor upprörda. Vi har mycket tålamod. Men det kan ta slut.

Han följer mister Pihri ut i solen. Ovanligt kort är hans avsked, och Hans Olofson inser att han har trampat över en osynlig gräns.

Jag måste vara försiktig, tänker han. Jag skulle aldrig ha talat med honom om traktorn ...

På natten vaknar han plötsligt och när han ligger i mörkret och lyssnar på hundarnas oroliga vakande över hans hus, är han beredd att ge upp. Sälja farmen, överföra överskottet till Judith och ge sig av. Men det finns alltid en uppgift som först måste slutföras. Produktionsnedgången upphör efter det att han under en period åter samlar alla beslut i sina egna händer.

Han skriver brev till sin far och ber honom komma på besök. En enda gång får han svar och det otydliga brevet berättar mellan raderna att Erik Olofson dricker allt oftare och allt tyngre.

Kanske jag förstår i efterhand, tänker han. Kanske jag då förstår varför jag stannar här?

Han ser sitt brunbrända ansikte i en spegel. Utseendet har han förändrat, skägget har han låtit växa.

En morgon inser han att han inte längre känner igen sig själv. Ansiktet i spegeln är en annans. Plötsligt rycker han till. Luka står bakom honom och som vanligt har han inte hört hans bara fötter på stengolvet.

– En man har kommit på besök, *Bwana*, säger han.

– Vem?

– Peter Motombwane, *Bwana*.

– Jag känner ingen med det namnet?

– Han har ändå kommit, *Bwana*.

– Vem är det och vad vill han?

– Det vet bara han, *Bwana*.

Han vänder sig om och ser på Luka.

– Be honom sätta sig och vänta, Luka. Jag kommer strax.

Luka går.

Någonting gör Hans Olofson orolig. Först många år senare kommer han att förstå ...

Vem viskar lösenordet i hans öra? Vem avtäcker ändamålet för honom? Hur finner han en riktning i livet som inte bara är ett väderstreck?

Även detta år, 1959, tränger sig våren till slut igenom köldens envisa barriärer, och Hans Olofson har bestämt sig för att ännu ett uppbrott är nödvändigt. Vagt och tveksamt är hans beslut, men han känner att han inte kan undgå maningen som han riktar mot sig själv.

En lördagskväll i maj när hästhandlare Under kommer dammande i sin stora svarta Buick, tar han mod till sig och går honom till mötes. Till en början förstår inte hästhandlarn vad pojken mumlar om. Han försöker vifta bort honom, men han är enveten och ger sig inte förrän budskapet har trängt fram. När Under förstår att pojken står och stammar fram sitt avsked blir han ursinnig. Han lyfter handen för att utdela en örfil men pojken är snabb att kila undan. Då återstår honom bara att utdela en symbolisk förödmjukelse och han drar upp en bunt sedlar och skalar av en med den lägsta valören, en femma, och slänger den i gruset.

– Du får betalt efter förtjänst. Men det är fan att inte myndigheterna ger ut sedlar med ännu lägre valör. Här blir du överbetald ...

Hans Olofson plockar åt sig sedeln och går in i stallet för att säga adjö till hästarna och bröderna Holmström.

– Vad gör du nu då? frågar bröderna, som står och tvättar sig under kallvattenkranen inför lördagskvällen.

– Jag vet inte, svarar han. Det blir väl nånting.

– Vi ger oss också av framåt nästa vinter, säger bröderna medan de byter gödselstövlarna mot svarta dansskor.

157

De vill bjuda honom på brännvin.

– Den jävla hästhandlarn, säger de och delar flaskan. Ser du en Saab så är det vi! Glöm inte det ...

I vårkvällen springer han över älvbron för att meddela Janine sitt beslut. Eftersom hon ännu inte har kommit tillbaka från ett av Hurrapelles Härliga Vårmöten, strövar han runt i hennes trädgård och tänker på den gång han och Sture strök kvävande fernissa över hennes vinbärsbuskar. Han ryggar inför minnet, vill helst inte bli påmind om den tanklösa bedriften.

Finns där överhuvudtaget någonting att förstå? Är inte livet som är så besvärligt att hantera, mest obegripligheter som lurar bakom de flesta hörn man tvingas gå förbi? Vem kan egentligen handskas med de dunkla impulser med okänt ursprung som döljs i det inre?

Hemliga rum och vildhästar, tänker han. Det är vad man bär omkring på ...

Han slår sig ner på trappan och tänker på Sture. Någonstans finns han. Men är det på ett avläget sjukhus eller på en av universums yttersta stjärnor? Många gånger har han tänkt gå och fråga vaktmästare Nyman. Men det har aldrig blivit av.

Alltför mycket tar emot. Han vill inte veta alltför säkert. Det otäcka kan han ändå se alldeles för klart framför sig. Ett järnrör, tjockt som pipen på en kaffepanna, inkört i halsen. Och järnlunga? Vad kan det vara? Han ser en stor svart skalbagge öppna sin kropp och innesluta Sture under de blänkande vingarna.

Men att inte kunna röra sig? Dag efter dag? Ett helt liv? Han försöker föreställa sig genom att sitta på Janines trappa, alldeles stel, men det går inte. Han kan inte förstå. Därför är det bra att inte alldeles säkert veta. Då finns ändå en liten dörr som kan skjutas upp. En liten dörr mot föreställningen att Sture kanske blivit frisk, eller att järnbron och älven och den röda jackan bara var en dröm ...

Det knastrar på grusgången och det är Janine som kommer. Han har suttit så försjunken i sina tankar att han inte hört hur hon har öppnat grinden. Nu flyger han upp, som om han har blivit ertappad med att begå något förbjudet.

Janine står där, i vit kappa och ljusblå klänning. I skymningen faller ljuset så att den vita näsduken under ögonen får samma färg som hennes hud.

Någonting drar förbi, en ilning. Något som är viktigare än all världens ondskefulla hästhandlare ...

Hur länge sedan är det? Två månader redan. En morgon hade Under slängt in en förskrämd stallflicka bland hästarna, någon han hade hittat på en enslig hästgård djupt inne i hälsingeskogarna. Någon som ville ut och bort, som kunde hästar, och som han stoppade in i baksätet på sin Buick ...

Henne hade Hans Olofson älskat gränslöst. Under den månad hon hade varit i stallet hade han kretsat kring henne som en uppvaktande fjäril, och varje kväll hade han dröjt sig kvar för att bli ensam med henne.

Men en dag hade hon varit borta. Under hade tagit med henne tillbaka, och muttrat om att föräldrarna ringde så förbannat för att höra hur hon klarade sig.

Henne hade han älskat och i skymningen när näsduken inte syns älskar han också Janine. Man han är rädd för hennes förmåga att kunna läsa hans tankar. Därför reser han sig snabbt, spottar i gruset och frågar var i helvete hon har varit.

– Vi har haft vårmöte, säger hon.

Hon sätter sig bredvid honom på trappan och de ser på en gråsparv som hoppar omkring i ett fotspår i gruset.

Hennes ena lår stöter till mot hans ben.

Stallflickan, tänker han. Marie eller Rimma som de kallade henne. En gång dröjde han kvar, gömde sig bakom höet och såg henne klä av sig naken och tvätta sig vid vattenkranen. Så nära hade det varit att han hade störtat fram, trängt sig in, låtit sig uppslukas av det ofattbara mysteriet ...

Gråsparven hukar i fotspåret. Janine gnolar och stöter mot hans ben. Förstår hon inte vad hon gör? Vildhästarna rycker och sliter där de är kedjade i hans hemliga spiltor. Vad händer om de sliter sig? Vad kan han göra då?

Plötsligt reser hon sig, som om hon hade förstått hans tankar.

159

– Jag fryser, säger hon. I kyrkan är det korsdrag och i dag pratade han så länge.

– Hurrapelle?

Hon skrattar åt honom.

– Han är nog den ende som inte känner sitt smeknamn, säger hon. Han skulle säkert bli upprörd om han visste.

I köket berättar han om sitt avsked från hästhandlarn. Men vad är egentligen sanning? Hur gick det till? Han hör hur han beskriver sig som upprörd och högröstad, hästhandlarn liten som en darrande dvärg. Men var det inte han själv som pep och mumlade, knappast kunde göra sig förstådd? Är det han som är för liten eller världen som är för stor?

– Vad ska du göra nu då? frågar hon.

– Jag får väl gå realskolan och tänka lite, svarar han.

Och det är också vad han har bestämt sig för. Betyg har han som räcker, det vet han, det har överlärare Gottfried bekräftat. Värre kommer det kanske att bli att övertyga Erik Olofson om nyttan av att gå tillbaka till en söndersutten skolbänk.

– Gör det, säger hon. Du klarar dig säkert bra.

Men han värjer sig.

– Går det inte så reser jag, säger han. Havet finns. Men till hästhandlarn återvänder jag aldrig. Plåga hästar kan andra göra ...

På vägen hem från Janine går han ner till sin sten. Vårfloden forsar och en stor timmerbröte har satt sig fast vid Folkparkens udde. Det besvärliga livet, tänker han.

Lika gärna som en annan gång kan han berätta för sin far om sitt beslut redan i kväll. Han sitter kvar tills rälsbussen skakar över älvbron och försvinner i skogen. Vårfloden dansar ...

Erik Olofson sitter och polerar den lilla revolvern med pärlemorhandtag när han kommer hem. Revolvern han en gång köpte av en kines som han mötte i Newport News, revolvern som kostade nio dollar och en kavaj. Han sätter sig på andra sidan köksbordet och betraktar hur fadern omsorgsfullt gnider det glänsande handtaget.

– Går den att skjuta med? frågar han.

– Naturligtvis går den att skjuta med, svarar Erik Olofson. Tror du jag köper ett vapen som inte går att använda?

– Hur ska jag kunna veta?

– Nej, hur ska du kunna veta.

– Just det.

– Vad menar du med det?

– Ingenting. Men jag har slutat hos den där förbannade hästhandlarn.

– Du skulle aldrig ha börjat hos honom. Vad var det jag sa?

– Du sa väl ingenting?

– Jag sa att du skulle stanna på Handelsföreningens lager!

– Vad har det med saken att göra?

– Du hör inte efter vad jag säger.

– Vad har det med saken att göra?

– Sedan kommer du hem och säger att jag ingenting har sagt.

– Jag skulle aldrig ha börjat på det där lagret. Och nu slutar jag hos den där jävla hästhandlarn.

– Vad var det jag sa?

– Du sa ingenting.

– Sa jag inte åt dig att stanna på lagret?

– Du borde ha sagt åt mig att aldrig börja!

– Varför skulle jag ha sagt det?

– Det sa jag ju! Ska du inte fråga vad jag tänker göra i stället?

– Jo.

– Fråga då!

– Det är väl ingenting att fråga om. Har du något att säga så gör det. Det här handtaget blir aldrig rent.

– Jag ser ju hur det skiner?

– Vad vet du om revolverhandtag i pärlemor? Vet du vad pärlemor är?

– Nej?

– Då så.

– Jag ska börja på realskolan. Jag har redan sökt in. Och betygen räcker.

161

– Jaha.

– Är det allt du har att säga?

– Vad ska jag säga?

– Tycker du det är bra?

– Det är inte jag som ska gå där.

– För fan ...

– Svär inte.

– Varför inte det?

– Du är för ung.

– Hur gammal ska man vara för att svära?

– Säg det ...

– Vad tycker du då?

– Jag tycker att du skulle ha stannat på lagret. Det har jag sagt hela tiden ...

Våren, sommaren, så kort, så flyktig, och redan är den inne, rönnbärens tid, och Hans Olofson ska träda in genom realskolans portar. Vad har han egentligen för ambition? Att inte vara bäst, men heller inte den sämste. Någonstans mitt i strömmen, alltid långt ifrån bråddjupen. Inte har han för avsikt att lägga sig i täten och simma ifrån ...

Hans Olofson blir en elev som lärare glömmer. Sävlig kan han verka, trög nästan. Som oftast kan svara, och inte alltför fel. Men varför räcker han aldrig upp handen? När han kan? Och i geografi besitter han onekligen betydande kunskaper om de mest besynnerliga platser. Om Pamplemousse kan han tala som om han själv hade varit där. Och Lourenço Marquez, var det nu ligger ...

Hans Olofson drunknar aldrig i kunskapsfloden där han simmar i fyra långa år. Han gör sig oåtkomlig och så lite synlig som möjlig i klassens mitt. Där utstakar han sitt revir och inrättar sitt gömställe. Det blir ett skyddande omslag mot tveksamheten.

Vad är det egentligen han hoppas på av de fyra åren? Inte besitter han några framtidsplaner. Drömmarna han bär på är så annorlunda.

162

Med en stillsam besatthet hoppas han att varje lektion ska avslöja Ändamålet för honom. Han drömmer om det avgörande ögonblicket, när han ska kunna slå igen böckerna, resa sig upp och gå, för att aldrig återkomma. Uppmärksamt betraktar han lärarna, söker sin vägvisare ...

Men livet är som det är och många andra eldar flammar också inom honom under dessa sista år han bor vid älven. Han går in i den ålder där varje människa är sin egen pyroman, utrustad med ett stycke eldfängd flinta i en i övrigt obegriplig värld. Det är passionerna som flammar upp och slocknar, som åter skjuter fart, förtär honom, men ändå alltid låter honom stiga fram ur askan levande igen.

Passionen frigör krafter som han står handfallen inför. Det är den tid då han tycker sig spränga de sista hinnor som förbinder honom med hans egen barndom, med den tid som kanske både började och slutade i tegelbrukets ruin, när han upptäckte att just han var han och ingen annan, ett jag och inget annat jag.

Och passionerna flammar till de trötta tonerna från Kringströms orkester. Där finns bas och trummor, klarinett, gitarr och dragspel. Med en suck klämmer de i med »Röda segel i solnedgången«, trötta intill döden, efter tusen års oavbrutet spelande i Folkets Hus' dragiga dansrotunda. Kringström, som knappast själv minns sitt eget förnamn, lider av kronisk luftrörskatarr efter att ständigt ha stått i de osande kaminernas värme och korsdraget från dörrar som öppnas och stängs i ett evigt kretslopp. En gång i en förlorad ungdom hade han avsett att bli kompositör. Inte en baktung allvarsman som satte toner för eftervärlden, utan lättsam och populär, en slagdängornas mästare skulle han bli. Men vad blev han? Vad blir av livets bleka leende? Melodierna kom alldeles bort, de infann sig aldrig på dragspelet, hur mycket han än bad om inspiration, hur mycket han än fingrade. Allt var redan skrivet och för att överleva bildade han sin orkester. Där de nu stampar in på dansrotundans brädor, kommer de att spela sig fram till det ögonblick då evigheten stöter dem utför det sista stupet. Musiken som en gång var en dröm har blivit en plåga. Kringström hostar

163

och ser framför sig en fasansfull död i lungkräfta. Men han spelar vidare och när den sista tonen klingat ut erhåller han sina matta applåder. Nedanför orkesterestraden hänger som vanligt skränande och berusade ynglingar, oförmögna till danssteg, men desto villigare att kasta glåpord om musiken inte passar. För länge sedan har Kringströms orkester upphört att bjuda ut pärlor till svinen, hans musik är gråsten som droppar ur instrumenten. Med öronproppar dämpar han ljudet så gott han kan, och hör bara det som är nödvändigt för att inte mista takten. Så ofta de kan tar de paus och drar ut så långt de törs. I ett ödsligt bakrum där en ensam glödlampa dinglar i taket och en sönderriven affisch som föreställer en ormtjusare flagnar på väggen, dricker de kask, sitter tysta, och turas om att glänta på dörren och hålla ett öga på instrumenten, om någon av de berusade ynglingarna får för sig att vingla upp på estraden och sätta tänderna i en klarinett ...

Efter »Röda segel i solnedgången« följer »Diana«, och sedan måste det gå fort för att publiken inte ska börja morra. Och Kringströms orkester dunkar iväg med något som ska föreställa »Alligator Rock«, och han tänker att det står ett ondskefullt väsen bakom hans rygg och slår honom i huvudet med en slägga. På dansgolvet hoppar och skuttar ungdomarna som galna, och Kringström föreställer sig ibland att han framlever sitt liv på ett dårhus. Efter detta musikaliska utbrott kommer två långsamma nummer igen, och ibland tar Kringström hämnd på den krävande ungdomen genom att spela vals. Då glesnar det på golvet, och den larmande hopen trängs vid svängdörrarna som leder in till kaféet, där det går utmärkt att blanda medhavt brännvin med ljummen Loranga. I denna värld inträder även Hans Olofson.

Oftast sker det i sällskap med bröderna Holmström. Ännu har de inte funnit sina utvalda och lämnat hästhandlarn åt sitt öde. Fädernearvet, den av lantmätaren utstakade framtiden, får vänta ännu ett år, och när höstkvällarna börjar bli kalla, beger de sig till lördagsdanserna på Folkets Hus. När de har parkerat sin Saab har de stött ihop med Hans Olofson som hängt vid en vägg, tveksam om han ska våga sig in eller inte. Genast har de tagit honom under sina vingar, dragit med honom bakom damfriseringen och bjudit på brännvin. Att han en gång ställde sig framför hästhandlarn och gav honom beskedet att han slutade, har berört dem djupt. De flesta som slutar hos Under blir regelrätt utsparkade. Men Hans Olofson ställde sig bredbent och för det ska han ha en sup och vingars beskydd.

Hans Olofson känner hur brännvinet värmer i blodet och han följer de två bröderna in i trängseln. Föreståndare Gullberg står vid biljettkassan och betraktar kalabaliken med misstänksamma ögon. De som är alltför uppenbart berusade avvisar han, och det brukar oftast bara leda till lama protester. Men han vet att liter efter liter av brännvin och konjak bärs förbi honom, i handväskor och omfångsrika rockar. Men de kommer igenom nålsögat, träder in i den osande och rökiga värmen, de trasiga glödlampornas värld. Bröderna Holmström är inga danslejon, men med tillräckligt mycket brännvin i kroppen kan de tänkas bjuda upp till en anständigt utförd foxtrot. Genast stöter de samman med bekanta damer från någon avlägsen sommarloge och Hans Olofson finner sig plötsligt övergiven.

Dansa kan han, det har Janine lärt honom. Men hon har inte kunnat lära honom att våga bjuda upp.

Det eldprovet måste han gå igenom ensam och han trampar sig själv på tårna i ilska över att han inte kommer sig för att bjuda upp någon ur den kvinnliga flocken som väntar i lust och bävan vid den sida av dansrotundan som aldrig kallas annat än »Fjällväggen«. På dansgolvet svävar redan De Avundsvärda förbi, Skönheterna och Villigheterna. De som alltid blir uppbjudna, knappast hinner återvända till »Fjällväggen« innan det bär av igen. De dansar med de säkra stegens män, de egna bilarnas och de rätta utseendenas män. Hans Olofson ser förra årets Lucia glida förbi i armarna på chaufför Juhlin som kör en av Vägförvaltningens stora skrapor. Svetten stänker, kropparna ångar och Hans Olofson rasar över att han står där som ett fån ...

Nästa, tänker han. Nästa så går jag över vattnet ...

Men när han väl har bestämt sig för distriktssköterskans dot-

165

ter, tagit ut bäringen och ställt in fotriktningen, är det redan för sent. Som räddande änglar kommer bröderna Holmström larmande, blossande och varma efter våldsamma utgjutelser på dansgolvet. På herrtoaletten förfriskar de sig med ljummet brännvin och oanständiga historier. Från en av de låsta toalettspiltorna hörs illamåendets höga visa.

Sedan bär det av igen och nu har Hans Olofson bråttom. Nu får det bära eller brista, nu ska han besegra »Fjällväggen« om han inte ska gå under av självförakt. På ostadiga ben tränger han sig fram över dansgolvet just som Kringström stampar in en oändligt långsam variant av »All of me«. Han stannar framför en av tärnorna från året innan. Hon följer honom ut i trängseln där de sedan knuffar sig fram på det överfulla dansgolvet ...

Många år senare, i sitt hus vid stranden av Kafue, med en skarpladdad pistol under sin huvudkudde, kommer han att erinra sig »All of me«, den osande kaminvärmen, och tärnan han knuffade sig fram med på dansgolvet. När han plötsligt vaknar upp i den afrikanska natten, genomvåt av svett, rädd för något han har drömt eller tycker sig höra ur mörkret, då återvänder han. Allt kan han se som det var.

Nu spelar Kringström upp till en ny dans. »La Paloma« eller »Twilight Time«, han minns inte vilken. Han har dansat med tärnan, fått ännu ett par supar ur bröderna Holmströms flaska, och nu ska han dansa igen. Men när han stannar på ostadiga ben framför henne skakar hon på huvudet och vänder bort ansiktet. När han sträcker ut handen för att gripa tag i hennes arm drar hon sig undan. Hon grimaserar och säger någonting, men trummorna slamrar och när han lutar sig framåt för att höra vad hon säger, mister han balansen. Utan att han vet hur det har gått till befinner han sig plötsligt med ansiktet bland fötter och skor. När han ska resa sig igen känner han en kraftig hand i nacken som lyfter upp honom. Det är föreståndare Gullberg som påpassligt har upptäckt den berusade ynglingen som kravlar omkring på golvet, och han bestämmer sig för att denne omedelbart ska förpassas ut på gatan.

I den afrikanska natten kan han minnas förödmjukelsen, och obehaget är lika starkt som när det hände ...

Genom höstkvällen vacklar han bort från Folkets hus och han vet att den enda människa han kan vända sig till i sin olycka är Janine. Hon vaknar när han dunkar på hennes dörr. Omilt rycks hon upp ur en dröm där hon har varit barn igen. Men när hon yrvaket öppnar dörren är det Hans Olofson som står där med uppspärrade ögon.

Långsamt tinar hon upp honom, som alltid tålmodigt väntande. Hon märker att han är berusad och olycklig, men hon väntar, lämnar honom ifred med sin tystnad. När han sitter i hennes kök och bilden av hans nederlag klarnar, förstoras den till groteska proportioner. Ingen kan ha utsatt sig för större smälek än han, vare sig det varit galningar som försökt elda upp sig själva eller stått i vinternatten och bestämt sig för att riva kyrkan med ett fruset spett. Där låg han bland fötter och skor. Utlyft som en katt i nackskinnet.

Hon breder ut ett lakan och en filt i rummet där grammofonen står och säger åt honom att lägga sig. Utan ett ord vacklar han in och faller omkull på soffan. Hon stänger dörren och ligger sedan i sin egen säng utan att kunna somna. Oroligt vänder hon sig, en väntan på något som aldrig infinner sig ...

När Hans Olofson vaknar på morgonen, med dunkande tinningar och uttorkad mun, finns en dröm i hans medvetande. Dörren har öppnats, Janine har kommit in i hans rum och stått naken på golvet och sett på honom. Som ett slipat prisma är drömmen, tydlig som en bild ur verkligheten. Den tränger sig igenom ruelsens dimmor ... Det måste ha hänt, tänker han. Hon måste ha kommit in här i natt, utan kläder ...

Han reser sig ur soffan och tassar ut i köket och dricker vatten. Dörren till hennes rum är stängd och när han lyssnar kan han höra hennes svaga snarkningar. Väggklockans visare står på kvart i fem och han kryper tillbaka ner i soffan igen, för att somna bort och drömma eller glömma att han finns ...

När han vaknar några timmar senare är det redan gryning och

167

Janine sitter i sin morgonrock vid köksbordet och stickar. När han ser henne vill han ta stickningen ur hennes händer, lösa upp hennes morgonrock och begrava sig i hennes kropp. Till detta hus på södra sidan av älven ska dörren tillslutas för gott, detta hus ska han aldrig mera lämna.

– Vad tänker du på? frågar hon.

Hon vet, tänker han hastigt. Det lönar sig inte att ljuga. Ingenting lönar sig, livets besvärligheter tornar upp sig framför honom som ofantliga isberg. Vad är det egentligen han inbillar sig, att han ska hitta ett lösenord som gör detta förbannade liv möjligt att behärska?

– Nu tänker du, säger hon igen. Det ser jag på dig. Läpparna rör sig som om du talade med någon. Men jag hör inte vad du säger.

– Jag tänker inte, svarar han. Vad skulle jag tänka på? Jag kanske inte kan tänka!

– Du pratar bara om du själv vill, säger hon.

Ännu en gång tänker han att han ska gå fram till henne och lösa upp skärpet i hennes morgonrock. Sedan lånar han en tröja av henne och försvinner ut i höstens frostiga landskap.

På Folkets hus håller föreståndare Gullbergs fru på att städa. Vresigt öppnar hon bakdörren när han bultar. Hans överrock hänger kvar på sin knagg som ett övergivet skinn. Han ger henne nummerbrickan.

– Hur kan man glömma sina kläder, säger hon.

– Det kan man, svarar Hans Olofson och går . . .

Han lär sig sakta förstå att det finns en glömska som är mycket stor.

Årstiderna växlar, älven fryser för att åter en dag svämma över sina bräddar. Hur mycket hans far än hugger står granskogarna orörliga vid horisonten. Rälsbussen slamrar över bron och genom årstiderna traskar Hans Olofson till Janines hus. Kunskapsfloden där han sakta driver fram, år efter år, avslöjar inget Ändamål för honom. Men han går ändå kvar och väntar.

Han står utanför Janines hus. Tonerna från hennes dragbasun

168

sipprar ut genom ett halvöppet fönster. Varje dag står han där och varje dag bestämmer han sig för att lossa skärpet i hennes morgonrock. Allt oftare väljer han att besöka henne när han kan förvänta sig att hon inte är påklädd. Tidigt på söndagsmorgnar knackar han på hennes dörr, andra gånger står han på hennes trappa och det är långt efter midnatt. Skärpet som är knutet runt hennes morgonrock lyser som eld.

Men när det slutligen sker, att han med famlande fingrar griper efter hennes skärp, finns där ingenting som påminner om det han har föreställt sig i sin fantasi.

Det är en söndagsmorgon i maj, två år efter det att han lämnat hästhandlarn. Kvällen innan har han trängts och knuffats på dansgolvet. Men han har gått därifrån tidigt, långt innan föreståndare Gullberg ilsket har börjat blinka med lamporna och Kringströms orkester redan har packat ner sina instrument. Plötsligt får han nog och går därifrån. Länge strövar han omkring i den ljusa vårnatten innan han smyger förbi Äggkarlsons dörr och kryper ner i sin säng.

Tidigt vaknar han och dricker kaffe tillsammans med fadern i köket. Sedan går han till Janine. Hon släpper in honom och han följer efter henne in i köket och han lossar på hennes skärp. Sakta sjunker de ner mot golvet, som två kroppar som faller genom havet på väg mot en avlägsen botten. Hårt sluter de sig runt varandras längtan.

Aldrig har den helt slocknat för henne på Hurrapelles botbänk. Länge har hon fruktat att denna längtan en dag skulle torka ut, men aldrig har hoppet alldeles sinat.

Hans Olofson träder äntligen ut ur sig själv, ut ur sin hopknutna vanmakt. För första gången tycker han sig ha livet i sin hand, innanför pannbenet ligger Sture orörlig i sin säng och betraktar det som sker med ett leende.

Men att passionen är en trolös herre anar ingen av dem där de slingrar sig runt varandra på köksgolvet. Nu finns bara den stora lättnaden. Efteråt dricker de kaffe. Förstulet ser Hans Olofson på henne och önskar att hon skulle säga någonting.

Ler hon? Och hennes tankar? Väggklockans visare vandrar sina stumma varv ...

Ett ögonblick att inte släppa, tänker han. Möjligen är livet trots allt inte bara plågor och besvär. Möjligen finns där också någonting annat.

Ett ögonblick att inte släppa ...

På ett svartvitt fotografi står han bredvid Peter Motombwane.

Bakom dem finns den vita husväggen och bilden är tagen i skarpt solljus. En ödla står stilla på väggen, vid sidan av Peter Motombwanes huvud. Den kommer att ingå i deras gemensamma signalement.

Båda skrattar på bilden, åt Luka som håller Peter Motombwanes kamera. Men varför ville han ha bilden? Varför föreslog Peter Motombwane att de skulle ta fotografiet? Det kan han inte minnas...

En dag bjuder Hans Olofson sina förmän till en måltid i sitt hus. Stumma sitter de vid hans bord, slukar maten som om de inte hade ätit på mycket lång tid, dricker sig hastigt berusade. Hans Olofson ställer frågor och får enstaviga svar.

Efteråt begär han att Luka ska förklara. Varför denna motvilja? Denna tjuriga tystnad?

– Du är en *mzungu*, *Bwana*, säger Luka.

– Det är inget svar, säger Hans Olofson.

– Det är ett svar, *Bwana*, säger Luka.

En av de arbetare som rengör foderförrådet och jagar råttor ramlar en dag ner från de uppstaplade säckarna och faller så illa att han bryter nacken. Den döde efterlämnar hustru med fyra döttrar i ett eländigt lerskjul som Judith en gång låtit uppföra. Hon heter Joyce Lufuma och Hans Olofson börjar ofta bege sig till hennes hus. Han ger henne en säck med majs, ett *chitenge* eller något annat som behövs.

Ibland när han är mycket trött sätter han sig utanför hennes hus och betraktar de fyra döttrarna som leker på den röda jorden.

171

Kanske är det min bestående insats, tänker han. Bortom alla mina stora planer, att hjälpa dessa fem kvinnor.

Men oftast behärskar han sin trötthet och en dag samlar han förmännen och meddelar att han ger dem cement, tegel och takplåt så att de kan reparera sina hus, kanske också bygga nya. Som motprestation kräver han att de gräver gropar för avskrädet och uppför övertäckta toalettgropar.

En kort tid tycker han sig se en förbättring. Sedan är allt som innan. Avskrädet virvlar över den röda jorden. De gamla takplåtarna kommer plötsligt tillbaka. Men var är de nya som han har köpt? Han frågar men får inga svar.

Med Peter Motombwane talar han om detta och han försöker förstå. De sitter på hans terrass på kvällarna och han tänker att i Peter Motombwane har han fått sin första svarta vän. Fyra år har det tagit honom.

Varför han en gång kommit för att besöka honom på farmen vet han inte. Han stod i dörren och sa att han var journalist, att han ville skriva om den stora äggfarmen. Men något reportage kunde Hans Olofson aldrig läsa i Times of Zambia.

Peter Motombwane återkommer och aldrig ber han Hans Olofson om någonting, inte ens ett tråg med ägg.

Hans Olofson berättar om sin stora plan. Peter Motombwane lyssnar med sina allvarliga ögon fästa någonstans ovanför Hans Olofsons huvud.

– Vad tror du att du får för svar, säger Peter Motombwane när han har slutat.

– Det vet jag inte, säger han. Men det jag gör måste ju vara det riktiga.

– Knappast kommer du att få de svar du hoppas på, säger Peter Motombwane. Du är i Afrika nu. Och Afrika har den vite mannen aldrig förstått sig på. I stället för att bli förvånad kommer du att bli besviken.

Aldrig blir deras samtal avslutade eftersom Peter Motombwane alltid oväntat bryter upp. I ena ögonblicket sitter han djupt nersjunken i en av de mjuka stolarna på terrassen, i nästa ögonblick

172

har han rest sig för att ta avsked. Han har en gammal bil där det bara går att öppna en av bakdörrarna. För att komma till ratten måste han krypa över sätena.

– Varför lagar du inte dörrarna? frågar Hans Olofson.

– Annat är viktigare.

– Behöver det ena utesluta det andra?

– Ibland är det så.

När Peter Motombwane har besökt honom känner han sig alltid orolig. Utan att han kan klargöra för sig själv vad det är, upplever han att han har blivit påmind om något viktigt, något han alltid glömmer ...

Men även andra människor kommer på besök. Han lär känna en indisk handelsman från Kitwe som heter Patel.

Oregelbundet och till synes utan logik tar olika förnödenheter plötsligt slut i landet. En dag finns inget salt, en annan dag kan inga tidningar tryckas eftersom det saknas papper. Han minns vad han tänkte när han en gång kom till Afrika. På den svarta kontinenten är allting alltid på väg att ta slut.

Men genom Patel kan han alltid få det som saknas. Ur dolda lagerrum hämtar han fram det som den vita kolonin behöver. Längs okända transportleder förs de saknade varorna in i landet och den vita kolonin kan alltid få det den behöver mot ett rimligt överpris. För att inte dra på sig de svartas vrede, riskera att se sin affär nerbränd och plundrad, gör Patel personliga besök på de olika farmerna för att höra om det är något som fattas.

Aldrig kommer han ensam. Alltid har han en kusin i sällskap, eller en vän från Lusaka eller Chipata som är på tillfälligt besök. Alla heter de Patel. Ropade jag namnet skulle jag omges av tusen indier, tänker Hans Olofson. Och de skulle alla fråga om det är något som jag för tillfället råkar behöva.

Deras försiktighet och rädsla kan jag förstå. De är mera hatade än de vita eftersom skillnaden mellan dem och afrikanerna är så iögonfallande. I butikerna finns allt det som de svarta så sällan har råd att köpa. Och alla känner till de hemliga lagerrummen,

173

alla vet att de stora rikedomarna förs ut ur landet, smugglas till avlägsna bankkonton i Bombay eller London.

Deras rädsla kan jag förstå. Lika tydligt som jag kan förstå de svartas hat ...

En dag står Patel utanför hans dörr. Han har turban och doftar av sött kaffe. Till en början är Hans Olofson motståndare till att ta emot det tvivelaktiga privilegium som Patel erbjuder honom. Det räcker med mister Pihri, tänker han.

Men efter ett år ger han upp. Då har han länge varit utan kaffe. Han bestämmer sig för att göra ett undantag, och Patel återvänder till hans farm dagen efter med tio kilo brasilianskt kaffe.

– Var får du tag på det? frågar Hans Olofson. Patel slår ut med händerna och ser sorgsen ut.

– Så mycket saknas i detta land, säger han. Jag försöker bara avhjälpa de värsta bristerna.

– Men hur?

– Ibland vet jag inte själv hur jag bär mig åt, mister Olofson.

Plötsligt inför landets regering hårda valutarestriktioner, *kwachan* faller dramatiskt i värde när kopparpriserna sjunker och Hans Olofson inser plötsligt att han inte längre kommer att kunna sända pengar till Judith Fillington som kontraktet föreskriver.

Återigen kommer Patel till hans räddning.

– Det finns alltid en utväg, säger han. Låt mig ordna detta. Jag begär endast tjugu procent för de risker jag tar.

Hur Patel bär sig åt får Hans Olofson aldrig veta, men varje månad ger han honom pengar och regelbundet kommer besked från banken i London att pengar har blivit överförda.

Hans Olofson upprättar under denna tid också ett eget konto i banken i London, och Patel för ut tvåtusen svenska kronor varje månad för hans räkning.

Han märker en tilltagande oro i landet, och han får den bekräftad när mister Pihri och hans son börjar komma på allt tätare besök.

– Vad händer egentligen? frågar Hans Olofson. Indiska butiker bränns ner eller plundras. Nu talas om fara för upplopp eftersom

174

det inte finns någon majs att få tag på och de svarta är utan mat. Men hur kan majsen plötsligt ta slut?

– Tyvärr är det många som smugglar majs till våra grannländer, svarar mister Pihri. Priserna är bättre där.

– Men det rör sig ju om tusentals ton?

– De som smugglar har inflytelserika kontakter, svarar mister Pihri.

– Tullmyndigheter och politiker?

De sitter i det trånga lerskjulet och samtalar. Mister Pihri sänker plötsligt rösten.

– Det är kanske inte så lämpligt att göra sådana påståenden, säger han. Myndigheterna i landet kan vara mycket känsliga. Nyligen var det en vit farmare utanför Lusaka som nämnde en politiker vid namn i ett olyckligt sammanhang. Han tvingades lämna landet inom tjugufyra timmar. Farmen har nu övertagits av ett statligt kooperativ.

– Jag vill bara vara ifred, säger Hans Olofson. Jag tänker på dem som arbetar här.

– Det är alldeles riktigt, säger mister Pihri. Man ska undvika bekymmer så länge som det är möjligt.

Allt oftare är det papper som ska utfärdas och godkännas, allt svårare tycks mister Pihri ha att utföra sitt självpålagda uppdrag. Hans Olofson betalar honom mer och mer, och han undrar ibland om det verkligen är sant, det som mister Pihri säger. Men hur ska jag kunna kontrollera det, tänker han.

En dag när mister Pihri kommer till farmen i sällskap med sin son är han mycket allvarlig.

– Kanske kommer det att bli bekymmer, säger han.

– Bekymmer är det alltid, svarar Hans Olofson.

– Politikerna fattar ständigt nya beslut, säger mister Pihri. Kloka beslut, nödvändiga beslut. Men de kan tyvärr vara bekymmersamma.

– Vad är det som har hänt nu?

– Ingenting, mister Olofson. Ingenting.

– Ingenting?

175

– Inte riktigt än, mister Olofson.

– Någonting kommer att hända?

– Det är inte alls säkert, mister Olofson.

– Bara kanske?

– Så kan man uttrycka det, mister Olofson.

– Vad?

– Myndigheterna är tyvärr inte riktigt nöjda med de vita som lever i vårt land, mister Olofson. Myndigheterna tror att de för ut pengar ur landet på olagligt vis. Detta gäller givetvis också våra indiska vänner som lever här. Man tror heller inte att skatter betalas som de ska. Myndigheterna planerar därför en hemlig razzia.

– Vad för någonting?

– Många poliser kommer att besöka alla vita farmer på en och samma gång, mister Olofson. I all hemlighet, förstås.

– Vet farmarna om det här?

– Naturligtvis, mister Olofson. Det är därför jag är här, för att ge besked om att det blir en hemlig razzia.

– När?

– Torsdag kväll nästa vecka, mister Olofson.

– Vad ska jag göra?

– Ingenting, mister Olofson. Ha bara inga papper från utländska banker liggande framme. Framförallt inga utländska pengar. Då kan det bli mycket bekymmersamt. Då kan jag ingenting göra.

– Vad händer då?

– Våra fängelser är tyvärr fortfarande i mycket dåligt skick, mister Olofson.

– Jag är mycket tacksam för upplysningarna, mister Pihri.

– Det är bara trevligt att kunna hjälpa till, mister Olofson. Min fru har länge talat om att hennes gamla symaskin vållar henne stora bekymmer.

– Det är naturligtvis inte bra, säger Hans Olofson. Är det inte så att det för tillfället finns symaskiner i Chingola?

– Jag har hört talas om det, svarar mister Pihri.

– Då bör hon köpa en innan de tar slut, säger Hans Olofson.

– Alldeles min åsikt, svarar mister Pihri.

Hans Olofson skjuter ett antal sedlar över bordet.

– Är motorcykeln bra? frågar han unge mister Pihri som suttit tyst under samtalet.

– En utmärkt motorcykel, svarar han. Men nästa år lär det komma en ny modell.

Fadern undervisar honom väl, tänker Hans Olofson. Snart kommer sonen att kunna överta mina bekymmer. Men en del av det jag kommer att betala honom i framtiden, kommer alltid att tillfalla fadern. De vårdar mig väl, sin inkomstkälla.

Mister Pihris informationer är korrekta. Påföljande torsdag kommer två nerkörda jeepar med poliser till farmen strax före solnedgången. Hans Olofson möter dem med spelad förvåning. En polis med många stjärnor på axelklaffarna kommer upp på terrassen där Hans Olofson väntar. Han ser att polismannen är mycket ung.

– Mister Fillington, säger polismannen.

– Nej, svarar Hans Olofson.

En svårartad förvirring uppstår när det visar sig att ordern om husundersökning är utställd på namnet Fillington. Först vägrar den unge polisofficeren att tro det Hans Olofson säger, och han framhärdar med ett aggressivt tonfall att Hans Olofson heter Fillington. Hans Olofson visar honom överlåtelsehandlingar och lagfart, och till slut inser polisofficeren att den order han har i sin hand är utställd på fel person.

– Men ni är välkomna att göra en husundersökning ändå, säger Hans Olofson hastigt. Ett misstag kan lätt uppstå. Jag vill inte göra några svårigheter.

Polisofficeren ser lättad ut, och Hans Olofson tänker att han nu har fått ytterligare en vän, kanske någon han i en framtid kan komma att ha nytta av.

– Mitt namn är Kaulu, säger polisofficeren.

– Varsågod och stig på, säger Hans Olofson.

Efter en knapp halvtimme kommer polisofficeren ut ur huset igen i spetsen för sina män.

177

– Är det tillåtet att fråga vad ni söker efter? frågar Hans Olofson.

– Statsfientlig verksamhet pågår alltid, säger polisofficeren allvarligt. *Kwachans* värde undermineras ständigt av olagliga valutatransaktioner.

– Jag förstår att ni måste ingripa, säger Hans Olofson.

– Jag ska meddela mina överordnade ert tillmötesgående, svarar polisofficerern och gör honnör.

– Gör gärna det, säger Hans Olofson. Kom gärna på besök igen.

– Jag är mycket förtjust i ägg, ropar polisofficeren och Hans Olofson ser de nerkörda bilarna försvinna i ett dammoln.

Plötsligt förstår han något av Afrika. En insikt om det unga Afrika, de självständiga staternas vånda.

Jag borde skratta åt denna hjälplösa husundersökning, tänker han. Åt denne unge polisofficer som säkert ingenting begriper. Men då skulle jag begå ett misstag, ty denna hjälplöshet är farlig. I detta land hänger man människor, unga poliser torterar människor, dödar människor med piskor och klubbor. Att skratta åt denna hjälplöshet kan vara detsamma som att jag utsätter mig för livsfara ...

Tidsbågen växer, Hans Olofson fortsätter att leva i Afrika.

När han har varit i Kalulushi i nio år, kommer ett brev som berättar att hans far har omkommit vid en eldsvåda. En kall natt i januari 1978 har huset vid älven brunnit ner.

»Orsaken har aldrig blivit klarlagd. Man sökte dig till begravningen, men först nu är du spårad. Vid branden omkom ytterligare en människa, en gammal änkefru med namnet Westlund. Man tror också att branden började i hennes lägenhet. Men full klarhet kommer säkert aldrig att uppnås. Ingenting blev kvar, huset brann ner till grunden. Hur som skall ske med bouppteckningen efter din far är jag inte den rätte att ge besked ...«

Brevet är undertecknat med ett namn som vagt erinrar honom om en av faderns förmän på skogsbolaget.

Sakta släpper han sorgen inpå sig.

178

Han ser sig i köket, mitt emot fadern vid köksbordet. Den tunga doften av vått ylle. Célestine står i sin monter, men nu är hon en svartbränd, rykande spillra. Där finns också det förkolnade sjökortet över inseglingsleden till Malackasundet.

Fadern anar han under ett lakan på en bår.

Nu är jag ensam, tänker han. Väljer jag inte att återvända kommer min mor att förbli en gåta, på samma sätt som branden.

Faderns död blir en skuldbörda, en känsla av ett svek, av att ha övergivit.

Nu är jag ensam, tänker han igen. Den ensamheten kommer jag att få bära så länge jag lever.

Utan att han riktigt vet varför sätter han sig i sin bil och åker till Joyce Lufumas lerhus. Hon står och stöter majs och hon skrattar och vinkar när hon ser honom komma.

– Min far är död, säger han.

Omedelbart gör hon sig delaktig i hans sorg och börjar jämra sig, kastar sig på marken, vrålar ut den sorg som egentligen är hans.

Andra kvinnor kommer till, uppfattar att den vite mannens far är död i ett avlägset land, och faller genast in i den klagande kören. Hans Olofson sätter sig under ett träd och tvingar sig att lyssna på kvinnornas ohyggliga jämmer. Hans egen smärta är ordlös, en ångest som gräver med sina naglar i hans kropp.

Han återvänder till sin bil, hör kvinnornas skrik bakom sig, och tänker att Afrika ger Erik Olofson sin hyllning. En sjöman som drunknat i de norrländska skogarnas hav ...

Som en vallfart beger han sig ut på en resa till Zambeziflodens källor i det nordvästra hörnet av landet. Han reser till Mwinilunga och Ikkelenge, sover över natten i sin bil utanför missionssjukhuset vid Kalenje Hill, och fortsätter sedan längs den nästan oframkomliga sandväg som leder till den dalgång där Zambezifloden har sin källa. Länge går han genom den täta och ödsliga bushen innan han är framme.

Ett enkelt stenkummel markerar platsen. Han sätter sig på huk och ser hur enstaka droppar faller från sönderbrutna stenblock.

En rännil, inte bredare än hans hand, slingrar sig mellan stenar och bushgräs. Han kupar sin ena hand i rännilen och avbryter därmed Zambeziflodens lopp.

Först sent på eftermiddagen går han därifrån för att hinna tillbaka till sin bil innan det blivit mörkt.

Då har han bestämt sig för att stanna i Afrika. Ingenting finns längre att återvända till. Ur sorgen hämtar han också kraft att vara uppriktig. Han kommer aldrig att kunna förvandla sin farm till det politiska föredöme han drömt om. Trots att han en gång varit fast besluten att aldrig förlora sig i idealistiska irrgångar, har han ändå gjort det.

En vit man kan aldrig hjälpa afrikaner att utveckla sitt land utifrån en överordnad ställning, tänker han. Underifrån, inifrån kan man säkert bidra till kunskaper och nya arbetsmönster. Men aldrig som en *bwana*. Aldrig som någon som håller all makt i sina egna händer. Afrikaner ser igenom ord och åtgärder, de ser den vite mannen som äger, och de tar tacksamt emot de löneförhöjningar han ger, eller den skola han bygger, eller de cementsäckar han anser sig villig att avstå. Hans tankar om inflytande och ansvar uppfattar de som oväsentliga nycker, oväntade åtbörder som ökar möjligheten för den individuelle förmannen att smyga åt sig extra ägg eller reservdelar som han sedan kan sälja.

Ett utdraget kolonialt förflutet har befriat afrikanerna från alla illusioner. De känner de vitas lynnighet, att ständigt skifta en idé mot en annan, och sedan omedelbart kräva att den svarte mannen ska vara entusiastisk. En vit man frågar aldrig efter traditioner, ännu mindre efter förfädernas åsikter. Den vite mannen arbetar fort och hårt, och brådska och otålighet förbinder den svarte mannen med låg intelligens. Att tänka länge och noga är den svarte mannens visdom ...

Vid Zambeziflodens källa söker han sig fram mot ett avklarnat, föreställningslöst nolläge. Jag har drivit min kapitalistiskt uppbyggda farm med en hinna av socialistiska drömmar, tänker han. Jag har sysselsatt mig med en omöjlighet, oförmögen att inse ens de mest grundläggande motsättningar som existerar. Utgångs-

180

punkten har hela tiden varit min, mina idéer, aldrig afrikanernas tankar, aldrig Afrika.

Ur det överskott de svarta arbetarna producerar låter jag en större del än Judith Fillington eller de andra farmarna återgå till arbetarna. Den skola jag byggt, de skoluniformer jag betalar, är deras eget verk, inte mitt. Min väsentligaste uppgift är att jag håller farmen samman, inte tillåter alltför mycket stölder eller frånvarande arbetare. Ingenting annat. Det enda jag kan göra är att en gång överföra farmen till ett arbetarkollektiv, överlämna själva ägandet.

Men även det är en illusion. För det är tiden inte mogen. Farmen skulle förfalla, några skulle göra sig rika, andra skulle stötas ut i än större fattigdom.

Det jag kan göra är att fortsätta att driva farmen som i dag, men utan att störa lugnet med infall och idéer som ändå aldrig kommer att betyda något för afrikanerna. Deras framtid är deras egen skapelse. Jag bidrar till produktionen av mat, och det är alltid väl använd tid. Ingenting vet jag egentligen om vad afrikanerna tänker om mig. Jag måste fråga Peter Motombwane, kanske också be honom undersöka det genom att fråga mina arbetare. Jag undrar vad Joyce Lufuma och hennes döttrar tänker?

Han återvänder till Kalulushi med en känsla av lugn. Livets underliggande strömmar inser han att han aldrig helt kommer att förstå. Ibland är det nödvändigt att ge upp vissa frågor, tänker han. Det finns svar som helt enkelt inte existerar.

När han svänger in genom grindarna till farmen, tänker han på Äggkarlson som tydligen har överlevt branden. I min barndom bodde jag granne med en ägghandlare, tänker han. Om någon den gången hade sagt till mig att jag en dag skulle bli ägghandlare i Afrika, hade jag naturligtvis inte trott det. Det hade varit oförnuftigt att tro.

Ändå är jag den jag är idag. Mina inkomster är stora, farmen solid. Men min tillvaro är ett gungfly.

En dag kanske mister Pihri och hans son kommer och meddelar att de inte längre kan hantera mina papper. Myndigheterna förklarar mig som varande icke önskvärd. Jag lever här utan egentliga rättigheter, jag är inte en medborgare med rötterna lovligt planterade i Afrika. Utan förvarningar kan jag bli utvisad, farmen konfiskerad ...

Några dagar efter återkomsten från Zambezi söker han upp Patel i Kitwe och organiserar ökade överföringar av utländsk valuta till banken i London.

– Det blir svårare och svårare att genomföra, säger Patel. Riskerna för upptäckt ökar ständigt.

– Tio procent svårare? frågar Hans Olofson. Eller tjugu procent svårare?

– Jag vill nog säga tjugufem procent svårare, svarar Patel bekymrat.

Hans Olofson nickar och lämnar det dunkla bakrum där det luktar curry och parfym. Jag tryggar mig genom en ständigt mer komplicerad härva av mutor, olagliga penningtransaktioner och korruption, tänker han. Något val har jag knappast. Jag har svårt att tänka mig att korruptionen i detta land egentligen är mera omfattande än vad den är i Sverige. Skillnaden ligger i tydligheten. Här är allting så iögonfallande. I Sverige är metoderna mer utvecklade, ett förfinat och väl undanhållet mönster. Men däri ligger sannolikt den enda skillnaden.

Tidsbågen växer, Hans Olofson mister en tand, och strax efter ännu en.

Han fyller fyrtio år och inbjuder de många vita och de få svarta vännerna till en fest. Peter Motombwane tackar nej och ger aldrig någon förklaring. Hans Olofson blir kraftigt berusad under denna fest. Han lyssnar till obegripliga tal från människor han knappast känner. Tal som lovordar honom, gjuter ett fundament av ärevördighet åt hans afrikanska farm.

De tackar mig för att jag har börjat driva min farm utan överdrivna tankar om dess funktion av framtida föredöme, tänker han. Inte ett sant ord yttras här.

På svajande ben står han vid midnatt och tackar för att så

182

många har kommit. Plötsligt märker han att han har börjat tala svenska. Han hör sitt gamla språk, och han hör sig göra ett rasande utfall över den rasistiska förmätenhet som präglar de vita som fortfarande lever kvar i detta afrikanska land. Han rasar ur sig med ett vänligt leende.

– Ett pack av skurkar och horor är vad ni är, säger han och lyfter sitt glas.

– How nice, säger en äldre kvinna efteråt till honom. Att blanda de två språken. Men vi undrar förstås vad du sa?

– Jag minns knappast, svarar Hans Olofson och går ut för sig själv i mörkret.

Någonting gnyr vid hans fötter och han upptäcker den schäfervalp som han fått i present av Ruth och Werner Masterton.

– Sture, säger han. Sture heter du från och med nu.

Valpen gnäller och Hans Olofson ropar på Luka.

– Ta hand om valpen, säger han.

– Ja, *Bwana*, svarar Luka.

Festen urartar till en domens natt. Berusade människor ligger utspridda i de olika rummen, ett omaka par har intagit Hans Olofsons egen säng, och i trädgården skjuter någon till måls med en revolver mot flaskor som en förskrämd svart tjänare ställer fram på ett trädgårdsbord.

Hans Olofson känner sig plötsligt upphetsad och börjar slå lovar kring en kvinna från en av de farmer som ligger längst ifrån hans egen. Kvinnan är tjock och uppsvullen, kjolen har hakat fast över hennes knän, och Hans Olofson har sett att hennes man ligger och sover under ett bord i det rum som en gång var Judith Fillingtons bibliotek.

– Jag ska visa dig någonting, säger Hans Olofson.

Kvinnan rycker till ur sin halvslummer och följer honom upp till husets andra våning till det rum där skeletten en gång uppfyllde alla ytor. Han tänder en lampa och stänger dörren bakom sig.

– Det här? säger hon och skrattar. Ett tomt rum?

Utan att svara trycker han henne mot väggen, drar upp hennes kjol och tränger in i henne.

183

– Ett tomt rum, säger hon igen och skrattar.

– Tänk dig att jag är svart, säger Hans Olofson.

– Säg inte så, svarar hon.

– Tänk dig att jag är svart, säger Hans Olofson ännu en gång.

När det är över klamrar hon sig fast vid honom och han känner svettlukten från hennes otvättade kropp.

– En gång till, säger hon.

– Aldrig, säger Hans Olofson. Det är min fest, jag bestämmer själv. Han går hastigt därifrån, lämnar henne ensam.

Revolverskotten ekar från trädgården och han orkar plötsligt inte vara kvar. Han vacklar ut i mörkret och tänker att den enda människa han vill vara i närheten av är Joyce Lufuma.

Han sätter sig i bilen och lämnar sitt hus och sin fest med en rivstart. Två gånger kör han av vägen men lyckas undvika att välta och svänger till slut in framför hennes hus.

Gården är tyst och mörk. Han ser förfallet i billyktornas ljus och han slår av motorn och sitter i mörkret. Natten är ljum och han letar sig fram till sin vanliga plats under trädet.

Vi har alla en ensam och övergiven hund som sitter och skäller inom oss, tänker han. Dess tassar är olikfärgade, svansen kanske avskuren. Men den hunden har vi alla inom oss.

Han vaknar i gryningen av att en av Joyces döttrar står och ser på honom. Han vet att hon är tolv år, han minns när hon föddes.

Jag älskar detta barn, tänker han. I henne kan jag återse någonting av mig själv, barnets storhet, en beredskap som alltid finns att vara omtänksam mot andra.

Allvarligt betraktar hon honom, och han tvingar sig till ett leende.

– Jag är inte sjuk, säger han. Jag sitter bara här och vilar mig.

När han börjar le börjar också hon att le.

Jag kan inte överge detta barn, tänker han. Joyce och hennes döttrar är mitt ansvar, ingen annans.

Han har huvudvärk och mår illa, bakruset dunkar i bröstet och han ryser när han påminner sig det utmärglade samlaget i det tomma rummet.

184

Jag kunde lika gärna ha bestigit ett av skeletten, säger han till sig själv. Den förödmjukelse jag utsätter mig själv för tycks inte ha några gränser.

Han återvänder till sitt hus och ser Luka plocka glassplitter i trädgården och han tänker att han också skäms inför Luka. De flesta gästerna har försvunnit, kvar finns bara Ruth och Werner Masterton. De sitter på terrassen och dricker kaffe. Den schäfervalp som han döpt till Sture leker vid deras fötter.

– Du har överlevt, säger Werner med ett leende. Det är som om festerna blir allt våldsammare, som om en domedag vore nära förestående.

– Vem vet? säger Hans Olofson.

Luka går förbi nedanför terrassen. Han bär en hink med krossade tomflaskor. De följer honom med blicken, ser honom försvinna mot den grop i marken där han tömmer sina sopor.

– Kom och hälsa på, säger Ruth när hon och Werner reser sig för att återvända till sin farm.

– Jag kommer, säger Hans Olofson.

Några veckor efter festen får han ett våldsamt malariaanfall, värre än något han har varit med om tidigare. Feberdrömmarna jagar honom framför sig.

Han upplever att han blir lynchad av sina egna arbetare. De sliter av honom hans kläder, slår honom blodig med stockar och klubbor och driver honom framför sig mot Joyce Lufumas hus. Där anar han sin räddning, men hon möter honom med ett rep i handen, och han vaknar just när han inser att hon och hennes döttrar kommer att hala upp honom i trädet, med repet fäst som en snara runt hans hals.

När han har tillfrisknat och gör sitt första besök hos Joyce erinrar han sig plötsligt drömmen igen. Kanske den ändå är ett tecken, tänker han. De mottar min omsorg, de är beroende av den. All anledning har de att hata mig, jag glömmer det alldeles för ofta. Jag glömmer de allra enklaste motsättningarna och sanningarna.

Tidsbågen välver sig vidare över hans liv, den personliga älv han bär inom sig. Ofta återvänder han i tankarna till den avlägsna brandtomt i en utkyld vinternatt som han aldrig har besökt. Han föreställer sig sin faders grav, och när han har varit i Afrika i arton år, börjar han se sig om efter sin egen.

Han går till den kulle där Duncan Jones redan har vilat i många år och han låter blicken vandra. Det är sen eftermiddag och solen färgas röd av den osynliga jord som alltid virvlar över den afrikanska kontinenten. Han ser sina vita längor av hönshus i motljuset, arbetare som är på hemväg från dagens arbete. Det är i oktober, strax innan de långa regnen ska börja falla. Marken är bränd och torr, bara utspridda kaktusar lyser som gröna fläckar i det uttorkade landskapet. Kafue är nästan tömd på sitt vatten. Flodbädden är torrlagd, utom en smal ström i mitten av fåran. Flodhästarna har sökt sig till avlägsna vattenhål, krokodilerna kommer tillbaka först när regnen har återvänt.

Han rensar undan ogräs från Duncan Jones' grav och kisar mot solen, söker sin egen framtida gravplats. Men han vill inte bestämma sig, det vore att locka döden på sig i förtid.

Men vad är förtid? Vem kan överblicka den utmätta tiden?

Ingen går opåverkad i nästan tjugu år, omgiven av den afrikanska övertron, tänker han. En afrikan skulle aldrig söka sin gravplats, än mindre peka ut den. Det vore att sända ett skallande lockrop efter döden.

Egentligen står jag på den här kullen för att det jag ser härifrån är vackert.

Här finns det upphuggna landskap, de oändliga horisonter som min far alltid sökte. Kanske jag upplever det som så vackert eftersom jag vet att det är mitt?

Här är början och här är kanske också slutet, en tillfällig resa och ännu mer tillfälliga möten förde mig hit.

Plötsligt bestämmer han sig för att göra ett återbesök i Mutshatsha.

Hals över huvud ger han sig av. Det är i mitten av en regntid och vägarna är som flytande lera. Ändå kör han fort, som om han kämpade med att undkomma någonting. En förtvivlan bryter igenom fördämningarna. Janines trombon ekar i hans huvud ...

Han kommer aldrig fram till Mutshatsha. Plötsligt är vägen borta. Med framhjulen balanserade över ett stup ser han rakt ner i en ravin som öppnat sig. Vägen har störtat ner, till Mutshatsha finns inte längre någon väg. När han ska vända bilen kör han fast i leran. Han bryter buskar och lägger under hjulen men däcken får inget fäste. I den korta skymningen kommer regnet dånande och han sätter sig i bilen och väntar. Kanske ingen kommer, tänker han. Under min sömn invaderas kanske bilen av de vandrande myrorna och när regntiden är över finns här bara mitt renskrapade skelett, polerat som en bit elfenben.

På morgonen upphör regnet och han får hjälp med bilen av människorna i en närbelägen by. Sent på eftermiddagen återvänder han till farmen ...

Tidsbågen växer men börjar plötsligt böja av mot jorden igen.

I skuggorna grupperar sig åter människorna runt honom, utan att han märker vad som sker. Det är januari 1987.

Arton år har han nu varit i Afrika.

Regntiden detta år är våldsam och utdragen. Kafue svämmar över sina bräddar, skyfallen hotar att dränka hans hönshus. Transportbilar kör fast i leran, ledningsstolpar faller och åstadkommer långvariga strömavbrott. Det är en regntid han inte tidigare har upplevt.

Samtidigt är det oro i landet. Folkmassor är i rörelse, hungerupplopp drabbar städerna i kopparbältet och Lusaka. En av hans äggbilar på väg till Mufulira blir stoppad av en upprörd folkmassa som tömmer den på lasten. Skott avlossas i nätterna, farmarna undviker att lämna sina hem.

En morgon när Hans Olofson kommer till sitt lilla kontor i gryningen har någon slängt en stor sten genom lerskjulets enda fönster. Han anställer förhör med nattvakterna men ingen har hört eller sett någonting.

En gammal arbetare står på avstånd och betraktar det förhör som Hans Olofson genomför. Någonting i den gamle afrikanens ansikte gör att han plötsligt avbryter sig och skickar hem nattvakterna utan att ge dem några bestraffningar.

Han anar något hotfullt utan att han kan säga vad det är. Arbetet utförs, men en tung stämning vilar över farmen.

En morgon är Luka borta. När han som vanligt låser upp sin köksdörr i gryningen finns inte Luka där. Aldrig har det hänt tidigare. Dimmor rullar över farmen efter nattens regn. Han ropar efter Luka men ingen kommer. Han anställer frågor, men ingen vet, ingen har sett Luka. När han kör till hans hus, finner han det öppet, dörren slår i vinden.

På kvällen rengör han de vapen han en gång övertagit från Judith Fillington, och den revolver han för över tio år sedan har köpt av Werner Masterton, den revolver han alltid har under sin huvudkudde. Under natten sover han oroligt, drömmarna jagar honom, och plötsligt vaknar han häftigt. Han tycker sig höra fotsteg i huset, fotsteg på övervåningen, ovanför hans huvud. I mörkret griper han revolvern och lyssnar. Men det är bara vinden som vrider sig genom huset.

Han ligger vaken, revolvern vilar på hans bröstkorg.

I mörkret, strax före gryningen, hör han en bil köra upp framför huset och strax efter våldsamma bultningar på ytterdörren. Med revolvern i hand ropar han genom dörren och han känner igen rösten på Robert, Ruth och Werner Mastertons förman. Han öppnar dörren och inser åter en gång att även en svart man kan vara blek.

– Någonting har hänt, *Bwana*, säger Robert och Hans Olofson ser att han är mycket rädd.

– Vad har hänt? frågar han.

– Jag vet inte, *Bwana*, svarar Robert. Någonting. Jag tror det vore bra om *Bwana* kunde komma.

Tillräckligt länge har han levt i Afrika för att kunna urskilja ett allvar i afrikanens gåtfulla sätt att uttrycka sig.

Hastigt klär han sig, stoppar sin revolver i fickan, och tar hagelgeväret i handen. Omsorgsfullt låser han, undrar åter var Luka är, och sätter sig sedan i bilen och följer Robert. Svarta regnmoln driver över himlen när de två bilarna svänger upp utanför Mastertons hus.

Hit kom jag en gång, tänker han, i en annan tid, som en annan människa. Han igenkänner Louis bland de afrikaner som står utanför huset.

– Varför står de här? frågar han.

– Det är just det, *Bwana*, säger Robert. Dörrarna är låsta. Även i går var de låsta.

– Kanske de har rest bort, säger Hans Olofson. Var är deras bil?

– Den är borta, *Bwana*, svarar Robert. Men vi tror ändå inte att de har rest.

Han betraktar huset, den orörliga husfasaden. Han går runt huset, ropar mot deras sovrum. Afrikanerna följer honom på avstånd, avvaktande.

Plötsligt blir han rädd, utan att han vet varför. Någonting har hänt.

Han känner en oklar fruktan för vad han kommer att få se, men han ber Robert hämta en kofot ur bilen. När han bryter upp ytterdörren börjar inte larmtyfonerna att tjuta. Just när ytterdörren ger med sig upptäcker han att telefonledningen till huset är avklippt strax intill husväggen.

– Jag går in ensam säger han, osäkrar sitt gevär och skjuter undan dörren.

Det som möter honom är värre än han har kunnat föreställa sig. Som i en makaber film träder han in i ett slakthus, med mänskliga kroppar som ligger styckade på golven.

Aldrig kommer han att förstå att han inte förlorade medvetandet av det som mötte honom ...

Och efteråt?
Vad återstår?
Det sista året innan Hans Olofson lämnar de tunga granåsarna bakom sig, lämnar kvar sin far Erik Olofson i den stumma drömmen om ett avlägset hav som ropar inom honom.

Det sista året Janine lever ...

En tidig lördagsmorgon i mars 1962, ställer hon sig i hörnet mellan järnaffären och Folkets hus. Det är själva hjärtpunkten, ett gathörn som ingen kan undgå. I den tidiga morgonen lyfter hon ett plakat över huvudet. Där finns en text i svarta bokstäver som hon har skrivit kvällen innan ...

Någonting oerhört håller på att hända. Ett rykte växer till ett kokande övertryck. Ett fåtal finns som vågar antyda att Janine och hennes ensamma plakat uttrycker förnuft som alltför länge saknats. Men deras röster försvinner i den isande marsvinden.

De rättänkande mobiliserar ... En människa som inte ens har sin näsa i behåll? Här har man trott att hon har vilat tryggt i Hurrapelles famn? Men nu står hon här, hon som borde leva obemärkt och dölja sitt fula ansikte? Janine vet vilka tankar som rusar i löpelden.

Och något har hon ändå lärt av Hurrapelles entoniga förmaningar. Hon vet att stå emot när vinden kantrar och trosvissheten famlar efter fäste ... En påle kör hon ner i den slumrande myrstacken denna tidiga morgon. Folk skyndar längs gatorna, rockarna flaxar, och man läser vad hon skrivit. Sedan skyndar man vidare för att hugga närmaste medmänniska i kragen och be om ett ögonblickligt svar på vad den galna människan kan antas

190

mena. Ska en näslös kärring tala om för oss vad vi ska tänka? Vem har bett henne om att resa denna otillständiga barrikad?

Från ölkaféet kommer gubbarna vinglande för att med egna ögon beskåda härligheten. Inte bryr de sig om världens öde, men de blir ändå hennes stumma vapendragare. Deras behov av hämnd är gränslöst. Den som kör en påle i myrstackens hjärta förtjänar allt stöd som tänkas kan ... Blinkande mot ljuset snubblar de ut ur pilsnerns dunkla rum. Belåtet kan de notera att ingenting är sig likt denna morgon. Att Janine behöver det stöd hon kan få begriper de genast, och någon som är dristig vacklar över gatan och erbjuder henne en pilsner, som hon vänligt tackar nej till.

Samtidigt kommer Hurrapelle slirande i sin nyinköpta bil, varskodd av en upprörd församlingsmedlem som väckt honom med gälla telefonsignaler. Och han gör vad han kan för att stoppa henne. Han vädjar, vädjar så mycket han kan. Men hon skakar bara på huvudet, hon ska stå kvar. När han inser att hennes beslut är orubbligt går han till sin kyrka för att rådgöra med sin gud om detta besvärliga ärende.

På polisstationen letas uppslag i lagtexterna. Någonstans måste lagrummet finnas som tillåter ett ingripande. Men knappast kan det kallas »allmänfarlig verksamhet«? Inte heller »upplopp« eller »resande av livsfarligt vapen«. Poliserna suckar över de ihåliga lagtexterna, slår febrilt i den tjocka boken, medan Janine står på post i sitt gathörn ...

Plötsligt är det någon som erinrar sig Rudin som några år innan hade satt eld på sig själv. Där kan lösningen finnas! Ett omhändertagande av en person som icke är i stånd att göra det själv. Svettiga fingrar bläddrar vidare och till slut är man beredd att ingripa.

Men när poliserna kommer marscherande och folkhopen lystet väntar på vad som ska ske, tar Janine lugnt ner sitt plakat och går därifrån. Poliserna gapar snopet, folkhopen morrar och gubbarna från ölkaféet applåderar belåtet.

När lugnet har återvänt går det an att resonera om vad hon

hade skrivit på sitt oförskämda plakat: »Nej till atombomb. En enda jord.« Men vem vill ha en bomb i huvudet? Och vad menas med »en enda jord«? Skulle det finnas fler? Ska sanningen predikas så betackar man sig för att få den serverad av vem som helst som råkar känna sig manad, och minst av allt av en kärring som saknar sin näsa ...

Janine går med högburet huvud även om hon som vanligt ser ner i backen. Nästa lördag tänker hon åter ställa sig i gathörnet och ingen ska kunna hindra henne. I all obemärkthet, långt från de arenor där världen utspelar sig på allvar, ska hon göra sin insats efter enkel förmåga. Hon går över älvbron, kastar sitt hår och gnolar på »A night in Tunisia«. Under hennes fötter dansar vårens första isflak. Hon har visat sig för sig själv och hon har vågat. Hon har någon som åtrår henne. Om allt nu en gång är förgängligt så har hon ändå upplevt detta ögonblick av utgjutet liv, där smärtan varit alldeles nerkämpad ...

Det sker en rörelse i deras liv, det sista året Hans Olofson bor kvar i huset vid älven. Som en långsam förskjutning i jordaxeln, en rörelse så svag att den till en början inte är märkbar. Men även till denna avlägsna obygd kommer den dyning rullande som berättar om en omvärld som inte längre finner sig i att vara förvisad till ett oändligt mörker. Perspektiven har börjat förskjutas, skälvningen från avlägsna befrielsekrig och uppror tränger igenom granåsarnas murar.

Tillsammans sitter de vid Janines kök och lär sig de nya nationernas namn. Och de märker rörelsen, vibrationen från avlägsna kontinenter där människor reser sig. Med förundran, och inte utan ängslan, ser de hur världen förändras. En gammal värld i sönderfall, där ruttna trossbottnar störtar samman, och avslöjar obeskrivlig misär, orättvisa, grymhet. Hans Olofson börjar förstå att den värld han snart tänker bege sig ut i kommer att vara en annan än hans fars. Och han tänker att allt måste upptäckas på nytt, sjökorten revideras, de ändrade namnen ersätta de gamla.

Med sin far försöker han tala om det han upplever. Mana på

192

honom att slå yxan i en stubbe och återvända till havet. Oftast slutar samtalen innan de ens har börjat. Erik Olofson värjer sig, vill inte bli påmind.

Men en gång sker något oväntat ...

– Jag ska resa till Stockholm, säger Erik Olofson, när de äter middag.

– Varför det? frågar Hans Olofson.

– Jag har ärende till huvudstaden.

– Du känner väl ingen i Stockholm?

– Jag har fått ett svar på mitt brev.

– Vilket brev?

– Det brev som jag skrev.

– Du skriver väl inga brev?

– Om du inte tror mig talar vi inte mer om det här.

– Vilket brev?

– Från Vaxholmsbolaget.

– Vaxholmsbolaget?

– Ja. Vaxholmsbolaget.

– Vad är det för någonting?

– Ett rederi. De sköter sjötransporterna i Stockholms skärgård.

– Vad vill de dig?

– Jag såg en annons någonstans. De behöver matroser. Jag tänkte att det kunde vara någonting för mig. Hemmahamnar och kusttrafik i de inre lederna.

– Har du sökt jobb?

– Du hör väl vad jag säger?

– Vad skriver de då?

– De vill att jag ska komma till Stockholm och visa upp mig.

– Hur kan de se på dig att du är en bra matros?

– Det kan de inte. Men de kan ställa frågor.

– Om vad då?

– Varför jag inte har seglat på så många år till exempel.

– Vad svarar du då?

– Att barnen har blivit så stora att de klarar sig själva.

– Barnen?

– Jag tänkte att det lät bättre om man säger att man har fler.
Sjömän ska ha många ungar, det har alltid hört till.

– Och vad heter de ungarna då?

– Det får jag hitta på. Det är ju bara att dra till med några
namn. Jag kanske kan låna ett fotografi av någon.

– Ska du låna ett fotografi på andras ungar?

– Vad gör det för skillnad?

– Det gör en jävla skillnad!

– Jag måste väl knappast svära på att de är mina. Men jag vet
hur redare är. Det är bäst att vara förberedd. Det fanns en redare i
Göteborg en gång i tiden som krävde att alla som ville mönstra på
hans båtar skulle kunna gå på händer. Sjöfolksförbundet protest-
erade förstås, men det blev som han ville.

– Kunde du gå på händer?

– Nej.

– Vad pratar du om egentligen?

– Om att jag har ett ärende till Stockholm.

– När ska du åka?

– Jag har inte bestämt mig än.

– Vad menar du med det?

– Jag kanske struntar i det.

– Det är klart att du ska åka! Du kan inte gå omkring i skogen
längre.

– Jag går inte omkring i skogen.

– Du förstår vad jag menar. När jag är färdig med skolan ger vi
oss iväg.

– Vart då?

– Kanske vi kan mönstra på samma fartyg?

– På en Vaxholmsbåt?

– Inte fan vet jag! Men jag vill längre bort. Jag ska ut i världen.

– Då väntar jag tills du är färdig med skolan.

– Du ska inte vänta! Du ska åka nu.

– Det går inte.

– Varför inte?

– Det är redan för sent.

194

– För sent?

– Tiden har gått ut.

– När då?

– För ett halvår sedan ungefär.

– Ett halvt år sedan?

– Ja?

– Och det här berättar du först nu? Varför har du inte rest?

– Jag tänkte att jag ville prata med dig först.

– Herregud ...

– Vad är det?

– Vi måste bort härifrån. Man kan inte leva här. Vi måste ut och upptäcka världen igen!

– Jag börjar bli för gammal, tror jag.

– Du blir gammal av att gå och trampa runt i skogen.

– Jag trampar inte runt i skogen! Jag arbetar ...

– Jag vet. Men i alla fall ...

Kanske ändå, tänker Hans Olofson. Kanske han ger sig av igen. Havet bär han med sig, det vet jag nu ... Han skyndar till Janine för att berätta. Aldrig mer ska jag behöva se honom krypa omkring i köket på natten, med skurvatten upp till halsen ...

Han stannar på älvbron och ser ner i vattnet där isflaken vaggar mot havet. Långt där borta finns världen, den nya världen som väntar på den nya tidens erövrare. Den värld som han håller på att avtäcka tillsammans med Janine ...

Men någonstans på vägen viker de av åt olika håll. För Hans Olofson framstår förändringen som en personlig väntetid. Hans vallfart, med eller utan Erik Olofson, kommer att ske i en värld som andra ställer i ordning åt honom.

Janines tankar är annorlunda. För henne är det upptäckten att det ofattbara armodet varken är en naturens nyck eller en ödesbestämd lag som blir det avgörande. Hon ser människor som medvetet väljer en barbarisk ondska som verktyg för sin egen vinning. Så skiljer de sig åt i världens mitt.

Hans Olofson genomgår sin väntetid. Janine upplever att hennes medvetande kräver en handling, inte bara de förböner för de nödlidande som hon deltar i under Hurrapelles ledning. Frågan djupnar, lämnar henne aldrig ens i drömmarna. Och hon börjar söka efter sitt uttryck. Ett personligt korståg, tänker hon. Ett ensamt korståg för att berätta om den värld som finns bortom granåsarna.

Långsamt mognar ett beslut och utan att säga något till Hans Olofson bestämmer hon sig för att ställa sig på post i gathörnet. Hon känner att hon måste vara ensam om sitt beslut. Innan hon har stått där första gången kan hon inte dela sitt korståg med någon ...

Just denna lördagsmorgon i mars har Hans Olofson tillbringat sin tid i jägmästarens garage, där han tillsammans med en av sönerna förgäves har försökt få liv i en gammal motorcykel. Först sent på eftermiddagen, när han stannat till vid Petterssons kiosk, får han höra vad som har hänt. Det stramar till om hans hjärta när han hör vad Janine har gjort. Han tänker att han nu har blivit avslöjad. Säkert vet alla att han smyger sig till hennes dörr, trots att han alltid har försökt undvika att bli iakttagen när han går genom hennes grind. Genast börjar han hata henne, som om hennes egentliga avsikt hade varit att dra in honom i hennes egen förnedring. Han känner att han genast måste ta avstånd, avskilja sig från henne.

– En näslös kärring ska man inte bry sig om, säger han.

Det är bestämt att han ska besöka henne på kvällen. Men nu tillbringar han i stället kvällen på Folkets hus. Han dansar med alla som han kommer åt, vräker ur sig det mest nedsättande om Janine han kan komma på när han trängs och stångas på herrtoaletten. När Kringströms orkester avslutar med »Twilight Time« anser han att han har gjort en tillräcklig avbön. Nu ska ingen kunna komma på tanken att han har ett hemligt liv tillsammans med den plakatbärande galningen. Han kommer ut på gatan, torkar svetten ur pannan, blir stående i skuggorna och ser paren försvinna. Natten är full av skrål och fnitter. Han gungar på fötterna, är yr av allt ljummet brännvin.

Den förbannade kärringen, tänker han. Hon hade väl ropat åt

mig att hjälpa till och hålla plakatet om jag hade råkat gå förbi ...

Plötsligt bestämmer han sig för att en sista gång besöka henne och tala om vad han tänker. För att inte bli upptäckt smyger han som en brottsling över bron och väntar länge utanför hennes grind innan han smiter in i skuggorna.

Hon tar emot honom utan förebråelser. Han skulle ha kommit, men kom inte. Mer än så är det inte.

– Har du väntat? frågar han.

– Jag är van att vänta, svarar hon. Det gör ingenting.

Han hatar henne och han begär henne. Men han känner samtidigt att han denna kväll för köpingens samfällda talan, och han säger åt henne att han aldrig kommer att komma tillbaka om hon ställer sig i gathörnet en gång till.

En kall vind drar igenom hennes hjärta.

Hela tiden har hon tänkt att han skulle uppmuntra henne, mena att det hon gjorde var rätt. Så har hon tolkat deras samtal om världen som knakar under förändringens vind. Sorgen sänker sig som ett lod över hennes huvud. Nu vet hon att hon har blivit ensam igen ... Men ännu inte, för hans begär tar överhanden, och åter en gång slingrar de sig kring varandra.

Deras sista tid tillsammans blir en utdragen vånda. Hans Olofson återvänder till utgångspunkten, det avhuggna kråkhuvudet som han och Sture la i hennes brevlåda. Nu är det hennes huvud han hugger efter. Han spottar och svär efter henne, sviker överenskommelser och svartmålar henne inför alla som vill lyssna.

Mitt i detta kaos avlägger han sin realexamen. I ett våldsamt utbrott av koncentrerad kraft lyckas han erhålla oväntat goda betyg. Rektor Bohlin har ombesörjt att en inträdesansökan till residensstadens läroverk har blivit insänd. När han sätter på sig den grå mössan, bestämmer han sig för att läsa vidare. Nu behöver han inte vänta på att fadern ska slänga vankelmodets yxa ifrån sig, nu sköter han sitt uppbrott på egen hand. I ett enda ryck kan han göra sig fri ...

På examensnatten står han utanför Janines dörr. Hon väntar honom med blommor, men han vill inte ha hennes jävla blommor. Han ska resa härifrån och nu har han kommit för sista gången. Den grå mössan hänger han över Mariabilden som står i hennes fönster ... Men in i det sista, genom denna sommar, besöker han henne. Den hemlighet som blir hennes sista får han dock aldrig veta ...

Uppbrottet, slutet, är villrådigt och övergivet. En kväll i mitten av augusti besöker han henne för sista gången. En kort stund möts de i hennes kök, fåordigt, som om det hade varit första gången, när han stod där med sin häcksax i handen. Han säger att han ska skriva, men hon svarar att det är bättre att han låter det vara. Bäst är att låta allting lösas upp, blåsa bort med vinden ...

Han lämnar huset för sista gången. Bakom sig hör han tonerna från »Some of these days« ...

Dagen efter följer hans far honom till järnvägsstationen. Hans Olofson ser på sin far. Det gråa, obeslutsamma ...

– Jag kommer väl hem någon gång, säger han. Och du kan ju hälsa på.

Erik Olofson nickar. Jovisst, visst ska han hälsa på.

– Havet ..., säger Erik Olofson och tystnar.

Men Hans Olofson hör inte. Han väntar otåligt på att rälsbussen ska ge sig iväg.

Länge blir Erik Olofson stående på stationen, och han tänker att havet ju ändå finns kvar. Om han bara ... Alltid detta bara. Sedan går han hem till huset vid älven, och låter havet brusa ur sin radio ...

Rönnbärens månad, rönnbärens tid. En söndagsmorgon i september. En dimbank tynger över köpingen som långsamt börjar vakna till liv. Det är kyligt i luften och det knastrar i gruset när en ensam man viker av från huvudvägen och genar nerför slänten mot älven. Folkparken på sin utskjutande udde lyser övergivet som en halvt raserad ruin i det grå morgonljuset. På hästhandlarns marker betar hästarna i dimman. Ljudlöst rör de sig som skepp i väntan på vind.

Mannen lösgör en eka vid älvbredden och sätter sig vid årorna. Han ror ut i sundet mellan Folkparksudden och södra älvstran-

198

den. Där kastar han i ett ankare som hugger fast i älvens botten-stenar. Han kastar ut en rev och väntar.

Efter en timme bestämmer han sig för att försöka längre ner mot udden. Han låter ankaret driva under båtens köl medan han ror. Men plötsligt hugger det fast och när han äntligen får loss det, ser han att ett nästan uppruttet tygstycke har spetsats på draggen. En bit av en kvinnoblus, ser han. Eftertänksamt ror han tillbaka mot land ...

Tygstycket ligger på ett bord på polisstationen och Hurrapelle står och betraktar det. Sedan nickar han.

Draggarlaget som hastigt kallas samman behöver inte leta länge. Andra gången de två roddbåtarna glider genom sundet, fastnar en av krokarna som släpar mot bottnen. På stranden ser Hurrapelle Janine återvända ...

Läkaren betraktar kroppen en sista gång innan han avslutar obduktionen. När han har tvättat sig, ställer han sig vid fönstret och ser ut över granåsarna som färgas röda av den nedåtgående solen. Han undrar om han är den ende som känner Janines hemlighet. Utan att han vet varför, bestämmer han sig för att inte skriva ner den i obduktionsprotokollet. Även om det inte är rik-tigt så menar han att det ingenting förändrar. Att hon har drunk-nat vet han ändå. Runt hennes midja har funnits en kraftig stål-tråd och i hennes kläder har legat strykjärn och tunga stumpar av avloppsrör. Inget brott är begånget. Därför behöver han inte skri-va att Janine har burit på ett barn när hon dog ...

I huset vid älven sitter Erik Olofson lutad över ett sjökort. Han rättar till glasögonen och lotsar med pekfingret sitt fartyg genom Malackasundet. Han känner doften av hav, ser de glimmande lanternorna från avlägsna fartyg på kontrakurs. I bakgrunden brusar eterns vågor från radioapparaten. Kanske ändå, tänker han. Ett litet fartyg som går med styckegods längs kusten? Kanske ändå ...

Och Hans Olofson? Vem som berättar för honom minns han inte. Men någon har hört, och han får veta att Janine är död. Hon som varje lördag stod med sitt plakat i hörnet mellan Folkets hus och järnaffären. På natten lämnar han sitt inackorderingsrum som han redan avskyr och strövar oroligt genom den mörka staden. Han försöker intala sig att ingen har någon skuld. Inte han, heller ingen annan. Men ändå så vet han. Mutshatsha, tänker han. Dit ville du resa, där var din dröm. Men du reste aldrig och nu är du död.

En gång låg jag bakom en nerfallen ugn i det gamla tegelbruket och insåg att jag var jag och ingen annan. Men sedan då? Nu? Han frågar sig hur han ska stå ut fyra år i det främmande läroverket. Inom honom pågår en oavbruten kamp mellan framtidstro och uppgivenhet. Han försöker injaga sig mod. Att leva måste vara som att ständigt utrusta nya expeditioner, tänker han. Antingen det eller att bli som min far ...

Plötsligt bestämmer han sig. Någon gång ska han komma till Mutshatsha. Någon gång ska han göra den resa Janine aldrig gjorde. Den tanken blir genast helig för honom. Det bräckligaste av alla Ändamål har ändå uppenbarat sig för honom. En annans dröm som han övertar ...

Försiktigt tassar han uppför trappan till sitt rum. Han tycker att han känner igen doften från gumman Westlunds lägenhet. Äpplen, syrliga karameller. På bordet ligger böckerna och väntar. Men han tänker på Janine.

Att bli vuxen är kanske att inse sin ensamhet, tänker han. Länge blir han sittande.

Åter är det som om han satt på järnbrons väldiga spann. Högt däruppe, stjärnorna.

Under honom Janine ...

III

LEOPARDENS ÖGA

I Hans Olofsons drömmar jagar leoparden.

Terrängen är ett undanglidande landskap, den afrikanska bushen som förskjuts till att bli hans inre hålrum. Hela tiden växlar perspektiven. Ibland är han framför leoparden, andra gånger efter, och där emellan intar han själv leopardens väsen. I drömmen råder en ständig skymning. Omgiven av det höga elefantgräset står han långt ute på ett slättland. Horisonten skrämmer honom. Ett hot som alltid närmar sig är leopardens landskap som återkommer natt efter natt i hans oroliga medvetande.

Det händer att han plötsligt vaknar och tror sig förstå. Han är inte förföljd av en ensam leopard utan två. I hans inre landskap bryter leoparden mot sitt väsen, den ensamme jägaren, och slår sig samman med ett annat djur. Han lyckas aldrig uttyda vilka vapen han bär under sina återkommande nattliga jakter. Lägger han ut snaror eller bär han ut ett spjut med en handsmidd järnspets? Eller följer han leoparden med tomma händer? Landskapet brer ut sig i hans drömmar som en oändlig slätt där han anar en otydlig flodbädd vid den avlägsna synranden. Han bränner det höga elefantgräset för att driva ut leoparden. Ibland tycker han sig också skymta leopardens skugga, som en hastig rörelse mot den månbelysta terrängen. Resten är stillhet, hans egen andhämtning som ekar inne i drömmen.

Leoparden bär på ett meddelande, tänker han när han vaknar. Ett meddelande jag ännu inte har förmått tyda ...

När malariaanfallen pressar hans medvetande till hallucinationer, ser han leopardens vakande öga.

Det är Janine, tänker han förvirrat. Det är hennes öga jag ser, från flodens botten ser hon upp mot mig där jag balanserar på

203

järnbrons spann. Ett leopardskinn har hon svept över axlarna för att jag inte ska kunna se att det är hon.

Men hon är ju död? När jag lämnade Sverige och lade alla mina gamla horisonter bakom mig, hade hon redan varit borta i sju år. Nu har jag snart varit i Afrika i arton år.

Malariaanfallen slungar honom upp ur dvalan, och när han vaknar vet han inte var han är. Revolvern som vilar mot hans ena kind får honom att minnas. Han lyssnar ut i mörkret.

Jag är omgiven av banditer, tänker han desperat. Det är Luka som har lockat hit dem, skurit av telefonledningen, brutit den elektriska strömmen. De väntar ute i mörkret. Snart kommer de för att slita upp mitt bröst och bära bort mitt ännu levande hjärta.

Med uppbjudande av sina sista krafter makar han sig upp i sängen så att ryggen tar stöd mot sänggaveln. Varför hör jag ingenting, tänker han. Stillheten ...

Varför suckar inte flodhästarna vid floden? Var är den förbannade Luka? Han vrålar ut i mörkret. Men ingen svarar. Pistolen har han mellan sina händer.

Han väntar ...

På köksgolvet ligger Werner Mastertons avhuggna huvud i en blodpöl.

I hans ögon är två gafflar inkörda. I matsalen sitter Werner Mastertons huvudlösa kropp vid bordet, de avhuggna händerna ligger på ett fat framför honom, den vita bordduken är nersölad av blod.

I sängkammaren finner han Ruth Masterton med strupen avskuren, huvudet nästan avskiljt från kroppen. Hon är naken, ena lårbenet knäckt av ett våldsamt yxhugg. Flugor surrar över hennes kropp och han tänker att det han ser inte är verkligt.

Han märker att han gråter av rädsla och när han kommer ut ur huset faller han omkull på marken. Afrikanerna som väntar ryggar tillbaka och han skriker åt dem att inte gå in. Han ropar till Robert att hämta grannar, hämta polis, och plötsligt avlossar han sitt hagelgevär i förtvivlan rakt ut i luften.

Sent på eftermiddagen återvänder han hem, lamslagen, apatisk. Ännu orkar han inte bära det raseri som han vet kommer att komma. Under den långa dagen har ryktet hastigt spridit sig i den vita kolonien, bilar har kommit och farit, och en åsikt är snart urskiljbar. Ruth och Werner Masterton har inte fallit offer för vanliga banditer. Även om deras bil är borta, värdesaker försvunna, så är detta besinningslösa dubbelmord något mer, ett uppdämt hat som fått sin utlösning. Detta är ett rasmord, ett politiskt mord. Ruth och Werner Masterton har mött sitt öde i svarta, självutnämnda hämnares händer.

Hos en av Mastertons grannar samlas den vita kolonien till ett oorganiserat möte för att diskutera utvidgade säkerhetsåtgärder. Men Hans Olofson följer inte med, han säger att han inte orkar,

205

och någon föreslår att han ska besöka honom under kvällen för att redovisa vad de kommit fram till. Men han avböjer besök, han har sina hundar och sina vapen, han vet att vara försiktig.

När han återkommer till sitt hus har det börjat regna, ett våldsamt slagregn som vräker ner och gör sikten nästan obefintlig. Han tycker sig plötsligt skymta en svart skugga som försvinner bakom huset när han svänger in på gårdsplanen. Länge blir han sittande i bilen med vindrutetorkarna häftigt arbetande. Jag är rädd, tänker han. Räddare än vad jag någonsin varit tidigare. De som har mördat Ruth och Werner har huggit sina knivar även i mig. Han osäkrar geväret och springer genom regnet, låser upp dörren och slår den hårt igen bakom sig.

Regnet dånar mot takplåtarna, schäfern han fått när han fyllde 40 år sitter märkligt stilla på köksgolvet. Omedelbart får han en känsla av att någon har varit inne i huset medan han har varit borta. Något i schäferns beteende oroar honom. I vanliga fall möter den honom med energisk glädje, nu är den oförklarligt stilla.

Han ser på den hund han fått av Ruth och Werner Masterton och han inser att verkligheten håller på att förvandlas till en mardröm. Han sätter sig på huk framför hunden och kliar den bakom örat.

– Vad är det, viskar han. Berätta vad det är, visa mig om det är någonting som har hänt.

Han går genom sitt hus, fortfarande med geväret osäkrat, och hunden följer honom stilla. Känslan av att någon har varit inne i huset lämnar honom inte, trots att han inte kan se några spår, något som försvunnit eller förändrats. Ändå vet han.

Han släpper ut sin hund till de andra schäfrarna.

– Vaka nu, säger han.

Natten igenom sitter han i en stol med sina vapen intill sig. Han tänker att det finns ett hat som är gränslöst, ett hat mot de vita som han först nu på allvar förstår. Ingenting talar för att han skulle vara förskonad från att vara omgiven av detta hat. Det pris han betalar för det goda liv han lever i Afrika är att han nu sitter vaken med sina vapen intill sig.

I gryningen slumrar han till i stolen. Drömmarna återför honom till hans förflutna. Han ser sig mödosamt pulsa fram i meterhög snö, ett tillknutet bylte i ständigt för stora pjäxor. Någonstans skymtar Janines ansikte, Célestine i sin monter.

Han vaknar med ett ryck och inser att det är en bultning på köksdörren som har väckt honom. Han osäkrar sitt vapen och öppnar. Utanför står Luka. Från ingenstans kommer ursinnet och han riktar sitt vapen mot Luka, trycker den kalla pipan mot hans bröstkorg.

– Den bästa förklaring du någonsin kommit med, ryter han. Den ska jag ha. Och jag ska ha den nu. Annars slipper du aldrig mer in i mitt hus.

Hans utbrott, det osäkrade vapnet, tycks inte beröra den värdige svarte mannen som står framför honom.

– En vit orm kastade sig mot mitt bröst, säger han. Som en låga av eld borrade den sig igenom min kropp. För att inte dö var jag tvungen att uppsöka en *kashinakashi*. Han bor långt härifrån, han är svår att finna. Oavbrutet gick jag i ett dygn. Han tog emot mig, och befriade mig från den vita ormen. Genast kommer jag tillbaka, *Bwana*.

– Du ljuger, din förbannade neger, säger Hans Olofson. En vit orm? Det finns inga vita ormar, det finns inga ormar som tränger igenom en människas bröstkorg. Jag är inte intresserad av din vidskepelse, jag vill veta sanningen.

– Det jag säger är sant, *Bwana*, svarar Luka. En vit orm trängde sig igenom min bröstkorg.

Ursinnigt slår Hans Olofson till honom med gevärspipan. Blod rinner från kindens sönderslitna skinn, men han lyckas ändå inte komma åt Lukas oberörda värdighet.

– Det är 1987, säger Hans Olofson. Du är en vuxen man, du har levt bland *mzunguz* i hela ditt liv. Du vet att den afrikanska vidskepelsen är er egen efterblivenhet, urgamla föreställningar som ni är för svaga för att befria er ifrån. Också detta är något som de vita måste hjälpa er med. Fanns inte vi skulle ni förgöra varandra med era inbillningar.

– Vår president är en bildad man, *Bwana*, säger Luka.

– Kanske, säger Hans Olofson. Han har förbjudit trolldom. En häxdoktor kan skickas i fängelse.

– Vår president har alltid en vit näsduk i handen, *Bwana*, fortsätter Luka oberört. Den har han för att göra sig osårbar, för att skydda sig mot trolldom. Han vet att han inte kan förhindra det som finns genom att förbjuda det.

Han är onåbar, tänker Hans Olofson. Ingen bör jag frukta så mycket som honom, eftersom han känner mina vanor.

– Dina bröder har mördat mina vänner, säger han. Men det vet du naturligtvis?

– Det vet alla, *Bwana*, säger Luka.

– Goda människor, säger Hans Olofson. Arbetsamma människor, oskyldiga människor.

– Ingen är oskyldig, *Bwana*, säger Luka. Det är en sorglig händelse, men sorgliga händelser måste ibland inträffa.

– Vem dödade dem? frågar Hans Olofson. Om du vet någonting så tala om det.

– Ingen vet någonting, *Bwana*, svarar Luka lugnt.

– Jag tror du ljuger, säger Hans Olofson. Alltid vet du vad som händer, ibland också innan det har inträffat. Men nu vet du ingenting, plötsligt ingenting alls. Kanske var det en vit orm som dödade dem och skar av dem deras huvuden?

– Kanske det, *Bwana*, svarar Luka.

– Du har arbetat hos mig i snart tjugu år, säger Hans Olofson. Jag har alltid behandlat dig väl, betalat dig bra, gett dig kläder, en radio, allt det du bett om och även det du inte har bett om. Ändå litar jag inte på dig. Vad är det som hindrar att du en morgon hugger en *panga* i mitt huvud istället för att servera mig mitt kaffe? Ni skär struparna av era välgörare, ni talar om vita ormar och ni vänder er till trollkarlar. Vad tror du skulle hända om alla vita lämnade detta land? Vad skulle ni äta?

– Det skulle vi bestämma då, *Bwana*, säger Luka.

Hans Olofson sänker geväret.

– Ännu en gång, säger han. Vem dödade Ruth och Werner Masterton?

– Den som gjorde det vet, *Bwana*, säger Luka. Ingen annan.

– Men någonting tror du, säger Hans Olofson. Vad rör sig i ditt huvud?

– Det är en orolig tid, *Bwana*, svarar Luka. Människor saknar någonting att äta. Våra bilar med ägg blir överfallna. Hungriga människor är farliga just innan de blir alldeles kraftlösa. De ser var maten finns, de hör om de vitas måltider, de är hungriga.

– Men varför just Ruth och Werner, säger Hans Olofson. Varför just de?

– Någonting börjar alltid någonstans, *Bwana*, säger Luka. Åt ett väderstreck måste man alltid gå.

Han har naturligtvis rätt, tänker Hans Olofson hastigt. I mörkret fattas ett blodigt beslut, ett finger pekar i en tillfällig riktning, och där ligger Ruth och Werner Mastertons hus. Nästa gång kan detta finger riktas mot mig.

– En sak ska du veta, säger han till Luka. Jag har aldrig dödat någon människa. Men jag kommer inte att tveka. Inte heller att döda dig.

– Det ska jag minnas, *Bwana*, säger Luka.

En bil kommer sakta längs den leriga och sönderkörda vägen från hönshusen. Hans Olofson känner igen Peter Motombwanes rostiga Peugeot.

– Kaffe och te, säger han till Luka. Peter Motombwanes tycker inte om kaffe.

De sätter sig på terrassen.

– Du har förstås väntat mig, säger Peter Motombwane medan han rör i sin tekopp.

– Egentligen inte, svarar Hans Olofson. Just nu väntar jag allt och ingenting.

– Du glömmer att jag är journalist, säger Peter Motombwane. Du glömmer att du själv är en betydelsefull person. Du var den förste som såg vad som hade hänt.

Utan förvarning börjar Hans Olofson gråta, ett häftigt utbrott av sorg och rädsla lösgör sig ur hans inre. Peter Motombwane väntar med huvudet böjt, blicken riktad mot terrassens spruckna stengolv.

– Jag är trött, säger Hans Olofson när anfallet är över. Jag ser mina vänner döda, de första människor jag mötte när jag en gång kom till Afrika. Jag ser deras vanställda kroppar, ett fullkomligt ofattbart våld.

– Kanske ändå inte, säger Peter Motombwane långsamt.

– Du ska få dina detaljer, säger Hans Olofson. Du ska få allt det blod du tror att dina läsare orkar med. Men först ska du förklara för mig vad som har hänt.

Peter Motombwane slår ut med händerna.

– Jag är ingen polis, säger han.

– Du är afrikan, säger Hans Olofson. Dessutom är du klok, du är bildad, du tror knappast på vidskepelse längre. Du är journalist, du om någon har förutsättningar att förklara för mig.

– Mycket av det du säger är sant, svarar Peter Motombwane. Men du tar fel när du tror att jag inte är vidskeplig. Det är jag. Med mitt förnuft vänder jag mig ifrån det, men i mina känslor ligger det nedärvt för alltid. Man kan flytta till ett främmande land, som du har gjort, man kan söka sin utkomst, forma sitt liv. Men sitt ursprung kan man aldrig helt lämna bakom sig. Någonting kommer alltid att finnas kvar, som mer än ett minne, som en levande påminnelse om vem du egentligen är. Jag tillber inte gudar, utkarvade ur trä, jag går till läkare i vita rockar när jag blir sjuk. Men jag lyssnar också till mina förfäders röster, jag lindar svarta band runt min handled som skydd innan jag sätter mig i ett flygplan.

– Varför Werner och Ruth, säger Hans Olofson. Varför detta besinningslösa blodbad?

– Du tänker fel, svarar Peter Motombwane. Du tänker fel eftersom du väljer felaktiga utgångspunkter. Din vita hjärna förleder dig. Om du ska förstå måste du tänka svarta tankar. Och det kan du knappast. På samma sätt som jag inte kan formulera vita

210

tankar. Du frågar varför just Werner och Ruth har blivit dödade? Du kunde lika gärna fråga dig varför inte? Du talar om ett besinningslöst dubbelmord. Jag är inte alls säker på att det var det. Avhuggna huvuden hindrar människor från att gå igen, avhuggna händer förhindrar människor från att hämnas. Alldeles säkert blev de dödade av afrikaner, men knappast var det så otyglat som du föreställer dig.

– Du tror alltså att det var ett vanligt rånmord, säger Hans Olofson.

Peter Motombwane skakar på huvudet.

– Hade det skett för ett år sedan så hade jag trott det, svarar han. Men inte nu, inte med den oro som växer för varje dag som går i vårt land. Politiska motkrafter gror i denna oro. Jag tror att Ruth och Werner föll offer för mördare som egentligen skulle vilja hugga sina *pangas* i huvudet på de svarta ledarna i detta land. Det finns även svarta *mzunguz*. Felaktigt tror du att det betyder *vit man* när det egentligen betyder *rik man*. Eftersom det har varit naturligt att förbinda rikedom med vita har ordets ursprungliga betydelse gått förlorad. I dag tror jag det är viktigt att återerövra ordets egentliga mening igen.

– Ge mig en förklaring, säger Hans Olofson. Rita en politisk väderkarta åt mig, en tänkbar bild, som det skulle ha kunnat gå till.

– Det första du måste förstå är att det jag gör är farligt, säger Peter Motombwane. Politikerna i vårt land är skrupelfria. De bevakar sin makt genom att alltid låta sina hundar springa lösa. Det finns ett enda effektivt organ i detta land, välorganiserat och ständigt aktivt, och det är presidentens hemliga polis. Oppositionen bevakas med ett finmaskigt nät av angivare, i varje by, på varje företag finns någon som är uppbunden till denna hemliga polis. Även på din farm finns minst en man som en gång i veckan rapporterar till en okänd överordnad. Det är det jag menar med att det jag säger är farligt. Utan att du vet så kan det vara Luka som är den man som rapporterar härifrån. En opposition ska inte kunna tillåtas växa fram. De politiker som härskar i dag vakar över vårt land som ett byte. I Afrika är det lätt att bara försvinna.

Journalister som varit alltför kritiska och inte lyssnat på varningsord har försvunnit, tidningsredaktörerna utpekas för sin trofasthet till parti och politiker, och det betyder att det naturligtvis ingenting står om de försvunna journalisterna i tidningarna. Tydligare kan det knappast sägas. Det finns en underström av händelser i detta land som människor inte känner till. Rykten sprider sig, men ingenting går att få bekräftat. Människor mördas genom arrangerade självmord. Massakrerade lik på järnvägsspår, översköljda med sprit, blir till fylleriolyckor. Påstådda rånare som skjuts ner under lika påstådda flyktförsök kan vara människor som försökt aktivera de statligt styrda fackföreningarna. Exemplen är oändliga. Men oron finns där hela tiden. I mörkret viskar missnöjet. Människor undrar över majsmjölet som plötsligt inte finns längre, trots att rekordskördar har följt på varandra i flera år. Ryktet sprider sig att lastbilar som tillhör myndigheterna kör över gränserna om nätterna med majsmjöl som smugglas ut. Varför finns det inte längre vacciner och mediciner på sjukhusen, trots att det årligen doneras till detta land för miljontals dollar? Någon har varit i Zaire och i ett apotek kunnat köpa medicin som har texten *Donation to Zambia* tryckt på asken. Rykten sprider sig, missnöjet växer, men alla fruktar angivarna. Oppositionen och protesterna tvingas gå omvägar. Kanske några människor har suttit med sin förtvivlan, sina hungriga barn och sin insikt om politikernas svek, och tänkt att den enda möjligheten att komma åt härskarna är att gå en omväg? Mörda vita människor, skapa instabilitet och osäkerhet. Avrätta vita och därmed varna de svarta härskarna. Så kan det ha gått till. Ty något kommer att hända detta land. Snart. I över tjugo år har vi varit en självständig nation. Ingenting har egentligen förbättrats för människorna. Det är bara det fåtal som övertog efter de vita ledarna som har skapat oerhörda förmögenheter. Kanske vi nu har nått en bristpunkt? Ett hittills inställt uppror som närmar sig? Jag vet ingenting säkert, vi afrikaner följer ofta impulser som plötsligt bara finns där. Våra reaktionsmönster är ofta spontana, bristen på organisation ersätter vi med en häftighet i vår vrede. Har det gått till på detta

212

sätt så kommer vi aldrig att få veta vem eller vilka som mördade Ruth och Werner Masterton. Många kommer att känna deras namn, men de kommer att beskyddas. De omges genast av en vidskeplig respekt och fruktan, som om våra förfäder återkommit i deras gestalt. Det förflutnas krigare återvänder. Kanske poliserna hämtar fram några obetydliga tjuvar ur mörkret, säger att det är mördarna, och skjuter dem under påstådda flyktförsök. Falska förhörsprotokoll och bekännelser arrangeras. Så småningom kommer vi att få veta om det jag tror stämmer eller inte.

– Hur? frågar Hans Olofson.

– När nästa vita familj blir mördad, svarar Peter Motombwane stilla. Luka passerar över terrassen, de följer honom med blicken, ser honom försvinna till schäferhundarna med köttrester.

– En angivare på min farm, säger Hans Olofson. Jag börjar naturligtvis omedelbart fundera över vem det kan vara.

– Låt oss anta att du lyckas ta reda på det, säger Peter Motombwane. Vad sker då? Någon annan utpekas omedelbart. Ingen kan neka, det utgår också betalning. Du kommer att jaga din egen skugga till slut. Vore jag du skulle jag göra någonting helt annat.

– Vad? frågar Hans Olofson.

– Håll ett vakande öga över den man som egentligen leder arbetet på din farm. Det är så mycket som du inte vet. Du har varit här i snart tjugu år, men vad som egentligen sker känner du inte till. Du kan leva här i tjugu år till, lika lite kommer du att veta. Du tror att du har fördelat makt och ansvar genom att utpeka dina förmän. Men du vet inte att du har en trollkarl på din farm, en häxmästare som i verkligheten är den som styr. En obetydlig man som aldrig avslöjar det inflytande han egentligen besitter. Du ser honom som en av många arbetare som varit här länge på farmen, en av dem som aldrig vållar dig problem. Men de andra arbetarna fruktar honom.

– Vem? frågar Hans Olofson.

– En av dina arbetare som plockar ägg, säger Peter Motombwane. Eisenhower Mudenda.

– Jag tror dig inte, säger Hans Olofson. Eisenhower Mudenda

213

kom hit strax efter det att Judith Fillington for. Det är som du säger, han har aldrig vållat mig några problem. Aldrig har han varit frånvarande på grund av att han har druckit, aldrig har han varit motvillig att arbeta extra om det har behövts. När jag möter honom bockar han sig nästan ända till marken. Ibland har jag tänkt att hans underdånighet irriterar mig.

– Varifrån kom han? frågar Peter Motombwane.

– Det minns jag knappast, svarar Hans Olofson.

– Egentligen vet du ingenting om honom, säger Peter Motombwane. Men det jag säger är sant. Vore jag du så skulle jag hålla ett öga på honom. Framförallt visa honom att du inte är rädd efter det som har hänt med Ruth och Werner Masterton. Men naturligtvis aldrig avslöja att du nu vet att han är den trollkarl han är.

– Länge har vi känt varandra, säger Hans Olofson. Först nu berättar du något du säkert har känt till i många år?

– Först nu är det viktigt, svarar Peter Motombwane. Dessutom är jag en försiktig man. Jag är afrikan. Jag vet vad som kan hända om jag är alltför oförsiktig med mina kunskaper, om jag glömmer att jag är afrikan.

– Om Eisenhower Mudenda visste vad du säger till mig, frågar Hans Olofson. Vad skulle hända då?

– Sannolikt skulle jag dö, svarar Peter Motombwane. Jag skulle bli förgiftad, trolldomen skulle nå mig.

– Det finns ingen trolldom, säger Hans Olofson.

– Jag är afrikan, svarar Peter Motombwane.

Åter är de tysta när Luka passerar.

– Att tystna är att tala med Luka, säger Peter Motombwane. Han har nu två gånger gått förbi och båda gångerna har vi varit tysta. Alltså vet han att vi talar om något som han inte ska höra.

– Är du rädd, frågar Hans Olofson.

– Just nu är det förnuftigt att vara rädd, säger Peter Motombwane.

– Framtiden, säger Hans Olofson. Nära vänner till mig har blivit slaktade. Nästa gång kan ett finger i mörkret peka mot mitt hus. Du är afrikan, du är radikal. Även om jag knappast tror att du skulle hugga huvudet av människor, så är du en del av den opposition som trots allt finns i detta land. Vad hoppas du ska hända?

– Ännu en gång har du fel, säger Peter Motombwane. Ännu en gång drar du en felaktig slutsats, en vit slutsats. I en viss situation skulle jag mycket väl kunna lyfta en *panga* och låta den falla över en vit mans huvud.

– Även över mitt huvud?

– Kanske gränsen går där, svarar Peter Motombwane sakta. Jag tror nog jag skulle be en god vän hugga huvudet av dig i stället för att göra det själv.

– Bara i Afrika är detta möjligt, säger Hans Olofson. Två vänner sitter och dricker te och kaffe tillsammans och diskuterar möjligheten av att den ene i en viss situation kan hugga huvudet av den andre.

– Världen ser ut som den gör, säger Peter Motombwane. Motsättningarna är större än någonsin. De nya imperiebyggarna är de internationella vapenhandlarna som flyger mellan de olika krigen och bjuder ut sina vapen. Övermaktens kolonisation av de fattiga folken är i dag lika stor som någonsin tidigare. Miljarder av så kallat bistånd strömmar från de rika länderna, men för varje pund som kommer vandrar två pund tillbaka igen. Vi lever mitt i en katastrof, en värld som brinner med tusengradiga flammor. Fortfarande kan vänskap uppstå i vår tid. Men ofta ser vi inte att den gemensamma mark vi står på redan är underminerad. Vi är vänner men vi har båda en *panga* dold bakom våra ryggar.

– Gå ett steg till, säger Hans Olofson. Någonting hoppas du, någonting drömmer du om. Din dröm kan vara min mardröm om jag förstår dig rätt?

Peter Motombwane nickar.

– Du är min vän, säger han, i alla fall just nu. Men naturligtvis önskar jag alla vita ut ur detta land. Jag är inte rasist, jag talar inte om hudfärg. Jag ser våld som nödvändigt, i förlängningen av mitt folks smärta finns ingen annan utväg. Afrikanska revolutioner är oftast fasansfulla blodbad, den politiska kampen förmörkas alltid av vårt förflutna och våra traditioner. Möjligen kan vi, om vår förtvivlan är tillräckligt stor, enas mot en gemensam fiende. Men sedan riktar vi våra vapen mot våra bröder vid vår sida, om de inte tillhör samma stam som vi. Afrika är ett svårt sårat djur, i allas våra kroppar hänger spjut som kastas av våra egna bröder. Ändå måste jag tro på en framtid, en annan tid, ett Afrika som inte behärskas av tyranner som imiterar de europeiska våldsmän som alltid funnits. Min oro och min dröm sammanfaller med den oro som du just nu märker i detta land. Du måste förstå att denna oro ytterst är ett uttryck för en dröm. Men hur återupprättar man en dröm som piskats ut ur människor av en hemlig polis? Av ledare som bygger upp förmögenheter genom att stjäla vacciner som ska skydda våra barn mot de allra enklaste sjukdomar?

– Ge mig ett råd, säger Hans Olofson. Det är inte säkert att jag följer det, men jag vill ändå höra dina ord.

Peter Motombwane ser ut över trädgården.

– Res, säger han. Res innan det är för sent. Kanske tar jag fel, kanske det ännu kommer att gå många år innan solen går ner för *mzunguz* av olika hudfärg på denna kontinent. Men om du då är kvar kommer det att vara för sent.

Hans Olofson följer honom till bilen.

– De blodiga detaljerna, säger han.

– Dem har jag redan fått, svarar Peter Motombwane. Jag kan föreställa mig.

– Kom tillbaka, säger Hans Olofson.

– Om jag inte kom skulle människor på din farm börja undra, svarar Peter Motombwane. Jag vill inte att människor ska undra i onödan. Särskilt inte i en orolig tid.

– Vad kommer att hända? frågar Hans Olofson hastigt.

– I en brinnande värld kan allting hända, svarar Peter Motombwane.

Bilen försvinner med sin hackande motor och sina utnötta stötdämpare. När Hans Olofson vänder sig om ser han Luka på terrassen. Orörligt betraktar han bilen som försvinner.

Två dagar senare bär Hans Olofson Ruth och Werner Mastertons kistor till deras gemensamma grav, strax intill den dotter som avlidit många år tidigare. Människorna som bär är vita, bleka och sammanbitna ansikten betraktar kistorna som sänks ner i den röda jorden. På avstånd står de svarta arbetarna. Hans Olofson ser Robert, orörlig, ensam, ett uttryckslöst ansikte. Spänningen finns där, ett gemensamt raseri som strömmar ur de vita som samlats för att ta avsked av Ruth och Werner Masterton. Många bär vapen öppet och Hans Olofson tänker att han befinner sig mitt i ett begravningsfölje som hastigt kan förvandlas till en välbeväpnad armé.

Natten efter begravningen brinner Ruth och Werner Mastertons hus ner. På morgonen återstår bara de rykande murarna. Den ende som de litade på, chauffören Robert, är plötsligt försvunnen. Kvar finns bara arbetarna, en avvaktande väntan på något som ingen vet vad det är.

Hans Olofson bygger barrikader i sitt hus. Varje natt byter han sovrum, dörrarna spärrar han med bord och skåp. På dagarna driver han på arbetet som vanligt. I smyg betraktar han Eisenhower Mudenda, möter hans ständigt lika ödmjuka hälsningar.

Ännu en äggtansport blir plundrad av människor som byggt en barrikad över vägen till Ndola. Indiska affärer i Lusaka och Livingstone stormas och bränns ner.

Efter mörkrets inbrott kommer ingen längre på besök till en granne. Inga billjus spelar genom mörkret. Skyfallen spolar över de isolerade husen, alla väntar på att ett finger åter ska peka ur mörkret. Våldsamma åskväder drar fram över Kalulushi. Hans Olofson ligger vaken i mörkret, med sina vapen intill sig i sängen.

En morgon strax efter Ruths och Werners begravning, när Hans Olofson öppnar köksdörren för Luka efter ytterligare en nästan sömnlös natt, ser han genast på Lukas ansikte att någonting har hänt. Det outgrundliga och värdiga ansiktet är förändrat. Hans Olofson ser för första gången att också Luka kan bli rädd.

– *Bwana*, säger han. Någonting har hänt.

– Vad, ropar Hans Olofson, och känner ångesten komma.

217

Innan Luka hinner svara, upptäcker han det själv. Någonting är fastspikat på stammen till mangroveträdet som står mitt framför uppfarten, ett vårdträd planterat av Judith Fillington och hennes man för många år sedan. Först kan han inte se vad det är, sedan anar han, men vill inte tro det han misstänker. Med revolvern i handen närmar han sig långsamt trädet.

Fastsurrat med taggtråd sitter ett avhugget schäferhuvud på trädstammen. Den hund han fått av Ruth och Werner Masterton, den hund han döpt till Sture. Huvudet grinar mot honom, tungan är bortskuren, ögonen öppna och stela.

Hans Olofson känner hur rädslan tränger upp igenom honom. Fingret har pekat i mörkret, tänker han. Lukas rädsla, han måste veta vad det betyder. Jag lever omgiven av galna vildar, tänker han desperat. Jag kommer inte åt dem, deras barbariska tecken är obegripliga.

Luka sitter på stentrappan till terrassen. Hans Olofson ser att han är så rädd att han skakar. Svetten glänser på hans svarta hud.

– Jag tänker inte fråga dig vem som har gjort det, säger Hans Olofson. Jag vet vilket svar jag får, att du ingenting vet. Jag tror heller inte att det är du, eftersom jag ser att du är rädd. Jag tror inte du skulle börja darra av dina egna gärningar. Åtminstone skulle du inte avslöja dig inför mig. Men jag vill att du talar om för mig vad det betyder. Varför hugger någon huvudet av min hund och surrar fast det på ett träd under natten? Varför skär någon ut tungan på en hund som redan är död och ändå inte kan skälla? Den som har gjort det vill att jag ska förstå någonting. Eller är det nog att jag bara blir rädd?

Långsamt kommer Lukas svar, som om varje ord han uttalar vore en mina som hotar att explodera.

– Hunden var en gåva från döda människor, *Bwana*, säger han. Nu är också hunden död. Bara ägaren lever. En schäfer är det *mzunguz* oftast använder för att skydda sig, eftersom afrikaner är rädda för hundar. Men den som dödar en hund visar att han inte är rädd. Döda hundar skyddar ingen *mzungu*. En utskuren tunga hindrar den döda hunden från att skälla ...

218

– Givarna är döda, säger Hans Olofson. Gåvan har fått sitt huvud avslitet. Nu återstår bara mottagaren. Det sista ledet i denna kedja lever fortfarande, men han är försvarslös. Är det vad du egentligen talar om för mig?

– Leoparderna jagar i gryningen, mumlar Luka.

Hans Olofson ser hans ögon, uppspärrade av något han bär inom sig.

– Det är inga leoparder som har gjort det här, säger han. Det är människor som du, svarta människor. Ingen *mzungu* skulle sätta upp ett avhugget hundhuvud på ett träd.

– Leoparderna jagar, mumlar Luka igen, och Hans Olofson ser att hans rädsla är alldeles verklig.

Plötsligt slås han av en aning.

– Leoparder, säger han stilla. Människor som har förvandlat sig till leoparder? Klätt sig i deras hudar? För att göra sig osårbara? Kanske var det människor i leopardhudar som kom om natten till Ruth och Werner Masterton?

Lukas oro ökar av hans ord.

– Leoparder ser utan att själva synas, säger Hans Olofson. Kanske de också kan höra på långa avstånd? Kanske de kan läsa på människors läppar? Men genom stenväggar kan de varken se eller höra.

Han reser sig och Luka följer honom. Så nära varandra har vi aldrig varit, tänker Hans Olofson. Nu delar vi på bördan av varandras rädsla. Också Luka känner hotet. Kanske för att han arbetar för en vit man, har en vit mans förtroende och får många fördelar? Kanske en svart man som arbetar hos en *mzungu* är opålitlig i detta land? Luka sätter sig ytterst på en köksstol.

– Ord vandrar i mörkret, *Bwana*, säger han. Ord som är svåra att förstå. Men de finns där och de återkommer. Någon uttalar dem, utan att man vet vems rösten är.

– Vad säger orden? frågar Hans Olofson.

– De talar om ovanliga leoparder, säger Luka. Leoparder som har börjat jaga i flockar. Leoparden är en ensam jägare, farlig i sin ensamhet. Leoparder i flockar är mångdubbelt farliga.

219

– Leoparder är rovdjur, säger Hans Olofson. Leoparder söker byten?

– Orden talar om människor som samlas i mörkret, säger Luka. Människor som förvandlar sig till leoparder som vill jaga alla *mzunguz* ut ur landet.

Hans Olofson erinrar sig något som Peter Motombwane har sagt.

– *Mzunguz*, säger han. Rika män. Men det finns både svarta och vita män som är rika?

– De vita är rikare, säger Luka.

En fråga återstår, även om Hans Olofson redan känner Lukas svar.

– Är jag en rik man? frågar han.

– Ja, *Bwana*, svarar Luka. En mycket rik man.

Ändå kommer jag att stanna, tänker han hastigt. Hade jag haft en familj hade jag sänt dem härifrån. Men jag är ensam, jag måste stanna kvar, eller alldeles ge upp.

Han sätter på sig ett par handskar, lösgör hundhuvudet och Luka gräver ner det intill floden.

– Var är kroppen? frågar Hans Olofson.

Luka skakar på huvudet.

– Jag vet inte, *Bwana*, säger han. Någonstans där vi inte kan se den.

På nätterna vakar han. Oroligt slumrar han i en stol bakom barrikaderade dörrar. Osäkrade vapen ligger i hans knä, högar med reservammunition väntar på olika ställen i huset. Han tänker sig att det yttersta försvaret kommer han att genomföra i det rum där skeletten en gång var samlade.

På dagarna besöker han de omgivande farmarna, förmedlar Lukas vaga berättelse om leopardflocken. Hans grannar kan ge honom andra puzzelbitar, även om ingen har mottagit något varningstecken.

Före självständigheten, under 1950-talet, fanns något som kallades *leopardrörelsen* i vissa områden av Copperbelt. En underjordisk rörelse som blandade politik och religion och hotade att gripa till vapen om inte federationen upplöstes och Zambia blev självständigt. Ingen har dock hört att leopardrörelsen någonsin använde våld.

Hans Olofson lär sig av de farmare som tillbringat långa liv i landet att ingenting någonsin egentligen dör. Att en sedan länge försvunnen politisk och religiös rörelse återkommer är inget ovanligt, det ökar bara trovärdigheten av Lukas ord.

Hans Olofson tackar nej till att motta frivilliga som förstärkning i sitt eget hus. I skymningen barrikaderar han sig, äter sin ensliga måltid efter att ha skickat hem Luka.

Han väntar på att någonting ska hända. Tröttheten tär honom, rädslan äter djupa hål i hans själ. Ändå är han fast besluten att stanna. Han tänker på Joyce och hennes döttrar. Människor som lever utanför alla underjordiska rörelser, människor som varje dag måste kämpa för sin egen överlevnad.

Regnen är våldsamma, det dånar mot hans takplåtar under de långa, ensamma nätterna.

En morgon står en vit man utanför hans hus, en man som han aldrig tidigare har sett. Till Hans Olofsons förvåning tilltalar mannen honom på svenska.

– Jag är förberedd, säger den främmande och skrattar. Jag vet att du är svensk. Hans Olofson heter du.

Han presenterar sig som Lars Håkansson. Han är biståndsexpert, förklarar han. Utsänd av SIDA, för att övervaka den utbyggnad av länkstationer för telekommunikationer som svenska biståndsmedel bekostar. Hans ärende är något mer än att bara komma förbi och hälsa på en svensk som råkar leva i Kalulushi. Det finns en höjd på Hans Olofsons ägor som är lämplig att placera en av länkstationerna på. Ett torn av stål, i toppen en reflektor. Ett stängsel, en framkomlig väg. En sammanlagd yta av fyra hundra kvadratmeter.

– Det utgår naturligtvis betalning om du är beredd att avstå din mark, säger Lars Håkansson. Säkert kan vi ordna det så att du får dina pengar utbetalade i ordentlig valuta, i dollar eller pund eller tyska mark.

221

Hans Olofson kommer inte på någon anledning att avslå.

– Telekommunikationer, säger han. Telefonledningar eller teve?

– Båda delarna, säger Lars Håkansson. Reflektorerna kastar ut och mottar de etervågor människan bestämmer. Tevesignaler hämtas in av tevemottagare, telefonimpulser kastas upp till en satellit som vilar ovanför nollmeridianen, och som sedan sänder signalerna vidare till varje tänkbar telefon i hela världen. Afrika inlemmas i ett sammanhang.

Hans Olofson bjuder Lars Håkansson på kaffe.

– Här lever du bra, säger Lars Håkansson.

– Det är oroligt i landet, svarar Hans Olofson. Jag är inte så säker längre, om det är bra att leva här.

– Tio år har jag varit ute, säger Lars Håkansson. Jag har stakat ut kommunikationslänkar i Guinea Bissau, Kenya och Tanzania. Överallt är det oroligt. Som biståndsexpert märker du inte mycket av det. Du är en helig man eftersom du strör miljonbelopp ur dina kakimanschetter. Politikerna bugar, militär och polis gör honnör när du kommer.

– Militär och polis? frågar Hans Olofson.

Lars Håkansson rycker på axlarna och grimaserar.

– Länkar och reflektorer, säger han. Alla typer av meddelanden kan sändas genom den nya tekniken. Polis och militär får bättre möjligheter att kontrollera det som händer i avlägsna utkantsområden. Vid en krissituation kan de män som sitter med nycklarna stänga av en bråkig landsända. Svenskt bistånd är förbjudet av riksdagen att beblanda sig med annat än civila ändamål. Men vem ska kontrollera vad dessa länkstationer används till? Svenska politiker har aldrig begripit någonting av världens egentliga realiteter. Svenska affärsmän har förstått desto mer. Det är därför affärsmän aldrig blir politiker.

Lars Håkansson är yvig och bestämd. Hans Olofson avundas honom hans säkerhet.

Här sitter jag med mina ägg, tänker han. Hönsskiten gror under mina naglar.

222

Han betraktar Lars Håkanssons polerade händer, hans välsydda kakijacka. Han föreställer sig att Lars Håkansson är en lycklig man, omkring femtio år gammal.

– I två år ska jag vara här, säger han. Jag har min bas i Lusaka, ett utmärkt hus på Independence Avenue. Det är betryggande att bo så att du nästan dagligen kan se presidenten passera i sin välbevakade konvoj. Jag antar att jag förr eller senare kommer att bli inbjuden till State House för att presentera denna underbara svenska gåva. Att vara svensk i Afrika i dag är bättre än att vara svensk i Sverige. Vår biståndsmässiga välvilja öppnar dörrar och palatsportar.

Hans Olofson ger honom valda delar ur sitt afrikanska liv.

– Visa mig farmen, säger han. Jag såg någonting i tidningarna om ett rånmord på en farm i de här trakterna? Var det här i närheten?

– Nej, säger Hans Olofson. Ganska långt härifrån.

– Lantbrukare kan också bli mördade i Småland, säger Lars Håkansson. De stiger in i hans nästan oanvända land-cruiser. De åker runt på farmen, beser ett av hönshusen. Hans Olofson visar sin skola.

– Som en brukspatron fordomdags, säger Lars Håkansson. Är det också så att du ligger med döttrarna innan de får lov att gifta sig? Eller har du slutat nu när hela Afrika har aids?

– Jag har aldrig gjort det, säger Hans Olofson och märker att han blir upprörd.

Utanför Joyce Lufumas hus står två av de äldsta döttrarna och vinkar. Den ena är sexton år, den andra femton.

– En familj jag tar särskilt hand om, säger Hans Olofson. De här två flickorna skulle jag vilja skicka till utbildning i Lusaka. Jag vet bara inte riktigt hur det ska ordnas.

– Vad är problemet? frågar Lars Håkansson.

– Egentligen allt, svarar Hans Olofson. De har vuxit upp här på en isolerad farm, deras far omkom i en olycka. Knappast har de ens varit på besök i Chingola eller Kitwe. Hur ska de kunna anpassa sig i en stad som Lusaka? De har inga anhöriga där, det

223

har jag undersökt. Som flickor är de utsatta, inte minst utan en familj som skyddande omgivning. Det bästa hade varit om jag hade kunnat sända hela familjen, modern och fyra barn. Men hon vill inte.

– Vad skulle de utbildas till? frågar Lars Håkansson. Lärare eller hälsovård?

Hans Olofson nickar.

– Sjuksköterskor, säger han. Antagligen skulle de bli duktiga. Landet behöver sjuksköterskor, båda är hängivna.

– För en biståndsexpert är ingenting ogörligt, säger Lars Håkansson hastigt. Jag kan ordna det där åt dig. Till mitt hus i Lusaka hör två tjänarbostäder, bara det ena huset används. De kan bo där, jag håller ett öga på dem.

– Det kan jag knappast begära, säger Hans Olofson.

– I biståndsvärlden talar vi om *mutual benefit*, säger Lars Håkansson. Du ger SIDA och zambierna din höjd mot en rimlig ersättning. Jag upplåter en oanvänd tjänarbostad åt två studiehungriga flickor. Det tillför också Zambia utveckling. Du kan vara trygg. Jag har döttrar själv, äldre förstås, men jag minns när de var i den åldern. Jag tillhör en generation män som vakar över sina döttrar.

– Jag skulle naturligtvis sörja för dem, säger Hans Olofson.

– Det vet jag, svarar Lars Håkansson.

Åter en gång finner Hans Olofson ingen orsak att avslå ett erbjudande från Lars Håkansson.

Någonting oroar honom, utan att han vet vad det är. Det finns inga enkla lösningar i Afrika, tänker han. Den svenska effektiviteten är onaturlig här. Men Lars Håkansson är övertygande, hans erbjudande är idealiskt.

De återvänder till utgångspunkten. Lars Håkansson har bråttom, han ska fortsätta till ytterligare en tänkbar lokalisering av en länkstation.

– Där blir det svårare, säger han. Där måste jag förhandla med en hel by och en lokal hövding. Det kommer att ta tid. Biståndsarbete vore lätt om man slapp att ha med afrikaner att göra.

Han meddelar att han kommer tillbaka till Kalulushi om en dryg vecka.

– Tänk på mitt förslag, säger han. Döttrarna är välkomna.

– Jag är tacksam, svarar Hans Olofson.

– En absolut meningslös känsla, säger Lars Håkansson. När jag löser praktiska bekymmer, ger det mig en känsla av att livet trots allt är hanterbart. En gång för länge sedan klättrade jag i ledningsstolpar med gripklor runt fötterna. Jag lagade telefonledningar och sammanförde röster. Det var en tid när zambisk koppar rann ut till världens teleindustrier. Sedan läste jag mig till ingenjör, skilde mig och reste ut. Men antingen jag är här eller klättrar i stolpar, så löser jag praktiska problem. Livet är som det är.

Hans Olofson känner en plötslig glädje över att ha träffat Lars Håkansson. Även om han under sina afrikanska år regelbundet har stött på svenskar, oftast tekniker som varit anställda av stora internationella entreprenörföretag, har mötena alltid varit flyktiga. Lars Håkansson kanske betyder någonting annat.

– Du är välkommen att bo här när du är i Copperbelt, säger Hans Olofson. Här är gott om plats, jag bor ensam.

– Det ska jag minnas, säger Lars Håkansson.

De tar i hand, Lars Håkansson sätter sig i sin bil, och Hans Olofson vinkar efter honom.

Hans energi har återkommit. Plötsligt är han beredd att bekämpa sin rädsla, inte längre underkasta sig. Han sätter sig i sin bil och gör en omfattande inspektion av farmen. Kontrollerar stängsel, foderbehållningen och äggens kvalité. Tillsammans med sina chaufförer studerar han kartor och lägger upp alternativa färdvägar för att försöka undvika att bilarna blir plundrade. Han studerar förmansrapporter och frånvarolistor, utdelar varningar och avskedar en nattvakt som upprepade gånger har uppträtt berusat.

Jag kan det här, tänker han. Tvåhundra människor arbetar på farmen, över tusen personer är beroende av att hönsen har det bra och värper sina ägg. Jag tar mitt ansvar, får det hela att fungera. Skulle jag låta mig skrämmas av det meningslösa mordet på Ruth

225

och Werner Masterton och min hund och ge mig av, skulle tusen människor kastas ut i osäkerhet, fattigdom, kanske svält.

Människor som klär ut sig till leoparder vet inte vad de gör. I det politiska missnöjets namn knuffar de sina bröder utför avgrunden.

Han skjuter de smutsiga förmansrapporterna ifrån sig, lägger upp fötterna på en hög med äggkartonger och låter hjärnan bearbeta en plötslig tanke.

Jag ska anlägga moteld, tänker han. Även om alla afrikaner tydligen inte längre är rädda för schäferhundar, har de stor respekt och fruktan för människor som visar mod. Kanske Werner Mastertons öde var att han hade mjuknat? Blivit vag och undfallande, en gammal man som bekymrade sig för sina svårigheter att pissa?

Han tänker hastigt en rasistisk tanke. Afrikanens instinkt är som hyenans, säger han till sig själv. I Sverige är en hyena ett skällsord, ett uttryck för föraktfull svaghet, en parasiterande människa. För afrikanerna är hyenans jaktmetoder naturliga. Av andra nerlagda eller förlorade byten är något åtråvärt. Ett sårat och försvarslöst djur kastar man sig över. Werner Masterton uppträdde kanske som en skadskjuten efter alla dessa afrikanska år. De svarta såg det, slog till. Ruth kunde aldrig bjuda motstånd.

Han tänker tillbaka på sitt samtal med Peter Motombwane. Sedan fattar han sitt beslut. Han ropar på en av kontoristerna som väntar utanför skjulet.

– Gå och hämta Eisenhower Mudenda, säger han. Fort.

Mannen blir obeslutsamt stående.

– Vad väntar du på? ropar Hans Olofson. Eisenhower Mudenda! *Sanksako*! Du får en spark i *mataku* om han inte är här om fem minuter.

Några minuter senare står Eisenhower Mudenda inne i det dunkla skjulet. Han andas häftigt och Hans Olofson förstår att mannen har sprungit.

– Sätt dig, säger Hans Olofson och pekar på en stol. Men torka av dig först. Jag vill inte ha hönsskit på stolen.

226

Eisenhower Mudenda torkar sig hastigt och sätter sig ytterst på stolskanten. Hans förklädnad är god, tänker Hans Olofson. En obetydlig gammal man. Men ingen av afrikanerna på denna farm skulle motsätta sig honom. Även Peter Motombwane är rädd för honom.

Ett kort ögonblick blir han tveksam. Risken är för stor, tänker han. Anlägger jag den moteld jag har tänkt blir det kaos. Ändå vet han att det är nödvändigt, han har fattat sitt beslut.

– Någon har slagit ihjäl en av mina hundar, säger han. Huvudet satt uppspikat på ett träd. Men det vet du naturligtvis redan?

– Ja, *Bwana*, svarar Eisenhower Mudenda.

Uttryckslösheten, tänker Hans Olofson. Den uttrycker allt.

– Låt oss tala öppet, Eisenhower, säger Hans Olofson. Du har varit här i många år. I tusen dagar har du gått till ditt hönshus, ett oändligt antal ägg har vandrat genom dina händer. Naturligtvis vet jag att du är trollkarl, en man som kan göra *muloji*. Alla svarta är rädda för dig, ingen skulle våga säga emot dig. Men jag är en *bwana*, en *mzungu* som din *muloji* inte rår på. Nu tänker jag be dig om någonting, Eisenhower. Du ska betrakta det som en order, som när jag säger åt dig att arbeta en dag när du egentligen skulle ha varit ledig. Någon på denna farm slog ihjäl min hund. Jag vill veta vem det är. Kanske du redan vet. Men jag vill också veta och jag vill veta snart. Om du inte talar om det måste jag tro att det är du som har gjort det. Och då blir du avskedad. Det kan inte ens din *muloji* förhindra. Du får lämna ditt hus, du får inte lov att visa dig på farmen längre. Gör du det ändå så hämtar polisen dig.

Jag skulle ha talat med honom ute i solen, tänker Hans Olofson. Jag ser inte hans ansikte härinne.

– Jag kan ge *Bwana* hans svar redan nu, säger Eisenhower Mudenda, och Hans Olofson tycker sig uppfatta något hårt i hans röst.

– Desto bättre, säger han. Jag lyssnar.

– Ingen på denna farm har dödat någon hund, *Bwana*, säger Eisenhower Mudenda. Människor har kommit om natten och

227

sedan försvunnit igen. Jag vet vilka de är, men jag kan ingenting säga.

– Varför inte? frågar Hans Olofson.

– Min kunskap kommer till mig som syner, *Bwana*, svarar Eisenhower Mudenda. Bara ibland kan man avslöja sina syner. En syn kan förvandlas till ett gift som dödar min hjärna.

– Använd dig av din *muloji*, säger Hans Olofson. Skapa ett motgift, berätta om din syn.

– Nej, *Bwana*, säger Eisenhower Mudenda.

– Då är du avskedad, säger Hans Olofson. I detta ögonblick upphör ditt arbete på min farm. I morgon, i gryningen ska du och din familj ha lämnat ditt hus. Din innestående lön betalar jag nu.

Han lägger en sedelbunt på bordet.

– Jag går, *Bwana*, säger Eisenhower Mudenda. Men jag kommer tillbaka.

– Nej, säger Hans Olofson. Inte om du inte vill att polisen ska hämta dig.

– Poliser är också svarta, *Bwana*, svarar Eisenhower Mudenda.

Han griper sedelbunten med sina fingrar och försvinner ut i den vita solen. En kraftmätning mellan verkligheten och vidskepelsen, tänker Hans Olofson. Jag måste tro att verkligheten är starkare.

På kvällen barrikaderar han sig i sitt hus och väntar åter på att någonting ska hända. Han sover oroligt ovanpå sin säng, Werners och Ruths döda och sönderstyckade kroppar väcker honom gång på gång. Uttröttad och blek släpper han in Luka i gryningen. Svarta regnmoln tornar upp sig vid horisonten.

– Ingenting är som det ska, *Bwana*, säger Luka allvarligt.

– Vad? frågar Hans Olofson.

– Det är tyst på farmen, *Bwana*, svarar Luka.

Han sätter sig i bilen och kör hastigt mot hönshusen. Arbetsplatserna är övergivna. Ingenstans ser han en människa. Äggen är oplockade, foderrännorna tomma. Tomma äggkartonger lutar mot transportbilarnas hjul. I låsen sitter tändningsnycklarna.

Kraftmätningen, tänker han. Häxdoktorn och jag uppträder på arenan. Ursinnigt sätter han sig i bilen igen. Med skrikande brom-

228

sar stannar han bland de låga lerhusen. Männen sitter i grupper vid sina eldar, kvinnor och barn skymtar i husens dörröppningar. Naturligtvis är jag väntad, tänker han hastigt. Han kallar till sig några av de äldre förmännen.

– Ingen arbetar, säger han. Varför?

Svaret han får är tystnad, obeslutsamma blickar, rädsla.

– Om alla omedelbart återgår ska jag inte ens fråga om orsaken, säger han. Ingen blir avskedad, ingen får avdrag på lönen. Men då återgår alla till arbetet nu.

– Vi kan inte, *Bwana*, säger en av de äldsta förmännen.

– Varför? frågar Hans Olofson igen.

– Eisenhower Mudenda är inte längre kvar på farmen, *Bwana*, fortsätter förmannen. Innan han gav sig av samlade han oss och sa att varje ägg som nu kläcks är ett ormägg. Rör vi äggen kommer vi att huggas av gifttänderna. Farmen kommer att översvämmas av ormar.

Hans Olofson betänker sig. Ord hjälper inte, tänker han hastigt. Något måste jag göra, något de kan se med sina egna ögon.

Han sätter sig i bilen och återvänder till ägghusen och plockar en kartong full. När han har kommit tillbaka samlar han åter förmännen runt sig. Utan ett ord krossar han ägg efter ägg, låter vitan och gulan stänka mot marken. Männen ryggar, men han fortsätter.

– Inga ormar, säger han. Vanliga ägg. Vem ser en orm?

Men förmännen är oåtkomliga.

– När *vi* tar i äggen, *Bwana*, kommer där att vara ormar.

Hans Olofson sträcker fram ett ägg, men ingen vågar ta emot det.

Ni mister era arbeten, säger han. Ni mister era bostäder, allt.

– Vi tror inte det, *Bwana*.

– Ni hör vad jag säger?

– Hönsen måste ha mat, *Bwana*.

– Jag hittar andra arbetare. Människor står i kö för att arbeta på en vit farm.

– Inte när de hör om ormarna, *Bwana*.

229

– Det finns inga ormar.

– Vi tror att det gör det, *Bwana.* Därför arbetar vi inte.

– Ni är rädda för Eisenhower Mudenda. Ni är rädda för hans *muloji.*

– Eisenhower Mudenda är en klok man, *Bwana.*

– Han är inte klokare än någon av er.

– Han talar till oss genom våra förfäder, *Bwana.* Vi är afrikaner, du är en vit *bwana.* Du kan inte förstå.

– Jag avskedar er allihop om ni inte återgår till arbetet.

– Det vet vi, *Bwana.*

– Jag hämtar arbetare från en annan del av landet.

– Ingen vill arbeta på en farm där hönsen värper ormägg, *Bwana.*

– Jag säger ju att det inte finns några ägg med ormar!

– Bara Eisenhower Mudenda kan ta bort ormarna, *Bwana.*

– Jag har avskedat honom.

– Han väntar på att komma tillbaka, *Bwana.*

Jag förlorar, tänker Hans Olofson. Jag förlorar som den vite mannen alltid förlorar i Afrika. Mot vidskepelsen går det inte att anlägga någon moteld.

– Sänd bud på Eisenhower Mudenda, säger han och går till sin bil och kör till sitt lerskjul.

Eisenhower Mudenda står plötsligt som en siluett i dörröppningen, mot den vita och skarpa solen.

– Jag tänker inte be dig att sitta ner, säger Hans Olofson. Du återfår ditt arbete. Egentligen borde jag tvinga dig att visa arbetarna att det inte finns några ormar i äggen. Men jag ska inte göra det. Tala om för arbetarna att du har löst upp din *muloji.* Återvänd till arbetet, det är allt.

Eisenhower Mudenda går ut i solen, Hans Olofson följer efter honom.

– Ännu en sak ska du veta, säger han. Jag erkänner mig inte besegrad. En dag kommer det inte att finnas någon *muloji* längre, de svarta kommer att vända sig emot dig, krossa ditt huvud med sina träklubbor. Jag tänker inte komma till ditt försvar.

– Det kommer aldrig att ske, *Bwana*, svarar Eisenhower Mudenda.

– Höns kommer aldrig att värpa ägg med ormar i, svarar Hans Olofson. Vad gör du när någon ber att få se en av dessa ormar?

Dagen efter ligger en död kobra i förarsätet på Hans Olofsons bil.

Äggskal är spridda runt den döda ormen ...

Ännu är Afrika avlägset.
Men Hans Olofson är på väg. Han uppsöker ständigt nya, fientliga territorier, han har lämnat huset vid älven långt bakom sig, avlagt en studentexamen i residensstaden och befinner sig nu i Uppsala, där han antas läsa juridik.

För att finansiera sina studier arbetar han tre eftermiddagar i veckan på Johannes Wickbergs Vapenhandel i Stockholm. Om lerduveskyttets filosofi vet han mer än om jordabalken. Om de överlägsna italienska hagelgevärens historia, om vapenfetters smidighet vid låga temperaturer har han betydligt större kunskaper än om den romerska rätten som är alltings utgångspunkt.

I vapenaffären stiger dessutom då och då in storviltjägare som ställer andra och betydligt mera sällsamma frågor än dem han har att besvara på propedeutiska kursen.

Finns det svarta lejon? Det tror han inte. Men en dag står en man som påstår sig heta Stone framför honom och han säger att de svarta lejonen finns i den avlägsna Kalahariöknen. Stone kommer från Durban för att träffa Wickberg. Men Wickberg befinner sig på tullen för att lösa ett införselproblem av ammunition från USA och Hans Olofson är ensam i affären.

Egentligen heter Stone Stenberg och även om han sedan många år lever i Durban har han sitt ursprung i Tibro. I över en timme stannar han i affären och berättar för Hans Olofson hur han föreställer sig sin död. Sedan många år lider han av en mystisk klåda på benen som gör att han ständigt ligger sömnlös. Han har visat läkare och högresta häxdoktorer sitt lidande, men ingenting har hjälpt. När han dessutom får veta att de flesta av hans inre organ är svårt angripna av olika parasiter, inser han att hans tid är begränsad.

En gång i ett tidigt tjugutal hade han rest ut i världen som en av det svenska kullagrets diplomater. I Sydafrika hade han blivit kvar, förstummad över nattens alla ljud och de oändliga slätterna vid Transvaal. Så småningom hade han lämnat kullagren och etablerat en byrå för storviltjakt, Hunters unlimited, och ändrat sitt namn till Stone. Men vapnen köper han av Wickberg och han reser till Sverige en gång om året. Till Tibro för att vattna föräldrarnas gravar, till Stockholm för att handla vapen. Det står han i affären och berättar, oombedd. När han går vet Hans Olofson att det finns svarta lejon ...

Det är en dag i mitten av april 1969 när Stone berättar för Hans Olofson om sitt liv.

I nio månader har Hans Olofson då pendlat mellan Uppsala och Stockholm, mellan framtidsstudier och levebröd. Fortfarande, efter nio månader, upplever han att han befinner sig på ett fientligt territorium. Från norr har han kommit som en illegal immigrant och en dag kommer han att bli avslöjad och motad tillbaka till sitt ursprung.

När han lämnade residensstaden bakom sig hade det varit som att äntligen kliva ut ur en personlig järnålder. Redskapen hade varit vassa och kalla, lärarnas frågor hade hängt över hans huvud som upplyfta yxor. Han hade upplevt de fyra läroverksåren som om han hade gått på nåd. Gråhundsdoften hade aldrig gått ur honom, inackorderingsrummet hade ätit sig inpå honom, de blommiga tapeterna hade varit köttätande. Få vänner hade han haft i detta renskurade tomrum. Men han hade tvingat sig att uthärda och hade till slut avlagt en examen som förvånade alla, inte minst honom själv. Han har tänkt att betygen inte speglar hans kunskaper, utan har varit ett bevis på uthålligheten, som om han varit orienterare eller friidrottsman.

Det är också där som tanken väcks på juridiken. Eftersom han knappast vill bli skogshuggare kanske han kan bli jurist. Vagt börjar han ana att juridiken kan ge honom redskap att överleva.

Lagarna är regler prövade och uttolkade genom generationerna. De klargör anständighetens gränslinjer, visar vilka vägar den oantastlige kan gå. Men kanske döljer sig där också en annan horisont. Kanske kan han bli den förmildrande omständighetens försvurne talesman?

Hela mitt liv borde betraktas som en förmildrande omständighet, har han tänkt. Ur mitt ursprung kunde jag varken hämta självkänsla eller målmedvetenhet. Utan att ställa till oreda och oväsen, försöker jag röra mig i olika fientliga terränger. Kanske kan det ändå ses på som en förmildrande omständighet för att jag inte stannade kvar i mitt ursprung. Men varför stannade jag inte? Grep en hacka och begravde rottrådarna? Gifte mig med en av tärnorna.

Mitt fädernearv är en dammig fullriggare i en glasmonter. Doften av våta yllesockor som torkar över spisen. En mor som inte orkade utan försvann med tåget söderut, en tillspillogiven sjöman som lyckades med konststycket att driva iland där det inte ens fanns något hav.

Som den förmildrande omständighetens försvarare kan jag kanske förbli oupptäckt. En ovedersäglig talang besitter jag, Hans Olofson. Konsten att hitta de bästa gömställena ...

Sommaren efter sin examen i residensstaden återvänder han till huset vid älven. På stationen finns ingen och möter honom och när han träder in i köket luktar det nyskurat och fadern sitter vid bordet och ser på honom med glansiga ögon.

Han tänker att han alltmer börjar likna honom till utseendet. Ansiktet, det toviga håret, den kutiga ryggen. Men liknar jag honom även till det inre? Var kommer i så fall jag att driva i land?

I ett anfall av ett plötsligt uppflammande ansvar, försöker han ta sig an sin far, som uppenbarligen dricker oftare och mer än tidigare. Han sätter sig mitt emot honom vid köksbordet och frågar om han nu inte snart ska bryta upp. Var blev det lilla fartyget av som gick längs kusten i de inre lederna?

Några svar får han knappast. Faderns huvud hänger som om nacken redan blivit knäckt ...

En enda gång går han över bron till Janines hus. Det är sent på

234

natten, den ljusa norrländska natten, och han tycker plötsligt att han hör hennes trombon under ett kort, ohyggligt ögonblick. Vinbärsbuskarna lyser övergivet. Han går därifrån och återvänder aldrig. Hennes grav på kyrkogården undviker han.

En dag möter han tingshusvaktmästare Nyman. I en hastigt framstormande ingivelse frågar han efter Sture. Vaktmästare Nyman vet. Sture ligger fortfarande, efter tio år, orörlig i en säng på ett sjukhus för de obotliga utanför Västervik.

Oroligt vandrar han längs älven.

Han går omkring med sina uppdragna rötter i handen och letar efter ett lämpligt jordstycke att sätta ner dem i. Men i Uppsala är det ju gatsten? Var planterar man där?

I början av augusti kan han äntligen bryta upp och han känner det som en stor lättnad. Åter är det tillfälligheterna som leder honom vidare. Hade han inte haft Ture Wickberg som klasskamrat, hade han aldrig blivit erbjuden att försörja sig och finansiera sina studier i farbroderns vapenaffär i Stockholm.

Fadern följer honom till stationen. På perrongen ställer han sig att vakta de två resväskorna. Plötsligt känner Hans Olofson en stor vrede växa fram. Vem skulle stjäla hans väskor?

Tåget rycker igång och Erik Olofson lyfter tafatt handen och vinkar. Hans Olofson ser att han rör munnen men han hör inte vad han säger. När tåget slamrar över järnbron, står Hans Olofson i fönstret. Järnbalkarna virvlar förbi, älvens vatten rinner mot havet. Sedan drar han igen fönstret, som om han sänkte en järnridå. Han är ensam i kupéns halvmörker. Hastigt tänker han att han befinner sig i ett gömställe där ingen någonsin kommer att finna honom...

Men SJ:s konduktörer lägger inga filosofiska aspekter på stängda och nersläckta kupéer. Dörren flyger upp, Hans Olofson känner sig ertappad i djupet av en stor hemlighet, och han sträcker fram sin biljett som om han hade bett om nåd. Konduktören klipper och meddelar tågbyte i den tidiga gryningen...

I en sårad och sargad värld finns inte plats för ängslans räddharar, tänker han.

Och tanken vill inte släppa honom, inte ens när han har pendlat mellan Uppsala och Stockholm i snart tio månader.

Hos en man som passionerat älskar svamp och uppbär en docentur i biologi får Hans Olofson sin bostad. Ett vackert vindsrum i ett gammalt trähus blir hans nya gömställe. Huset ligger i en vildvuxen trädgård och han föreställer sig att docenten har anlagt sin egen privata djungel.

I huset härskar tiden. På alla väggar hänger klockor och pendyler. Hans Olofson föreställer sig urverkens menageri, ett tickande, rasslande, suckande orkesterverk som kalibrerar tiden och livets upphöjda obetydlighet. I fönsternischer rinner sanden genom timglas som oupphörligt vänds. En ålderstigen moder vandrar runt i de tickande rummen och övervakar klockorna ...

Ett arv får han veta. Docentens far, en excentrisk uppfinnare som tidigt i sin ungdom gjort sig en förmögenhet på avancerade skördetröskor, hade fällt ner sitt liv i ett passionerat samlande av tidmätare.

De första månaderna denna höst kommer han att minnas som en utdragen vånda där han ingenting tycker sig förstå. Juridiken tecknar sig som en okänd kilskrift där han är i total avsaknad av en personlig kod. Varje dag är han beredd att ge upp, men han mobiliserar sin yttersta uthållighet och lyckas till slut, i början av november, spräcka hinnan och tränga in i dunklet bakom orden.

Ungefär samtidigt bestämmer han sig för att byta utseende. Han anlägger skägg och klipper ner håret till ett fjun över skallen. I automatiska fotoateljéer vrider han pallen i läge, matar in enkronor och studerar sedan sina olika anletsdrag. Men bakom det nyanlagda utseendet anar han hela tiden Erik Olofsons ansikte ...

Han föreställer sig missmodigt hur hans vapensköld skulle kunna se ut.

En snödriva, en kedjad gråhund, mot en bakgrund av oändliga skogar. Den undkommer han aldrig ...

En gång när han är ensam i det tickande huset bestämmer han sig plötsligt för att utforska den svampälskande docentens och hans tidsmätande mors samlade hemligheter. Kanske jag kan upphöja det till en livsuppgift, tänker han. Smygtittandet. Jag ikläder mig sorkens skepnad och bryter mig ur mitt sinnrika system av lönngångar ... Men ingenting finner han i chiffonjéer och skåp.

Han sätter sig bland de tickande klockorna och med alldeles äkta allvar försöker han förstå sig själv. Hit har han kommit, från tegelbruket, via järnbrons spann. Men sedan då, vidare?

Att bli jurist, den förmildrande omständighetens försvarare, bara för att man kanske inte duger till skogsarbetare ... Jag besitter varken saktmod eller otålighet, tänker han. Jag är född i en tid när allting delar sig ... Jag måste fatta beslut. Jag måste bestämma mig för att fortsätta med det jag har föresatt mig. Kanske kan jag också återfinna min mor? Min obeslutsamhet kan också bli ett gömställe, och därifrån är det risk att jag aldrig hittar ut ...

Just den dag i april när storviltjägare Stenberg från Tibro har berättat om sina inälvsparasiter och de svarta lejonen i Kalahari, ligger ett telegram och väntar på honom när han återvänder till klockornas hus. Det är hans far som har skickat det och han meddelar att han kommer till Stockholm med morgontåget dagen efter.

Ilskan är ögonblicklig. Varför kommer han hit? Hans Olofson har tänkt sig fadern säkert förtöjd bortom granåsarna. Varför är han på väg hit? Telegrammet anger ingen orsak.

Tidigt på morgonen skyndar han till Stockholm och väntar på perrongen när Norrlandståget kommer. Från en av de bakersta vagnarna ser han sin far försiktigt titta fram. I handen har han den resväska som Hans Olofson själv använde när han reste till residensstaden. Under armen har han ett paket, inslaget i brunt papper.

– Jaså, där är du, säger Erik Olofson när han får syn på sin son. Jag visste ju inte om telegrammet hade kommit fram.

– Vad hade du gjort då? Och vad gör du här?

– Det är de där Vaxholmsbåtarna igen. De behöver matroser nu ...

Hans Olofson drar med honom till en cafeteria på stationen.

– Kan man få en pilsner här? frågar Erik Olofson.

– Nej, ingen pilsner. Kaffe får du. Berätta nu!

– Det är inte så mycket att berätta. Jag skrev och fick svar. Klockan nio ska jag vara på deras kontor.

– Var ska du bo?

– Jag tänkte det fanns något pensionat.

– Vad har du i paketet? Det rinner ur det!

– En älgstek.

– En älgstek?

– Ja?

– Det är väl inte jakttid nu?

– Det är i alla fall en älgstek. Jag tog med den till dig.

– Det droppar blod ur paketet. Folk kan tro att du har mördat nån.

– Vem skulle det vara?

– Herregud ...

På Centralhotellet får de ett rum. Hans Olofson ser hur fadern packar upp sina kläder. Inget är okänt, allt har han sett tidigare.

– Raka dig ordentligt innan du går dit. Och inga pilsner.

Erik Olofson ger honom ett brev och han ser att Vaxholmsbåtarna har ett kontor på Strandvägen.

När Erik Olofson har rakat sig ger de sig iväg.

– Jag lånade ett kort av Nymans ungar. Det är så suddigt att man egentligen inte kan se något. Så det passar ju bra.

– Tänker du fortfarande visa bilder på andras ungar?

– Sjömän ska ha många barn. Det hör till.

– Varför sa du inte det till min morsa?

– Jag tänkte just fråga om henne. Du har händelsevis inte sett henne? Hans Olofson tvärstannar på gatan.

– Vad menar du med det?

– Jag bara undrar.

– Varför skulle jag ha sett henne? Var skulle jag ha sett henne?

– Det bor ju mycket folk här. Någonstans måste hon ju vara.

– Jag förstår inte vad du menar?

– Då pratar vi inte mer om det.

238

– Jag vet ju inte ens hur hon ser ut?

– Fotografier har du ju sett?

– Men de är tjugofem år gamla. Människor förändras. Skulle du känna igen henne om hon kom här på gatan?

– Det är klart jag skulle.

– I helvete heller.

– Då pratar vi inte mer om det.

– Varför har du egentligen aldrig sökt reda på henne?

– Man springer inte efter folk som bara ger sig iväg så där.

– Men det var ju din fru? Min mamma?

– Det är hon fortfarande.

– Vad menar du med det?

– Vi har aldrig skilt oss.

– Påstår du att ni fortfarande är gifta?

– Jag skulle tro det.

När de har kommit ner till Strandvägen och det fortfarande är en halvtimme kvar innan klockan är nio, drar Hans Olofson med sin far in på ett kafé.

– Kan man få en pilsner här?

– Inga pilsner. Du får kaffe. Och nu ska vi ta det från början. Jag är tjugofem år, jag har aldrig sett min mor på något annat än dåliga fotografier. Jag vet ingenting om henne annat än att hon tröttnade och försvann. Jag har undrat, jag har grubblat, jag har saknat henne och jag har hatat henne. Du har aldrig sagt någonting. Ingenting...

– Jag har nog tänkt jag med.

– Vad?

– Men jag har inte så många ord.

– Varför gav hon sig av? Du måste veta. Du måste ha grubblat på det lika länge som jag. Du har inte skilt dig, inte gift om dig. På något sätt har du fortsatt att leva med henne. Innerst inne har du väntat på att hon skulle komma tillbaka. Någon förklaring måste du ha?

– Vad är klockan?

– Du hinner svara!

– Hon måste ha varit någon annan ...

– Någon annan än vem då?

– Den jag trodde.

– Och vad trodde du?

– Det minns jag inte längre.

– Herregud ...

– Det tjänar ingenting till att grubbla.

– I tjugufem år har du varit utan kvinna.

– Vad vet du om det?

– Vad menar du?

– Det hör inte hit. Vad är klockan? På rederier ska man vara punktlig.

– Vem då?

– Om du vill veta så har jag träffat Nymans fru ibland. Men det håller du tyst om. Nyman är en bra karl.

Hans Olofson tror inte sina öron.

– Är det mina syskon?

– Vilka då?

– Fotografiet på Nymans ungar. Är det mina syskon?

– Det är ju Nymans barn?

– Hur kan du vara så säker på det?

– Vi har bara träffats när hon har varit gravid, säger Erik Olofson enkelt. Sådant lär man sig. Det kan aldrig bli delade faderskap.

– Och det här vill du att jag ska tro på?

– Jag vill ingenting. Jag bara säger som det är ...

Hans Olofson stannar på kaféet medan Erik Olofson besöker rederiet. Min far tänker han. Om honom har jag tydligen inte vetat någonting ...

Efter en halvtimme är Erik Olofson tillbaka.

– Hur gick det?

– Bra. Men jag fick inget arbete.

– Då gick det väl inte bra?

– De skulle höra av sig.

– När då?

240

– När de kanske behöver matroser.

– Jag trodde de behövde anställa folk nu?

– De tog väl någon annan?

– Och då är du nöjd?

– Jag har väntat i många år, säger Erik Olofson med plötslig skärpa. Jag har väntat och velat och nästan gett upp. Men nu har jag i alla fall försökt.

– Vad ska vi göra nu?

– Jag reser hem i kväll. Men nu vill jag ha en pilsner.

– Vad ska vi göra resten av dagen?

– Jag trodde att du studerade på universitet?

– Det gör jag också. Men nu är du faktiskt här och det är länge sedan vi har sett varandra.

– Hur går det med studierna?

– Det går bra.

– Dåså.

– Du har inte svarat på frågan?

– Vilken fråga?

– Vad du vill göra idag?

– Det har jag redan sagt. Jag vill ha en pilsner. Sedan ska jag åka hem igen.

Dagen tillbringar de på hotellrummet. En blek höstsol lyser in genom gardinerna.

– Om jag hittar henne, säger Hans Olofson. Vad ska jag säga då?

– Ingenting från mig, svarar Erik Olofson bestämt.

– Vad hette hon innan ni gifte er?

– Karlsson.

– Mary Karlsson eller Mary Olofson från Askersund. Mer?

– Hon hade en hund som hette Buffel när hon var barn. Det minns jag att hon sa.

– Den hunden måste ha varit död i femtio år?

– Buffel hette den i alla fall.

– Är det allt du vet?

– Ja?

241

– En jävla hund som hette Buffel?

– Den hette så, det minns jag bestämt.

Hans Olofson följer honom till tåget.

Jag ska leta reda på henne, tänker han. Jag kan inte ha en mor som är en gåta. Antingen så ljuger han, döljer någonting, eller också är min mor en märklig kvinna.

– När kommer du hem? frågar Erik Olofson.

– Till sommaren. Inte innan. Kanske du har blivit matros igen innan dess?

– Kanske det. Kanske ...

Hans Olofson följer med tåget till Uppsala. Älgsteken har han under armen.

– Vem tjuvjagar? frågar han.

– Ingen som du känner, svarar Erik Olofson.

Hans Olofson går hem till klockornas hus.

Jag får inte ge mig, tänker han. Ingenting kan egentligen hindra mig från att bli den förmildrande omständighetens försvarare. Barrikaderna bygger jag inom mig.

Jag får inte ge upp ...

Han ser den döda ormen.

Vad säger den? Vilket meddelande bär den på? Trollmännen förtolkar förfädernas röster, de svarta massorna hukar i sin förskrämda underdånighet. Han tänker att han måste ge sig av, lämna farmen, lämna Afrika.

Plötsligt är det honom ofattbart. Snart tjugu afrikanska år. Ett overkligt, obegripligt liv. Vad var det jag egentligen trodde att jag skulle kunna åstadkomma? Vidskepelsen är verklig, det är det jag hela tiden glömmer. Hela tiden bedrar jag mig med den vita utgångspunkten. De svarta tankarna har jag aldrig lyckats omfatta. I snart tjugu år har jag levt här utan att inse vilken grund jag egentligen står på.

Ruth och Werner Masterton dog för att de hade vägrat att förstå...

Med en känsla av att inte längre orka sätter han sig i sin bil och kör in till Kitwe. För att få sova tar han in på hotell Edinburgh, drar för gardinerna och lägger sig naken ovanpå lakanen. Ett våldsamt åskväder drar förbi, blixtarna vandrar över hans ansikte. Skyfallet slår som bränningar mot fönstret.

Plötsligt längtar han hem. En svårmodig hunger efter älvens klara vatten, de orörliga granåsarna. Kanske var det det som den vita ormen ville berätta? Eller gav den honom en sista varning?

Jag sprang ifrån mitt eget liv, tänker han. I utgångspunkten fanns en möjlighet, en uppväxt i gråhundsdoft, som kanske var torftig, men som ändå var min alldeles egna. Jag kunde ha fortsatt att förverkliga en ambition, att vaka över den förmildrande omständigheten.

Tillfälligheter som var starkare än jag, skapade min förvirring.

Jag tog emot Judith Fillingtons erbjudande utan att förstå vad det egentligen innebar.

Nu, när jag redan har ställt av mig mina skor i farstun till medelåldern, fruktar jag att mitt liv delvis har havererat. Hela tiden är det något annat jag vill. Just nu att återvända, börja om från början om det hade varit möjligt.

Rastlöst klär han sig, går ner i hotellets bar. Han nickar åt några kända ansikten och upptäcker Peter Motombwane i ett hörn, lutad över en tidning. Han sätter sig vid hans bord, utan att berätta om händelserna på farmen.

– Vad sker? frågar han. Nya upplopp? Nya plundringståg? När jag kom till Kitwe verkade allt vara lugnt.

– Myndigheterna har släppt ut ett nödlager av majs, säger Peter Motombwane. Socker är på väg från Zimbabwe, kanadensiskt vete finns i Dar-es-Salaam. Politikerna har bestämt sig för att inte ha några fler upplopp. Många människor har blivit fängslade, presidenten gömmer sig i *State House*. Allt kommer att bli lugnt igen, tyvärr. Ett berg av säckar med majsmjöl är nog för att skjuta upp ett afrikanskt uppror på obestämd tid. Politikerna kan sova tryggt på sina förmögenheter, du kan ta bort dina barrikader från dörrarna och sova lugnt igen.

– Hur vet du att jag bygger barrikader? frågar Hans Olofson.

– Även utan fantasi skulle jag veta det, svarar Peter Motombwane.

– Men Werner och Ruth Masterton återfår inte sina liv, säger Hans Olofson.

– Ändå något, svarar Peter Motombwane.

Hans Olofson hajar till, känner vreden komma.

– Vad menar du? säger han.

– Jag hade tänkt åka ut till dig någon dag, säger Peter Motombwane oberört. Jag är journalist, jag har forskat i det skymningsland som Rustlewood Farm har blivit. Sanningar avtäcker sig, ingen är rädd för att de döda ska gå igen eftersom deras huvuden var avskurna från kropparna. De svarta arbetarna talar, en okänd värld framträder. Jag hade tänkt åka ut till dig någon dag och berätta.

– Varför inte nu? säger Hans Olofson.

– Jag trivs på din farm, svarar Peter Motombwane. Jag skulle gärna ha bott där. På din altan kan man tala om allt.

Hans Olofson tycker plötsligt att han uppfattar en undermening i Peter Motombwanes ord. Jag känner honom inte, tänker han hastigt. Bortom våra samtal, våra kvällar i varandras sällskap, återvänder ständigt den grundläggande förutsättningen, att han är svart och att jag är en vit europé. Skillnaden mellan kontinenterna är aldrig så stor och tydlig som när dom representeras av två enskilda människor.

– Två döda och sönderstyckade kroppar, säger Peter Motombwane. Två européer som bott här i många, många år, mördade och sönderslitna av okända svarta. Jag bestämde mig för att gå bakom, leta efter ljus bland skuggorna. Kanske jag trots allt hade fel, att det inte var en tillfällighet att det blev just Mastertons? Jag börjar göra mina efterforskningar och en underliggande värld börjar avtäcka sig. En farm är alltid något slutet, de vita ägarna slår både synliga och osynliga stängsel runt sig och sina arbetare. Jag talar med de svarta, lägger samman lösa rykten till något som plötsligt börjar bli avläsbart och tydligt. Jag står inför en förutsättning som börjar bekräftas. Werner och Ruth Masterton blev knappast mördade av en tillfällighet. Säker kan jag aldrig bli, tillfälligheter och medvetna beslut kan också vävas samman med osynliga trådar.

– Berätta, säger Hans Olofson. Skuggornas historia.

– En bild började framträda, säger Peter Motombwane. Två människor med ett oresonligt hat mot svarta människor. Ett terrorregemente med ständiga hot och bestraffningar. Tidigare blev vi slagna med piskor, tillverkade av flodhästars hudar. I dag vore det en omöjlighet. Piskorna är osynliga, sätter bara sina spår i hjärnans och hjärtats ömtåliga hud. De svarta som arbetade på Rustlewood Farm levde i en ständig spärreld av förödmjukelser och hot om avsked, förnedrande omplaceringar, böter och avstängningar. Ett sydafrikanskt territorium avslöjar sig i detta land, en alldeles ohämmad rasism. Ruth och Werner Mastertons huvudsakliga näring var det förakt de odlade.

– Jag tror det inte, säger Hans Olofson. Jag kände dem. Du förmår inte genomskåda de lögner du vindar upp ur den skuggvärd du har besökt.

– Jag begär inte att du ska tro mig, säger Peter Motombwane. Det jag ger dig är den svarta sanningen.

– En lögn blir aldrig sann, hur många gånger du än upprepar den, svarar Hans Olofson. Sanningar följer knappast färgskalor, åtminstone borde de inte göra det i ett vänskapligt samtal.

– Berättelserna sammanföll, säger Peter Motombwane. Enskilda detaljer bekräftade varandra. Efter det jag nu vet rycker jag på axlarna åt deras öde. Jag menar det var rättfärdigt.

– Den slutsatsen omöjliggör vår vänskap, säger Hans Olofson och reser sig.

– Har den egentligen någonsin varit möjlig? frågar Peter Motombwane oberört.

– Jag trodde det, svarar Hans Olofson. Åtminstone var det min uppriktiga avsikt.

– Det är inte jag som omöjliggör någonting, säger Peter Motombwane. Det är du som föredrar att inte våga se en sanning om döda människor framför dig, istället för en vänskap med en levande. Det du just nu gör är ett rasistiskt ställningstagande. Faktiskt förvånar det mig.

Hans Olofson känner lust att slå till Peter Motombwane. Men han behärskar sig.

– Vad skulle ni göra utan oss, säger han. Utan de vita skulle det här landet bryta samman. Det är inte mina ord, det är dina.

– Jag håller också med dig, svarar Peter Motombwane. Sammanbrottet skulle dock inte bli så stort som du föreställer dig. Men det skulle bli tillräckligt omfattande för att en nödvändig omvandling skulle framtvingas. Ett alldeles för länge inställt uppror skulle kanske bryta ut. I bästa fall skulle vi lyckas riva bort all den europeiska påverkan som fortfarande förtrycker oss utan att vi själva egentligen är klara över det. Då kanske vi äntligen kan genomföra vår afrikanska självständighet.

– Eller så hugger ni huvudena av varandra, säger Hans Olofson. Stam mot stam, *bemba* mot *luvale*, *kaonde* mot *luzi*.

– Det är i alla fall vårt eget problem, svarar Peter Motombwane. Ett problem som vi inte pålagts av er.

– Afrika sjunker, säger Hans Olofson upprört. Den här kontinentens framtid är redan förbi. Det som återstår är bara ett allt djupare förfall.

– Lever du tillräckligt länge kommer du att inse att du har fel, svarar Peter Motombwane.

– Enligt alla tillgängliga beräkningar är min livslängd överlägsen din, säger Hans Olofson. Ingen kommer heller att kunna förkorta den genom att rikta en *panga* mot mitt huvud.

Upplösningen är söndertrasad och sliten. Hans Olofson bara går, Peter Motombwane hukar i skuggorna. När han har återvänt till sitt rum och slagit igen dörren bakom sig, känner han sorg och övergivenhet. Den ensamma hunden skäller inom honom, och han ser plötsligt sin fars vanmäktiga skurande framför sig. Att avsluta vänskap, tänker han. Som att knäcka sina egna fingerleder. Med Peter Motombwane mister jag min viktigaste länk till Afrika. Jag kommer att sakna våra samtal, hans klarläggningar av varför den svarte mannens tankar ser ut som de gör. Han lägger sig på sängen och tänker. Peter Motombwane kan naturligtvis ha alldeles rätt. Vad vet jag egentligen om Ruth och Werner Masterton?

För snart tjugo år sen delade vi en nattlig tågkupé mellan Lusaka och Kitwe, de hjälpte mig vidare, tog hand om mig när jag återkom från Mutshatsha. Aldrig hemlighöll de sitt motstånd mot den förvandling som Afrika genomgår, alltid hänvisade de till den koloniala tiden som den epok som kunde ha fört Afrika vidare. De kände sig både svikna och besvikna. Men den brutalitet som Peter Motombwane menar sig ha spårat i deras dagliga liv?

Kanske har han rätt, tänker Hans Olofson. Kanske det finns en sanning som jag stöter ifrån mig? Kanske mina reaktioner är rasistiska? Hastigt återvänder han till baren för att försöka försonas med Peter Motombwane.

Men bordet är tomt, en av servitörerna säger att han plötsligt gick därifrån. Uttröttad och sorgsen sover han i sin hotellsäng.

När han äter frukost på morgonen, blir han återigen påmind om Ruth och Werner Masterton. En av deras grannar, en irländare som heter Behan, kommer in i matsalen och stannar till vid hans bord. Ett testamente har uppenbarat sig i det blodiga huset, ett stålskåp har överlevt branden. En advokatbyrå i Lusaka är bemyndigad att försälja farmen och överföra det balanserade överskottet till det brittiska ålderdomshem som finns i Livingstone.

Behan kan berätta att auktionen på farmen ska hållas om fjorton dagar. Många vita är spekulanter, farmen kommer inte att tillåtas övergå i svarta händer.

Ett krig pågår, tänker Hans Olofson. Ett krig som bara tillfälligtvis blir synligt. Men överallt lever rashatet, från vita mot svarta, och omvänt.

Han återvänder till sin farm. Ett våldsamt slagregn som gör sikten genom bilrutan obefintlig, tvingar honom att stanna vid vägrenen strax före farmen. En svart kvinna med två små barn passerar förbi bilen, nersmorda av lera och vatten. Han känner igen henne som hustru till en av arbetarna på farmen. Hon ber inte att få åka med, tänker han. Inte heller erbjuder jag henne transport. Ingenting förenar, inte ens ett häftigt slagregn, när bara den ene har paraply.

Människans barbariska beteende har alltid ett mänskligt ansikte, tänker han oklart för sig själv. Det är det som gör barbariet så omänskligt.

Regnet trummar mot biltaket, ensam väntar han att sikten ska återkomma. Jag kunde bestämma mig här och nu, tänker han. Bestämma mig för att bryta upp. Sälja farmen, återvända till Sverige. Exakt hur mycket pengar Patel har fört ut åt mig vet jag inte, men utfattig kan jag inte vara. Några års andrum har denna hönsfarm givit mig.

Någonting med Afrika skrämmer mig lika mycket nu som den gång jag steg ur flygplanet på Lusaka International Airport. Tjugu års erfarenhet av denna kontinent har i grunden ingenting förändrat, eftersom jag aldrig har ifrågasatt den vita utgångspunkten. Vad skulle jag egentligen säga om någon bad mig berätta om vad som händer på denna kontinent? Minnen besitter jag, äventyrliga, fasansfulla, exotiska. Men knappast alls någon verklig kunskap.

Plötsligt är regnet över, en molnvägg hissas upp och landskapet börjar torka upp igen. Innan han startar motorn bestämmer han sig för att ägna en timme varje dag åt sin framtid.

Ett oberört lugn präglar farmen, ingenting tycks ha hänt. Han möter av en tillfällighet Eisenhower Mudenda som bockar mot marken. En vit man i Afrika är någon som deltar i ett skådespel han ingenting vet om, tänker han. Bara de svarta känner repliken som följer. Varje kväll bygger han sina barrikader, kontrollerar sina vapen, och växlar mellan de olika sovrummen. Varje gryningstimme är en lättnad, och han undrar hur länge han kommer att stå ut. Jag känner ännu inte min egen bristpunkt, tänker han. Men någonstans finns den ...

Lars Håkansson återkommer en eftermiddag och stannar sin blänkande bil utanför hans lerskjul. Hans Olofson upptäcker att han blir glad över att se honom. Lars Håkansson räknar med att stanna två nätter, och Hans Olofson bestämmer sig hastigt för att ordna sina inre barrikader i stillhet.

De sitter på terrassen i skymningstimmen.

– Varför reser man till Afrika, säger Hans Olofson. Varför driver man sig själv ut? Jag antar att jag frågar dig eftersom jag är så trött på att fråga mig själv.

– Jag tror knappast att en biståndsexpert är den rätta personen att fråga, svarar Lars Håkansson. I alla fall inte om du vill ha ett ärligt svar. Bortom den glatta ytan med sina idealistiska motiv döljer sig ett landskap av egoistiska och ekonomiska orsaker. Att signera ett utlandskontrakt är att ha fått en möjlighet att bli välbärgad samtidigt som man lever ett behagligt liv. Den svenska välfärden följer dig överallt och lyfts till oanade höjder när det gäller välbetalda biståndsexperter. Har du barn sörjer svenska

staten för de bästa utbildningstillbuden, du lever i en marginal-
värld där praktiskt taget allt är möjligt. Köp en bil på tullfri
införsel när du kommer till ett land som Zambia, sälj den på
kontrakt, så har du sedan pengar att leva av och behöver inte röra
din lön som växer och frodas på ett bankkonto någonstans i
världen. Du har ett hus med pool och tjänstefolk, du lever som
om du hade fraktat med dig en svensk herrgård. Jag har räknat ut
att jag på en månad tjänar lika mycket som min tjänstekvinna i
huset tjänar på 60 år. Jag räknar då med vad min utländska
valuta är värd på den svarta börsen. Här i Zambia är det knap-
past en enda svensk expert som någonsin går till en bank och
växlar sina pengar till den officiella kursen. Någon nytta som står
i rimligt förhållande till våra inkomster gör vi knappast. Den dag
de svenska skattebetalarna på allvar inser vad deras pengar går
till, kommer den sittande regeringen att fällas vid det påföljande
valet. Den svenska skattebetalande arbetarklassen har efter
många år accepterat det som kallas u-landshjälp. Sverige är ju
faktiskt ett av de få länder i världen där solidaritetsbegreppet
fortfarande har lyskraft. Men de vill naturligtvis att deras skatte-
uppbörder används på ett riktigt sätt. Och det sker mycket sällan.
Det svenska biståndets historia är ett rev med ett otal havererade
projekt, många skandalösa, ett fåtal uppmärksammade och avslö-
jade av journalister, ännu fler nergrävda och nertystade. Svenskt
bistånd är en hundkyrkogård. Jag säger det här eftersom jag upple-
ver mitt eget samvete som rent. Att utveckla kommunikationer är
trots allt en möjlighet att föra Afrika närmare den övriga värl-
den.

– En gång talade man om Sverige som ett självutnämnt världs-
samvete, säger Hans Olofson från sin stol i mörkret.

– Den tiden är förbi, svarar Lars Håkansson. Sveriges roll är
obetydlig, den svenske statsminister som mördades var möjligen
ett undantag. De svenska pengarna är naturligtvis eftertraktade,
den politiska naiviteten gör att ett oändligt antal svarta politiker
och affärsmän har byggt upp stora privata förmögenheter med
svenska biståndsmedel. Jag talade i Tanzania med en politiker

som hade avgått och var gammal nog att säga vad han ville. Han ägde ett slott i Frankrike som han delvis hade finansierat med svenska biståndspengar, avsedda för vattenanläggningar i landets fattigaste områden. Han talade om en informell svensk förening bland politikerna i landet. En grupp människor som regelbundet träffades och meddelade sina erfarenheter om hur man lättast kunde erövra biståndsmedel från Sverige till sina egna fickor. Det sista vet jag inte om det är sant, men tanken är naturligtvis möjlig. Den politiker jag talade med om hans slott i Frankrike var inte heller särskilt cynisk. Att vara afrikansk politiker är en legitim förmögenhetsbildande möjlighet. Att det sedan går ut över de fattigaste är något som tillhör en oskriven spelregel.

– Jag har svårt att tro det du säger, svarar Hans Olofson.

– Just därför är det möjligt att det får fortsätta år efter år, säger Lars Håkansson. Tillståndet är för obegripligt för att någon egentligen ska orka tro på det, än mindre ta fram en yxa.

– En fråga är ännu obesvarad, säger Hans Olofson. Varför du själv reste ut?

– En skilsmässa som var ett mentalt blodbad, svarar Lars Håkansson. Jag övergavs av min hustru på det mest banala vis. Hon mötte en spansk fastighetsmäklare i Valencia. Min tillvaro som till dess aldrig hade varit ifrågasatt splittrades som om en lastbil hade kört rakt in i mitt medvetande. I två år levde jag i en känslomässig förlamning. Sedan bröt jag upp, reste ut. Hela mitt livsmod hade rostat sönder. Jag tänkte mig nog att resa ut och dö. Men än lever jag.

– De två flickorna, säger Hans Olofson.

– Det är som jag sa, säger Lars Håkansson. De är välkomna, jag ska vaka över dem.

– Än dröjer det innan deras utbildningskurser börjar, säger Hans Olofson. Men jag föreställer mig att de behöver tid att vänja sig. Jag hade tänkt köra dem till Lusaka om några veckor.

– Ni är välkomna, säger Lars Håkansson.

Vad är det som gör mig orolig, tänker Hans Olofson hastigt. En aning om något som skrämmer mig. Lars Håkansson är en betryggande svensk, hederlig nog att meddela att han är delaktig i något som knappast kan beskrivas som annat än en skandal. Jag känner igen hans svenska hjälpsamhet. Ändå är det något som gör mig orolig.

Dagen efter besöker de tillsammans Joyce Lufuma och hennes döttrar. När Hans Olofson meddelar de äldsta döttrarna, börjar de omedelbart dansa sin glädje. Lars Håkansson står vid sidan av, leende, och Hans Olofson inser att en vit mans omhändertagande är en garanti för Joyce Lufuma. Jag oroar mig i onödan, tänker han. Kanske för att jag inte själv har några barn?

Men också detta är en sanning om denna motsägelsefulla kontinent. För Joyce Lufuma är Lars Håkansson och jag den bästa tänkbara garantin för hennes döttrar. Inte enbart för att vi är *muzungus*, rika män. Hon har en helt reservationslös förlitan på oss, på grund av vår hudfärg.

Två veckor efteråt kör Hans Olofson de två döttrarna till Lusaka. Marjorie, den äldsta, sitter bredvid honom i framsätet. Peggy bakom honom. Deras skönhet är bländande, deras livsglädje ger honom plötsligt en klump i halsen. Dock gör jag något, tänker han. Jag ser till att dessa två unga människor inte tvingas få sina liv uppdämda till ingen nytta alls, till alltför många barnafödslar på alltför få år, fattigdom, umbäranden, liv som avslutas i förtid.

Mottagandet hos Lars Håkansson är betryggande. Den bostad han ställer till de två flickornas förfogande är nymålad och välutrustad. Marjorie blir drömmande stående framför den strömbrytare som för första gången i hennes liv kommer att ge henne elektricitet.

Hans Olofson inser att den oklara oro han har känt ingenting betyder. Han tänker att han sköljer av sig sin egen ängslan på andra människor. Kvällen tillbringar han i Lars Håkanssons hus. Genom sitt sovrumsfönster kan han se Marjorie och Peggy, skuggor som skymtar bakom tunna gardiner. Plötsligt påminner han sig den gång han anlände till residensstaden från köpingen. Det första uppbrottet, den kanske mest avgörande resan av alla ...

Dagen efter skriver han på en överlåtelsehandling om sin höjd, och lämnar sitt kontonummer i den engelska banken. Innan han lämnar Lusaka stannar han impulsivt utanför ett av *Zambia Airways* kontor vid Cairo Road och hämtar en tidtabell över flygbolagets europeiska förbindelser.

Den långa återresan till Kalulushi styckas upp av slagregn som utplånar all sikt. Först sent på kvällen svänger han in genom grindarna till sin farm. Nattvakten kommer emot honom i billyktornas sken. Plötsligt tycker han inte att han känner igen mannen, och tänker hastigt att det är en bandit som har klätt sig i nattvaktens uniform. Mina vapen, tänker han desperat. Men nattvakten är den han utger sig för att vara, på nära håll känner Hans Olofson igen honom.

– Välkommen hem, *Bwana*, säger nattvakten.

Aldrig kommer jag förstå om han verkligen menar det, tänker Hans Olofson. Lika gärna kan hans ord betyda att han välkomnar mig för att han ska få möjlighet att skära ut mitt hjärta ur kroppen.

– Allt lugnt? frågar han.

– Ingenting har hänt, *Bwana*, svarar nattvakten.

Luka väntar honom, en middag står tillagad i ett värmeskåp. Han skickar hem Luka och sätter sig vid matbordet. Middagen kan vara förgiftad, tänker han plötsligt, en tanke kommer från ingenstans. Jag återfinns död, en slarvig obduktion blir utförd, något gift blir aldrig upptäckt.

Han skjuter matfatet ifrån sig, släcker ljuset och blir sittande i mörkret. Från det ihåliga taket hör han fladdermössens skrapande vingar. En spindel skyndar hastigt över hans hand. Han inser plötsligt att hans bristpunkt är nära. Som ett yrselanfall, en annalkande virvelstorm av oförlösta känslor och tankar.

Länge blir han sittande i mörkret innan han förstår att han är på väg att få ett malariaanfall. Lederna börjar värka, huvudet dunkar och febern skjuter upp i hans kropp. Hastigt bygger han upp sina barrikader, drar fram skåp framför ytterdörren, kontrollerar fönstren och väljer ett sovrum där han lägger sig med sin pistol. Han tar en kininkur och somnar långsamt bort.

En leopard jagar i hans drömmar. Plötsligt ser han att det är Luka, klädd i ett blodigt leopardskinn. Malariaanfallet jagar honom ut i en avgrund.

När han vaknar i gryningen känner han att anfallet ändå har varit lindrigt. Han stiger upp ur sängen, klär sig hastigt och går och öppnar dörren för Luka. Han skjuter undan ett skåp och inser plötsligt att han fortfarande har sin pistol i handen. Hela natten har han sovit med fingret på avtryckaren. Jag håller på att mista kontrollen, tänker han. Överallt anar jag hotfulla skuggor, osynliga *pangas* som ständigt hänger över mitt struphuvud. Med min svenska utgångspunkt har jag ingen beredskap för att kunna hantera den fruktan jag hela tiden går och undertrycker. Min rädsla är en förslavad känsla som håller på att göra sitt uppror, en gång för alla bryta sig fri. Den dag det sker har jag nått min bristningspunkt. Då har Afrika besegrat mig, slutligt, oåterkalleligt.

Han tvingar sig att äta frukost och kör sedan till lerskjulet. De svarta kontoristerna reser sig där de hukar över leveransrapporter och frånvarolistor och hälsar honom.

Den dagen inser Hans Olofson att de allra enklaste handlingar plötsligt bereder honom stora svårigheter. Varje beslut, rutinmässigt återkommande, vållar honom plötsliga anfall av tveksamhet. Han föreslår för sig själv att han är trött, att han borde lämna över ansvaret till någon av de betrodda förmännen och resa bort, unna sig ledighet.

I nästa ögonblick börjar han misstänka att Eisenhower Mudenda omärkligt håller på att förgöra honom med osynliga gifter. Dammet på hans arbetsbord blir ett puder som sänder ut kvävande ångor. Hastigt bestämmer han sig för att sätta ett extra hänglås på lerskjulets dörr om natten. En tom äggkartong som ramlar ner från en stapel orsakar ett meningslöst raseriutbrott. De svarta arbetarna betraktar honom med forskande ögon. En fjäril som landar på hans axel gör att han rycker till, häftigt, som om någon lagt sin hand på honom i mörkret.

På natten ligger han sömnlös. Ett tomrum breder ut sitt över-

254

givna landskap inom honom. Plötsligt börjar han gråta, snart skriker han högt ut i mörkret. Jag mister min självkontroll, tänker han, när anfallet är över. Olika känslor kommer från ingenstans, attackerar mig och vanställer mitt vanliga omdöme. Han ser på sitt armbandsur att det är strax efter midnatt. Han stiger upp, sätter sig i en stol och börjar läsa i en bok som han plockar till sig på måfå ur Judith Fillingtons efterlämnade samling. Schäferhundarna rör sig fram och tillbaka utanför huset, han hör deras morranden, cikador, enstaka fåglar som ropar från floden. Han läser sida efter sida utan att egentligen förstå, ser ofta på sin klocka och väntar på gryningen.

Strax före tre somnar han i stolen, revolvern vilar över hans bröstkorg. Plötsligt vaknar han. Någonting har väckt honom och han lyssnar ut i mörkret. Den afrikanska natten är stilla. En dröm, tänker han. Någonting jag drömde rev upp mig till ytan. Ingenting har hänt, allt är stilla ... Stillheten, tänker han hastigt. Det är den som har väckt mig. Någonting har hänt, stillheten är onaturlig. Han känner skräcken komma, hjärtat dunkar, och han griper sin revolver och lyssnar ut i mörkret.

Cikadorna spelar, men schäferhundarna är tysta.

Plötsligt är han säker på att någonting händer utanför hans hus i mörkret. Han springer genom tystnaden och hämtar hagelgeväret. Med darrande händer skjuter han in ammunition i de två loppen och osäkrar vapnet. Hela tiden lyssnar han, men schäfrarna är tysta. Deras morranden är borta, tassandet har upphört. Det är människor ute i mörkret, tänker han desperat. Nu har de kommit efter mig. Åter springer han genom de tomma rummen och lyfter på telefonluren. Linjen är död. Då vet han och då är han så rädd att han nästan inte längre kan kontrollera sin andning. Han springer upp för trappan till övervåningen, griper en hög med ammunition som ligger på en stol i korridoren och fortsätter sedan in i skelettrummet. Det ensamma fönstret saknar gardiner. Försiktigt spanar han ut i mörkret. Lamporna på terrassen kastar ett blekt ljus över gårdsplanen. Ingenstans ser han hundarna.

Plötsligt slocknar lamporna, ett svagt klirrande hörs från en av glaskuporna. Han stirrar ut i mörkret. Under några korta sekunder är han säker på att han hör fotsteg. Han tvingar sig att tänka. De kommer att försöka ta sig in på nedervåningen, säger han till sig själv. När de inser att jag är här uppe kommer de att röka ut mig. Åter springer han genom korridoren, nerför trappan, och lyssnar vid de två ytterdörrarna som är täckta av framskjutna skåp.

Hundarna, tänker han förtvivlat. Vad har de gjort med hundarna? Oavbrutet rör han sig mellan ytterdörrarna och föreställer sig att angreppet kan komma från två håll samtidigt. Plötsligt tänker han att badrumsfönstret saknar stålgaller. Det är ett litet fönster, men en smal människa kanske kan pressa sig igenom. Försiktigt skjuter han upp badrumsdörren, geväret skakar i hans händer. Jag får inte tveka, säger han till sig själv. Ser jag någon så måste jag sikta och skjuta. Badrumsfönstret är orört och han återvänder till dörrarna.

Plötsligt uppfattar han ett skrapande ljud från terrassen. Taket, tänker han. De försöker ta sig upp till övervåningen genom att klättra upp på altantaket. Åter springer han trappan upp till övervåningen. Två gästrumsfönster vetter mot terrassens tak, båda med stålgaller. Två rum som nästan aldrig används. Försiktigt skjuter han upp dörren till det första rummet, trevar sig fram till fönstret och känner med fingrarna över de tunna järnstängerna som är ingjutna i cement. Han lämnar rummet och skjuter upp dörren till nästa. Skrapandet från altantaket kommer närmare. Han trevar sig fram i mörkret och sträcker ut handen för att känna på stålgallret. Fingertopparna snuddar mot fönsterglaset. Stålgallret finns inte. Någon har tagit bort det.

Luka, tänker han. Luka som vet att jag nästan aldrig går in i de här rummen. Jag ska döda honom, tänker han. Jag ska skjuta ihjäl honom och kasta honom åt krokodilerna. Skadeskjuta honom och låta krokodilerna äta honom levande. Han drar sig tillbaka till dörren, sträcker ut ena handen efter en stol som han vet ska finnas där och sätter sig.

I hagelgeväret finns sex patroner, revolverns magasin har åtta. Det måste räcka, tänker han desperat. Ladda om kommer jag aldrig att klara med mina skakande händer. Tanken på Luka gör honom plötsligt lugnare, hotet ute i mörkret har fått ett ansikte. Han känner ett egendomligt behov växa fram inom sig. Ett behov av att rikta vapnet mot Luka och trycka av. Skrapandet på terrasstaket upphör. Någon börjar pressa in ett verktyg vid fönsterlisten för att bända upp fönstret. Hastigt tänker han att det säkert är något av hans egna verktyg. Nu skjuter jag, tänker han. Nu avlossar jag båda piporna genom fönstret. Huvudet och överkroppen måste finnas precis bakom glaset.

Han reser sig upp i mörkret, tar några steg framåt och lyfter geväret. Hans händer skakar, gevärsloppen dansar fram och tillbaka.

Håll andan i skottögonblicket, har han lärt sig. Nu dödar jag en människa, tänker han. Även om jag försvarar mig själv gör jag det med berått mod. Han lyfter geväret, märker plötsligt att han har tårar i ögonen, håller andan och trycker av, först den ena pipan, sedan omedelbart den andra.

Explosionerna dånar i hans öron, glassplitter träffar honom i ansiktet. Av rekylerna tar han ett steg bakåt och råkar komma åt strömbrytaren med ena axeln. I stället för att släcka, vrålar han rakt ut i natten och rusar fram till det bortskjutna fönstret. Någon har slagit på hans billjus. Två svarta skuggor skymtar framför bilen och han tycker sig se att den ene är Luka. Hastigt siktar han och skjuter mot de två skuggorna. En av skuggorna snubblar till medan den andra hastigt försvinner. Han glömmer att han fortfarande har två patroner kvar i hagelgeväret, låter det falla mot golvet och drar upp sin revolver ur fickan. Fyra skott skjuter han mot den skugga som snubblat innan han inser att också den är borta.

Han upptäcker att det är fullt med blod på terrasstaket. Han böjer sig efter geväret, släcker ljuset och slår igen dörren. Sedan sätter han sig på golvet i korridoren och börjar ladda om. Händerna skakar, hjärtat dånar i bröstet och han koncentrerar sig till det yttersta på att mata in ny ammunition i sina vapen. Han tänker att det han mest av allt önskar är att få sova.

Han sitter i korridoren och inväntar gryningen. I det första morgonljuset drar han undan skåpet och öppnar köksdörren. Billjusen har slocknat, batteriet är uttömt. Luka är inte där. Långsamt går han mot terrassen, geväret håller han fortfarande i sin ena hand.

Kroppen har fastnat med ena foten i en stupränna och hänger med huvudet bland några av de kaktusar som Judith Fillington en gång har planterat. Ett blodigt leopardskinn hänger runt den döde afrikanens axlar. Med skaftet till en kratta petar Hans Olofson på foten till kroppen, som lossnar och faller ner. Trots att nästan hela ansiktet är bortskjutet, ser han genast att det är Peter Motombwane. Flugor surrar redan i blodet. Från terrassen hämtar han en duk som han slänger över kroppen. Vid bilen finns en blodpöl. Ett blodspår leder bort mot den täta bushen. Där upphör det plötsligt.

När han vänder sig om ser han Luka stå nedanför terrassen. Omedelbart lyfter han geväret och går emot honom.

– Du lever fortfarande, säger han. Men du lever inte länge till. Den här gången kommer jag inte att missa.

– Vad har hänt, *Bwana*, frågar Luka.

– Frågar du mig?

– Ja, *Bwana*.

– När tog du bort fönstergallret?

– Vilket galler, *Bwana*?

– Du vet vilket jag menar.

– Nej, *Bwana*.

– Lägg händerna på huvudet och gå framför mig!

Luka gör som han säger och Hans Olofson för honom till övervåningen. Han visar honom det gapande hålet där fönstret blivit bortskjutet.

– Du lyckades nästan, säger Hans Olofson. Men bara nästan. Du visste att jag aldrig går in i det här rummet. Du bröt bort stålstängerna när jag inte var här. Jag skulle inte ha hört när ni

258

tog er in. Sedan skulle ni ha smugit nerför trappan i mörkret.

– Gallret är borta, *Bwana*. Någon har tagit bort det.

– Inte någon, Luka. Du har tagit bort det.

Luka ser honom i ögonen och skakar på huvudet.

– Du var här i natt, säger Hans Olofson. Jag såg dig och jag sköt efter dig. Peter Motombwane är död. Men vem var den tredje mannen?

– Jag sov, *Bwana*, säger Luka. Jag vaknade av skott från en *uta*. Många skott. Sedan låg jag vaken. Först när jag var säker på att *Bwana* Olofson hade gått ut, gick jag hit.

Hans Olofson lyfter geväret och osäkrar det.

– Jag skjuter dig, säger han. Jag skjuter dig om du inte säger vem den tredje mannen är. Jag dödar dig om du inte berättar för mig vad som händer.

– Jag sov, *Bwana*, svarar Luka. Jag vet ingenting. Jag ser att Peter Motombwane är död och att han har ett leopardskinn runt axlarna. Jag vet inte vem som har tagit bort gallret.

Han talar sant, tänker Hans Olofson hastigt.

Jag är säker på att jag såg honom i natt. Ingen annan än han har haft möjlighet att ta bort gallret, ingen annan än han vet att jag sällan går in i det rummet.

Ändå tror jag att han talar sanning.

De återvänder till nedervåningen. Hundarna, tänker Hans Olofson plötsligt. Jag glömmer hundarna.

Strax bakom vattenreservoaren hittar han dem. Sex kroppar utsträckta på marken. Köttrester hänger ur deras munnar. Ett koncentrerat gift, tänker han. En enda tugga så var det över. Peter Motombwane visste vad han gjorde.

Han betraktar Luka som vantroget ser på de döda hundarna. Det finns naturligtvis en tänkbar förklaring, säger han till sig själv. Peter Motombwane känner mitt hus. Ibland har han inväntat mig ensam. Även hundarna. Hundarna kände honom. Det kan vara som Luka säger, att han sov och vaknade när jag avlossade geväret. Jag kan ha sett fel i mörkret. Jag föreställde mig att Luka skulle vara där, därför tyckte jag mig också se honom.

– Rör ingenting, säger han. Gå inte in i huset, vänta utanför till jag kommer tillbaka.

– Ja, *Bwana*, säger Luka.

De rullar igång bilen, dieselmotorn börjar arbeta, och Hans Olofson kör till sitt lerskjul. De svarta arbetarna står orörliga och betraktar honom. Hur många tillhör leoparderna, tänker han. Hur många tror att jag är död?

Telefonen i lerskjulet fungerar. Han ringer till polisen i Kitwe.

– Tala om för alla att jag lever, säger han till de svarta kontoristerna. Säg till alla att jag dödade leoparderna. En av dem kanske bara är skadeskjuten. Säg till att jag betalar en årslön till den som finner en sårad leopard.

Han återvänder till sitt hus. En flugsvärm hänger över Peter Motombwane som ligger under bordduken.

Medan han väntar på polisen försöker han tänka. Peter Motombwane kom för att döda mig, säger han till sig själv. På samma sätt som han en natt kom till Ruth och Werner Masterton. Hans enda misstag var att han kom för tidigt. Han underskattade min rädsla, han trodde att jag redan nu hade börjat sova om nätterna igen.

Peter Motombwane kom för att döda mig, det får jag aldrig glömma. Det är själva utgångspunkten. Han hade huggit av mitt huvud, förvandlat mig till en slaktad djurkropp. Peter Motombwanes målmedvetenhet måste ha varit mycket stor. Han visste att jag hade vapen, han var alltså beredd att offra sitt liv. Samtidigt inser jag nu att han försökte varna mig, få mig att resa härifrån för att undkomma det nödvändiga. Möjligen hade hans insikt förvandlats till en sorgsen desperation, en övertygelse om att den yttersta uppoffringen var nödvändig.

Den man som kröp på mitt tak var ingen bandit. Det var en övertygad människa som gett sig det han menade vara ett nödvändigt uppdrag. Också det är viktigt att jag inte glömmer. När jag dödade honom så dödade jag kanske en av de bästa människorna i detta sargade land. Någon som bar på något mer är en framtidsdröm, en beredskap att själv gå till handling. När jag dödade Peter Motombwane dödade jag många människors hopp.

Han i sin tur ansåg att min död var viktig. Knappast kom han hit eftersom han var hämndlysten. Jag tror att Peter Motombwane bortsåg från sådana känslor. Han kröp på mitt tak eftersom han var förtvivlad. Han visste vad som pågick i detta land, han såg ingen annan utväg än att ansluta sig till leopardernas rörelse, påbörja ett förtvivlat motstånd och kanske en gång få uppleva det nödvändiga upproret. Kanske var det han själv som skapade leopardernas rörelse? Gjorde han det ensam, med några få medsammansvurna, eller tryggade han en återväxt, innan han själv grep sin *panga*?

Hans Olofson går bort mot terrassen, försöker undvika att se på kroppen under duken. Bakom några afrikanska rosor hittar han det han söker. Peter Motombwanes *panga* är blankslipad, handtaget har olika symboler utskurna. Han tycker sig se ett leopardhuvud, ett öga som är djupt inskuret i det bruna träet. Han lägger tillbaka *pangan* bland rosorna, sparkar över löv så att den inte längre syns.

En rostig bil med poliser kommer längs vägen med hackande motor. Just vid uppfarten stannar den helt, bensinen tycks ha tagit slut. Vad hade hänt om jag hade kunnat ringa till dem i natt, tänker han. Om jag hade bett dem komma till min undsättning? Hade de beklagande meddelat att de inte hade bensin? Eller kanske de hade bett mig att komma och hämta dem med min bil?

Plötsligt känner han igen den polisofficer som kommer emot honom i spetsen av fyra meniga konstaplar. Den polis som en gång stod framför hans hus med en felaktig husundersökningsorder i handen. Hans Olofson erinrar sig hans namn, Kaulu.

Hans Olofson visar den döda kroppen, hundarna, beskriver händelseförloppet. Han säger också att han kände Peter Motombwane. Polisofficeren skakar uppgivet på huvudet.

– Man kan aldrig lita på journalister, säger han. Nu är det bevisat.

261

– Peter Motombwane var en bra journalist, säger Hans Olofson.

– Han var alltför intresserad av det som han inte borde befatta sig med, säger polisofficeren. Men nu vet vi att han var en bandit.

– Leopardskinnet, säger Hans Olofson. Jag har hört vaga rykten om en politisk rörelse?

– Låt oss gå in, säger polisofficeren hastigt. Man pratar bättre i skuggan.

Luka serverar te, de sitter länge tysta.

– Beklagliga rykten sprider sig alltför lätt, säger polisofficeren. Någon leopardrörelse existerar inte. Presidenten själv har offentligt förklarat att den inte finns. Alltså existerar den inte. Det vore alltså beklagligt om nya rykten skulle uppstå. Våra myndigheter skulle bli missnöjda.

Vad är det han egentligen försöker säga till mig, tänker Hans Olofson. En upplysning, en varning? Eller ett hot?

– Ruth och Werner Masterton, säger Hans Olofson. Här hade sett ut som i deras hus om jag inte hade skjutit ihjäl honom, kanske också ytterligare en man.

– Det finns absolut inga samband, säger polisofficeren.

– Naturligtvis gör det det, svarar Hans Olofson.

Polisofficeren rör långsamt i sin kopp.

– En gång kom jag hit med en felaktigt utfärdad order, säger han. Ni visade stor hjälpsamhet vid det tillfället. Det är en stor glädje för mig att nu kunna återgälda detta. Någon leopardrörelse existerar inte, det har vår president bestämt. Det finns heller ingen orsak att se samband som inte är några samband. Dessutom vore det ytterst olämpligt om det skulle spridas rykten om att ni kände den man som försökt mörda er. Det skulle kunna skapa misstänksamhet hos myndigheterna. Kanske skulle man börja tänka att det var en sorts hämndaktion? Oklara samband mellan en vit farmare och upphoven till ryktena om leopardrörelsen? Ni kunde mycket lätt hamna i svårigheter. Bäst är att skriva en enkel och tydlig rapport om ett beklagligt överfall som lyckligtvis slutade väl.

Där kom det, tänker Hans Olofson. Efter en förvirrad förklaring ska jag inse att allt ska grävas ner. Peter Motombwane ska inte få leva vidare som en förtvivlad motståndsman, hans minne ska tecknas som banditens.

– Immigrationsmyndigheterna kan bli bekymrade, fortsätter polisofficeren. Men jag ska återgälda er tidigare hjälpsamhet genom att begrava detta fall så fort som möjligt.

Han är oåtkomlig, tänker Hans Olofson. Hans direktiv är uppenbara, något politiskt motstånd existerar inte i detta land.

– Jag förmodar att ni har licenser för era vapen, säger polisofficeren vänligt.

– Nej, svarar Hans Olofson.

– Det skulle ha kunnat bli bekymmersamt, säger polisofficeren. Myndigheterna ser mycket allvarligt på vapenlicenser som inte existerar.

– Jag har aldrig tänkt på det, svarar Hans Olofson.

– Även det ska det vara en glädje för mig att glömma, säger polisofficeren och reser sig.

Fallet är avslutat, tänker Hans Olofson. Hans argument var bättre än mina. Ingen vill förgås i ett afrikanskt fängelse.

När de kommer ut är kroppen borta.

– Mina män har sänkt den i floden, svarar polisofficeren på hans fråga. Det är enklast så. Vi tillät oss att använda en del järnskrot vi hittade på er gård.

Polismännen väntar vid bilen.

– Beklagligtvis tog bensinen slut, säger polisofficeren. Men en av mina män har lånat ett antal liter från ert bränslelager medan vi drack te.

– Naturligtvis, säger Hans Olofson. Stanna gärna och ta med er några äggkartonger när ni far.

– Ägg är gott, säger polisofficeren och räcker fram sin hand. Det är inte ofta det går så lätt att avsluta brottsundersökningar.

Polisbilen försvinner och Hans Olofson säger åt Luka att bränna den blodiga duken. Han betraktar honom när han bränner den.

Ändå kan det ha varit han, tänker Hans Olofson. Hur ska jag kunna leva vidare med honom i min närhet? Hur ska jag överhuvudtaget kunna leva vidare här?

Han sätter sig i sin bil och stannar utanför det hönshus där Eisenhower Mudenda arbetar. Han visar honom Peter Motombwanes *panga*.

– Nu är den min, säger han. Den som anfaller mitt hus kommer att dödas med det vapen som aldrig besegrade mig.

– Ett mycket farligt vapen, *Bwana*, säger Eisenhower Mudenda.

– Det är bra om alla vet om det, säger Hans Olofson.

– Alla kommer snart att veta, *Bwana*, säger Eisenhower Mudenda.

– Då förstår vi varandra, säger Hans Olofson och återvänder till sin bil.

Han stänger in sig i sitt sovrum, drar gardinerna för fönstren, och ser Luka gräva ner de döda hundarna. Jag lever på en afrikansk kyrkogård, tänker han.

På terrassens tak finns Peter Motombwanes blod. En gång var han min vän, min ende afrikanske vän. Regnet kommer att spola bort hans blod, krokodilerna sliter hans kropp i stycken på Kafues botten.

Han sätter sig på sängkanten, trötthet värker i hans kropp. Hur ska jag kunna uthärda det som har hänt, tänker han igen. Hur går jag vidare ur detta helvete?

Under den månad som följer lever Hans Olofson med en tilltagande vanmakt. Regntiden går mot sitt slut, han håller ett vakande öga över Luka. Ryktet om överfallet för hans grannar till honom, och han upprepar sin berättelse om natten när Peter Motombwane och hans hundar dog. Den andre mannen blir aldrig återfunnen, blodspåren upphör i ett tomrum. I hans föreställningar blir den tredje mannen alltmer en skugga, Lukas ansikte försvinner långsamt.

Han drabbas av upprepade malariaanfall och upplever sig åter vara överfallen av banditer. En natt tror han att han ska dö. När han vaknar är elektriciteten borta, feberanfallet gör att han förlo-

264

rar alla sina inre riktningar. Han avlossar sin revolver rakt ut i mörkret.

När han sedan vaknar är malariaanfallet över och Luka står som vanligt och väntar utanför hans dörr i gryningen. Nya schäfrar springer runt hans hus, hans grannar har kommit med dem som den vita kolonins självklara gåvor.

Det dagliga arbetet på farmen sköter han som vanligt. Äggbilar blir inte längre plundrade, en stillhet vilar över landet.

Han undrar hur han ska uthärda. Jag kunde aldrig ha undgått att döda Peter Motombwane, tänker han. Det hade han aldrig tillåtit mig. Kunde han så skulle han ha skurit av mig mitt huvud. Så stark måste hans förtvivlan ha varit att han inte längre kunde leva med en väntan på att tiden skulle mogna, att upproret långsamt skulle växa fram. Han måste ha trott att denna mognadsprocess kunde påskyndas, och han grep till det enda vapen han hade. Kanske var han också medveten om att han skulle misslyckas?

Han jämför sig med Peter Motombwane, vandrar i utdragna sorgetåg genom sitt eget liv. Mitt liv är byggt av dålig cement, tänker han. Sprickbildningarna går på djupet, en gång kommer allt att rasa samman. Mina ambitioner har alltid varit ytliga och bristfälliga. Mina moraliska åtbörder är sentimentala eller otåliga. Några egentliga krav har jag knappast någonsin ställt på mig själv.

Jag studerade för att hitta en utväg, ett sätt att klara mig undan. Jag reste till Afrika för att jag bar på en annan människas dröm. En farm las i mina händer. När Judith Fillington reste härifrån var arbetet redan gjort. Då återstod bara att upprepa redan inövade rutiner. Till slut tilldelades jag den upprörande rollen att döda en eller kanske två människor. Människor som var beredda att göra det som jag själv aldrig skulle ha vågat. Knappast kan jag klandras för att jag försvarade mitt eget liv. Ändå gör jag det.

Allt oftare dricker han sig berusad på kvällarna och vacklar omkring i de tomma rummen. Jag måste bort, tänker han. Jag säljer farmen, bränner ner den, ger mig av.

Endast en uppgift tycker han sig ha kvar. Joyce Lufumas döttrar. Dem kan jag inte överge, tänker han. Även om Lars Håkansson finns där så måste jag vara kvar tills jag är säker på att de är trygga nog att genomföra sin utbildning.

Efter en månad bestämmer han sig hastigt för att resa till Lusaka och besöka dem. Han tänker att han borde meddela sin ankomst, men han ringer aldrig, utan sätter sig bara i sin bil och kör mot Lusaka. Han kommer dit en sen söndagskväll.

När han kör in i staden märker han att han för första gången på mycket lång tid känner glädje.

Jag skulle ha haft egna barn, tänker han. Också i det fallet är mitt liv onaturligt.

Medan han kör mot Lars Håkanssons hem tänker han att det kanske ännu inte är för sent.

Nattvakten öppnar grindarna för honom och han svänger in på grusplanen utanför huset ...

I nederlagets ögonblick önskar Hans Olofson att han åtminstone hade kunnat blåsa i en flöjt som skurits honom av sälg. Men det kan han inte. Han har ingen flöjt, han har bara sina lösryckta rottrådar i händerna ...

Det är Hans Fredström, konditorson från Danderyd, som utdelar domen över Hans Olofson. De sitter på ett ölkafe i Stockholm, det är i början av september 1969. Vem som har kommit med förslaget att de ska ta tåget till Stockholm denna onsdagskväll och dricka öl vet han inte. Men han följer ändå med, de är fem stycken, och de har träffats några år tidigare på den propedeutiska kurs i juridik som de påbörjat samtidigt.

På våren reste Hans Olofson hem med den förbittrade känslan av att han aldrig skulle komma att avsluta sina studier. Då hade han levet tillräckligt länge i klockornas hus och genomlidit sina föreläsningar och självstudier för att inse att han ingenstans passade in. De ambitioner han en gång haft, att bli den förmildrande omständighetens försvarare, hade lösts upp och försvunnit som en flyktig hägring. Med en tilltagande känsla av overklighet hade klockorna tickat runt honom, och till slut hade han insett att universitetet var en förevändning för de eftermiddagar han tillbringade i Wickbergs vapenhandel, inte tvärtom.

Sommarens räddning hade varit bröderna Holmström som inte hade funnit sina tillkommande, utan ännu en tid jagade fram genom de ljusa sommarskogarna i sin gamla Saab. Hans Olofson hade trängt sig in i baksätet, delat deras brännvin, och sett skogar och tjärnar glida förbi. På en avlägsen dansbana fann han en tärna och blev omedelbart och häftigt förälskad. Hon hette Agnes, kallade sig Agge, och lärde till damfrisör på salongen »Die

267

Welle« som låg mellan bokhandeln och Karl-Ottos begagnade motorcyklar och mopeder. En dag insåg han att hennes far var en av dem han hade arbetat tillsammans med på Handelsföreningens lager, köpt snus och diskat kaffekoppen åt. Med en äldre syster bodde hon i en liten lägenhet ovanför Handelsbanken, och eftersom systern försvunnit med en man och husvagn till Höga Kusten, hade de lägenheten för sig själva. Dit kom bröderna Holmström dammande i sin Saab, där las planerna för kvällen, och dit återvände de.

Då hade han bestämt sig för att stanna. Skaffa sig ett arbete, dra ett streck och en skiljelinje, inte återvända söderut när hösten kom.

Men också kärleken var inbillad, ett nyinrättat gömställe, och för att till slut kunna undkomma reste han ändå tillbaka. Ur hennes ögon tydde han sitt svek.

Men kanske han också gav sig av eftersom han inte uthärdade att se hur Erik Olofson allt oftare slogs mot sina demoner som inte ens skurvatten rådde på. Nu söp han envist, ett målmedvetet knäfall inför sin oförmåga att återvända till havet.

Den sommaren blev Erik Olofson äntligen skogshuggare. Nu var han inte längre sjömannen som slet bland bark och sly för att öppna horisonten och ta ut sina bäringar.

En dag föll Célestine i golvet. Som om hon hade förlist i en mäktig orkan återfann Hans Olofson henne medan fadern sov av sig ruset i soffan. Det ögonblicket minns han som ursinnig hjälplöshet, två motsatta krafter som krokade tag i varandra.

Strax därefter återvände han till Uppsala och nu sitter han på ett ölkafe i Stockholm och Hans Fredström skvätter öl på hans hand.

Hans Fredström besitter något åtråvärt. Han har ett kall, att bli åklagare.

– Buset måste tas i öronen och dömas, säger han. Att vara åklagare är att bedriva renlighet. Samhällskroppen tvättas.

En gång har Hans Olofson avslöjat för honom vad han tänker. Att bli de svagas talesman.

Omedelbart hamnar han i Hans Fredströms onåd. Ur den burgna utgångspunkten i Danderyd mobiliserar han en fientlighet som Hans Olofson inte kan värja sig emot. Hans konversation är så eldfängd och fördomsfull att den blir honom motbjudande. Deras diskussioner slutar alltid just innan ett slagsmål bryter ut. Hans Olofson försöker undkomma honom. Fäktar han mot honom förlorar han alltid. När han skvätter öl på hans hand drar han undan den.

Mot honom ska jag stå, tänker han. Med honom ska jag gemensamt försvara lag och rätt i den tid som är i min generation.

Tanken är honom plötsligt omöjlig. Han borde kunna det, han borde tvinga sig att stå emot. I annat fall kommer Hans Fredström att fritt få härja som ett rovdjur i rättssalarna, med elefantfot krossa den förmildrande omständighet som kanske ändå finns där.

Men han kan inte resa sig. Han är för ensam, för dåligt utrustad.

Plötsligt reser han sig och går. Bakom sig hör han hur Hans Fredström flinar. Hur kan man höra en människas grimas, tänker han.

Oroligt driver han genom staden, väljer gatorna på måfå. Hans medvetande är tomt som uttömda salar i ett förfallet palats. Först tror han att där inte finns någonting alls, bara de flagnande tapeterna och ekot av hans steg.

Men i ett av rummen ligger Sture i sin säng och ett grovt och svärtat rör sticker fram ur hans hals. Järnlungan sluter sina glänsande vingar runt honom och han hör ett väsande, som ett lokomotiv som släpper ånga. I ett annat rum ekar ett ord, Mutshatsha, Mutshatsha, och kanske hör han också de svaga tonerna av »Some of these days« ...

Ögonblickligen bestämmer han sig för att besöka Sture, och återse honom död eller levande ...

Några dagar senare är han i Västervik. Sent på eftermiddagen stiger han av den buss han har äntrat i Norrköping och som nu fortsätter mot Kalmar. Genast känner han doften av havet och som om han var en insekt som drevs av sitt luktsinne söker han sig ut på Slottsholmen.

En höstvind drar in från havet när han går längs bryggorna och ser på båtarna. En ensam segelbåt länsar in mot hamnen och seglen smattrar när en kvinna revar ...

Han hittar inget pensionat och i ett anfall av lättsinne tar han in på Stadshotellet. Genom väggen i sitt rum hör han någon tala upphetsat och länge. Han tänker sig en man som övar på ett skådespel ...

I receptionen får han hjälp av en vänlig man med emaljöga att spåra det sjukhus där Sture kan antas vara.

– Granåsen, säger mannen med emaljögat. Där är det nog. Dit för man dem som inte hade tur att ljuta ögonblicklig död. Trafikolyckor, motorcyklar, brutna ryggar. Där är det nog.

Granåsen är ett djupt missvisande namn, inser Hans Olofson när han på morgonen dagen efter kommer med en taxi. Skogen öppnar sig, han ser en herrgård, omgiven av välskötta planteringar och en flik av havet skymtande bakom en av herrgårdens flyglar. Utanför huvudingången sitter en man utan ben i en rullstol. Han är insvept i filt och han sover med öppen mun.

Hans Olofson går in genom den höga dörren och tänker att sjukhuset påminner om tingshuset där Sture en gång bodde. Han visas till ett litet kontor, en lampa lyser grönt och han stiger in till en man som presenterar sig som herr Abramovitj. Han talar med en dämpad, knappt hörbar röst, och Hans Olofson föreställer sig att hans främsta uppgift i livet är att vårda tystnaden.

– Sture von Croona, viskar herr Abramovitj. Han har varit hos oss i tio år eller mer. Men er kan jag inte påminna mig? Jag antar att ni är en släkting?

Hans Olofson nickar.

– En halvbror, säger han.

– Vissa som kommer på besök för första gången kan bli en smula illa berörda, viskar herr Abramovitj. Han är naturligtvis blek och lite uppsvälld av att ständigt ligga. En viss sjukhuslukt går heller inte helt att undvika.

– Jag vill gärna besöka honom, säger Hans Olofson. Jag har rest långt för att se honom.

– Jag ska höra med honom, säger herr Abramovitj och reser sig. Hur var namnet? Hans Olofson? En halvbror?

När han återkommer är allting klart. Hans Olofson följer honom genom en lång korridor och de stannar framför en dörr där herr Abramovitj knackar. Ett gurglande läte kommer som svar.

I det rum han inträder i är ingenting som han har tänkt sig. Väggarna är intäckta av böcker och mitt på golvet, omgiven av gröna växter i höga blomkrukor, ligger Sture i en blåmålad säng. Men något rör sticker inte ut ur hans hals och ingen jättelik insekt sveper sina vingar runt den blå sängen.

Dörren faller tyst igen och de är ensamma.

– Var fan har du varit? frågar Sture med en röst som är hes men ändå avslöjar att han är arg.

Hans Olofson föreställningar faller brutalt samman. Han har tänkt sig att en människa med bruten ryggrad är lågmäld och fåordig, inte på detta sätt ilsken.

– Sätt dig, säger Sture som för att hjälpa honom ur förlägenheten.

Han lyfter ner en trave böcker från en stol och sätter sig.

– Tio år låter du mig vänta, fortsätter Sture. Tio år. Först var jag nog besviken. Ett par år, kanske. Sedan dess har jag mest varit förbannad på dig.

– Jag har ingen förklaring, säger Hans Olofson. Du vet hur det är.

– Hur fan ska jag kunna veta hur det är? Jag ligger ju här.

Sedan spricker hans ansikte upp i ett leende.

– Ändå kom du, säger han. Hit där det är som det är. Vill jag ha utsikt monterar de en spegel så att jag kan se trädgården. Två gånger har rummet målats om sedan jag kom hit. I början rullade de ut mig i parken. Men sedan sa jag nej. Jag har det bäst här. Jag har blivit bekväm av mig. Ingenting hindrar en sådan som mig att hemfalla åt lättja.

Hans Olofson lyssnar förstummat på den viljestyrka som utgår från Sture i sängen. Med en tilltagande känsla av overklighet inser han att Sture, trots sitt ohyggliga underläge, har utvecklat en kraft och målmedvetenhet som han själv inte alls besitter.

– Naturligtvis är bitterheten min ständige vapendragare, säger Sture. Varje morgon när jag vaknar ur drömmarna, varje gång jag gör på mig och det börjar lukta. Varje gång jag inser att jag ingenting kan. Det är nog det värsta, att inte kunna bjuda motstånd. Det är ryggraden som är av, det är sant. Men någonting bröts också i mitt huvud. Det tog mig många år att inse det. Men då gjorde jag en plan för mitt liv utifrån mina förutsättningar, inte bristen på dem. Jag bestämde mig för att leva tills jag blev trettio, ungefär fem år till. Då ska jag ha min världsuppfattning klar, ett avklarnat förhållande till döden. Mitt enda problem är jag inte själv kan avsluta det hela eftersom jag är orörlig. Men jag har ännu fem år på mig att finna en lösning.

– Vad hände egentligen? frågar Hans Olofson.

– Jag minns inte. Minnet är alldeles utplånat. Jag minns långt innan och jag minns när jag vaknade upp här. Det är allt.

En stank sprider sig plötsligt i rummet och Sture trycker sin näsa mot en ringklocka.

– Gå ut en stund. Jag måste rengöras.

När han kommer tillbaka ligger Sture och dricker öl ur ett sugrör.

– Jag dricker brännvin ibland, säger han. Men det tycker de inte om. Börjar jag kräkas blir det besvär. Dessutom kan jag bli ful i munnen mot sköterskorna. Jag tar igen för det jag inte kan göra.

– Janine, säger Hans Olofson. Hon dog.

Länge ligger Sture tyst.

– Vad hände? frågar han.

– Hon dränkte sig till slut.

– Vet du vad jag drömde om? Att klä av henne, ligga med henne. Fortfarande kan jag bli rasande över att jag aldrig gjorde det. Tänkte du aldrig så?

Hans Olofson skakar på huvudet. Hastigt griper han en bok för att undkomma.

– Med min uppfostran hade jag väl aldrig kommit att studera den radikala filosofin, säger Sture. Jag drömde och ville bli min tids Leonardo. Jag var min egen stjärnbild i ett privat kosmos. Men nu vet jag att förnuftet är det enda som ger mig tröst. Och förnuft är att inse att man dör ensam, obotligt ensam, alla, även du. Jag försöker tänka på det när jag skriver. Jag läser in på band, andra skriver rent.

– Vad skriver du om?

– Om en bruten ryggrad som ger sig ut i världen. Abramovitj ser inte särskilt förtjust ut när han läser vad flickorna renskrivit. Han förstår inte vad jag menar och det gör honom orolig. Men om fem år slipper han mig.

När Sture ber honom berätta om sitt eget liv tycker han sig inte ha något att säga.

– Minns du hästhandlarn? frågar han. Han dog i somras. Han frättes upp av kräftan i skelettet.

– Honom träffade jag aldrig, säger Sture. Träffade jag egentligen någon annan än dig och Janine?

– Det är så länge sen.

– Om fem år, säger Sture. Om jag inte har funnit lösningen på mitt sista problem. Hjälper du mig då?

– Om jag kan.

– Man bryter inte ett löfte mot någon som har brutit ryggen. Då kommer jag att spöka i din hjärna tills du stupar.

Sent på eftermiddagen skiljs de åt.

Herr Abramovitj gläntar försiktigt på dörren och meddelar att han kan erbjuda Hans Olofson transport in till staden.

– Kom tillbaka en gång om året, säger Sture. Inte mer. Jag har inte tid.

– Jag kan skriva, säger Hans Olofson.

– Nej, inga brev. Jag blir bara upprörd av brev. Brev är för mycket rörlighet för att jag ska uthärda. Gå nu ...

Hans Olofson reser därifrån med en känsla av att vara kung i de ovärdigas rike. I Sture såg han sig själv i en spegel. Den bilden kan han inte undkomma ...

Sent på kvällen återkommer han till Uppsala. Klockorna tickar i den ogenomträngliga djungel av tid han lever i.

Mutshatsha, tänker han. Vad återstår annat än du ...

Tung är den svenska himlen, den tidiga morgon i september 1969, då han lämnar alla sina hittillsvarande horisonter bakom sig och flyger ut i världen. Han har tömt sina besparingar och köpt den biljett som kommer att slunga honom ut i de övre luftlagren, hans tvivelaktiga vallfart mot det Mutshatsha som Janine hade drömt om.

En orörlig himmel, en ändlös molnvägg hänger över hans huvud, när han för första gången i sitt liv äntrar ett flygplan. När han går över flygplattan tränger vätan genom hans skor. Han vänder sig om, som om någon trots allt skulle finnas där och vinka av honom ...

Han betraktar sina blivande medresenärer. Ingen är på väg till Mutshatsha, tänker han. Just nu är det det enda jag kan vara alldeles säker på.

Med en lätt nigning tar Hans Olofson klivet upp i luften.

27 timmar senare, exakt enligt tidtabellen, landar han i Lusaka. Afrika tar emot honom med våldsam hetta. Ingen finns där att möta honom.

En nattvakt kommer emot honom med en påk i handen.
Hans Olofson ser att han är mycket rädd. Två stora schäferhundar springer oroligt fram och tillbaka över den dåligt upplysta gårdsplanen.

Plötsligt känner han en ursinnig leda över att ständigt vara omgiven av nervösa vakthundar och höga murar med krossat glas ingjutet på krönen. Jag färdas från den ena vita bunkern till den andra, tänker han. Överallt denna rädsla ...

Han knackar på dörren till tjänarbostaden och det är Peggy som svarar. Hon släpper in honom, bakom henne finns Marjorie, och de skrattar och är glada åt att han har kommit. Ändå märker han genast att någonting inte är som det ska. Han sätter sig på en stol och lyssnar på deras röster från det lilla köket där de kokar te åt honom.

Jag glömmer att jag är en *mzungu* även för dem, tänker han. Bara med Peter Motombwane har jag lyckats uppleva en alldeles otvungen samvaro med en afrikan. Han dricker te och frågar hur de klarar sig i Lusaka.

– Det går bra, svarar Marjorie. *Bwana* Lars tar hand om oss.

Han berättar inte om det nattliga överfallet och frågar istället om de har hemlängtan. När de svarar att de inte har det märker han återigen att någonting inte är som det ska. En osäkerhet bakom deras vanliga glädje. Någonting plågar dem. Han bestämmer sig för att vänta till Lars Håkansson kommer tillbaka.

– I morgon stannar jag hela dagen, säger han. Vi kan ta bilen och åka in till Cairo Road och gå i affärer.

När han går hör han hur de låser om sig. I en afrikansk by finns inga lås, tänker han. I de vitas bunkrar är det det första vi lär dem. Att låsa en dörr ger en bedräglig trygghet.

Nattvakten kommer mot honom med sin påk i handen.

– Var är *bwana* Lars? frågar Hans Olofson.

– I Kabwe, *Bwana*.

– När kommer han tillbaka?

– Kanske i morgon, *Bwana*.

– Jag stannar här i natt. Lås upp dörren för mig.

Nattvakten försvinner i mörkret för att hämta nycklarna. Säkert har han grävt ner dem, tänker Hans Olofson.

Plötsligt slår han till en av schäfrarna som nosar på hans ben. Gnyende drar den sig undan. I det här landet finns ett oändligt antal hundar som är dresserade att angripa människor med svart hudfärg, tänker han. Hur dresserar man egentligen en hund till ett rasistiskt beteende?

Nattvakten låser upp. Hans Olofson tar nycklarna, och stänger från insidan. Först gallergrinden med två hänglås och en tvärslå med ytterligare ett lås. Sedan ytterdörren med två lås och tre reglar.

Åtta lås, tänker han. Åtta lås för min nattsömn ... Vad var det som plågade dem. En hemlängtan som de är rädda att erkänna? Eller någonting annat?

Han tänder lamporna i Lars Håkanssons stora hus, går genom de smakfullt möblerade rummen. Överallt står blänkande elektroniska musikmaskiner och han låter musiken strömma ut från dolda högtalare.

Han väljer ett gästrum där sängen är bäddad med rena lakan. Här är jag tryggare än på min egen farm, tänker han. Åtminstone tror jag det, eftersom ingen vet var jag är.

Han badar i ett skinande badrum, stänger av grammofonen och lägger sig i sin säng.

Just när han håller på att glida bort i sömnen, rycker han till och är plötsligt klarvaken igen. Han tänker på Marjorie och Peggy, känslan av att någonting inte är som det ska. Han försöker intala sig själv att Afrika har gjort honom alltför sårbar i hans

276

omdöme, att han efter alla dessa år tycker sig se rädsla i alla människors ansikten.

Han stiger upp och går genom huset, öppnar dörrar, studerar bokryggar och en ritning av en länkstation som hänger på en vägg i Lars Håkanssons arbetsrum. Allt är perfekt utfört, tänker Hans Olofson.

Lars Håkansson har inrättat sig i Afrika utan ett dammkorn, med var sak på sin plats. Han drar ut lådor och ser underkläder i pedantiskt arrangerade högar. Ett rum är förvandlat till fotoateljé, bakom en annan dörr finner han en träningscykel och ett bordtennisbord.

Han återvänder till det stora vardagsrummet och tänker att han ingenting finner som ger en bild av Lars Håkanssons förflutna. Ingenstans ser han några bilder på barn eller en frånskild fru. Han föreställer sig att Lars Håkansson använder sig av det faktum att Afrika ligger långt från Sverige. Borta är borta, ingenting behöver påminna honom, om han inte själv vill.

Han drar ut en låda i en chiffonjé. Där ligger högar med fotografier. Först när han riktar en lampa mot dem ser han vad de föreställer. Pornografiska bilder med svarta agerande. Samlagsbilder, enskilda poseringar. Alla på bilderna är mycket unga. Där finns också Peggy och Marjorie. Hjälplöst utlämnade.

Bland bilderna ligger också ett brev, skrivet på tyska. Hans Olofson lyckas uttyda att det är från en man i Frankfurt som tackar för bilder som levererats, som önskar fler, och som meddelar att tretusen tyska mark blivit översända till en bank i Liechtenstein, enligt en uppgjord överenskommelse.

Hans Olofson blir rädd för sitt ursinne. Nu är jag i stånd till vad som helst, tänker han. Denna satans människa som jag gav mitt största förtroende, som lurar eller hotar eller lockar mina svarta döttrar till detta. Han förtjänar inte att leva. Kanske han också tvingar sig på dem, kanske den ena eller båda redan har blivit gravida?

Han plockar ur de bilder där Peggy och Marjorie uppträder och stoppar dem i sin ficka. Skjuter igen lådan och bestämmer sig.

277

Genom ett nattöppet fönster talar han med nattvakten och får veta att Lars Håkansson bor på ett *Department Guest-House*, intill de stora militärförläggningarna i Kabwe, vid stadens södra infart.

Hans Olofson klär sig och lämnar huset. Förvånad ser nattvakten hur han sätter sig i bilen.

– Det är farligt att köra så långt på natten, *Bwana*, säger han.

– Vad skulle vara farligt? frågar Hans Olofson.

– Män som stjäl och mördar, *Bwana*, svarar nattvakten.

– Jag är inte rädd, säger Hans Olofson.

Det är också sant, tänker han, när han svänger ut genom grinden. Det jag upplever nu är en känsla som är starkare än all den rädsla jag så länge har levt med.

Han kör ut ur staden, tvingar sig att inte köra för fort och han vill inte riskera att krocka med en afrikansk bil som kanske helt saknar lyktor.

Så lätt jag lät mig bedras, tänker han. Jag möter en svensk och lutar mig genast mot hans axel. Förtroendeingivande stod han utanför mitt hus och ville köpa en höjd på mina ägor.

Alltför hastigt var han beredd att upplåta ett hus till Peggy och Majorie. Vad har han gett dem? Pengar eller hot? Båda delarna? Något straff finns egentligen inte, tänker han. Men jag vill förstå hur någon kan bete sig som han.

Mitt emellan Lusaka och Kabwe når han en militär vägspärr. Han saktar ner och stannar vid kontrollposten. Soldater i kamouflageuniformer och hjälmar kommer emot honom i strålkastarljuset, automatgevären är höjda. Han rullar ner sitt fönster och en av soldaterna böjer sig ner och ser in i bilen. Hans Olofson märker att soldaten är mycket ung och mycket berusad. Han frågar vart Hans Olofson är på väg.

– Hem, svarar Hans Olofson vänligt. Kalulushi.

Soldaten beordrar honom att stiga ur bilen. Nu dör jag, tänker han hastigt. Han kommer att skjuta ihjäl mig, utan annan orsak än att det är mitt i natten och han är berusad och uttråkad.

– Varför kör du hem mitt i natten? frågar soldaten.

– Min mor har blivit sjuk, svarar Hans Olofson.

278

Soldaten ser länge på honom med glansiga ögon, automatgeväret är riktat mot hans bröstkorg. Sedan viftar han med geväret.

– Kör, säger han.

Hans Olofson sätter sig in i bilen igen, undviker oförsiktiga rörelser och kör sakta därifrån.

Den afrikanska oberäkneligheten, tänker han. Någonting har jag ändå lärt mig efter alla dessa år. Om det inte hjälper att hänvisa till sin mor, så hjälper ingenting ...

Sakta ökar han farten och han undrar om det finns någon större ensamhet än att vara vit och övergiven vid en vägspärr i den afrikanska natten.

Klockan närmar sig fyra när han kommer fram till Kabwe. I nästan en timme kör han omkring innan han ser en skylt där det står *Department Guest-House*.

Det enda han har bestämt sig för är att väcka Lars Håkansson och visa honom de bilder han har i sin ficka. Kanske jag slår till honom, har han tänkt. Kanske jag spottar honom i ansiktet?

En nattvakt sover utanför grindarna till gästhuset. Det luktar bränt från en av mannens gummistövlar som hamnat för nära elden. En tom *lituku*-flaska ligger bredvid mannen. Hans Olofson skakar honom utan att han vaknar.

Han skjuter själv upp grinden och kör in bilen. Genast ser han Lars Håkanssons bil utanför ett av de små gästhusen. Han parkerar bredvid den vita bilen, slår av motorn och släcker billjuset.

Lars Håkansson, säger han till sig själv. Nu har jag kommit efter dig.

Tre gånger bultar han på dörren innan han hör Lars Håkanssons röst.

– Det är Hans Olofson, säger han. Jag har ett ärende.

Han måste förstå, tänker han hastigt. Kanske han blir rädd och inte vågar öppna? Men Lars Håkansson slår upp dörren och släpper in honom.

– Du, säger han. Det var oväntat. Mitt i natten? Hur har du hittat mig här?

– Din nattvakt, svarar Hans Olofson.

– Det är en militär befälhavare här som har fått för sig att hans bror är en lämplig entreprenör för att resa fundamenten för länkstationerna i hela landet, säger Lars Håkansson. Han har luktat pengar och det tar lite tid att få honom att inse att det inte riktigt går till som han föreställer sig.

Han ställer fram en flaska whisky och två glas.

– Jag for till Lusaka för att hälsa på Marjorie och Peggy, säger Hans Olofson. Jag borde kanske ha ringt innan.

– Med dem är det bara bra, säger Lars Håkansson. Pigga töser.

– Ja, säger Hans Olofson. De utgör det här landets framtid.

– Lars Håkansson dricker ur sitt glas och ler skevt mot honom.

– Det låter vackert, säger han.

Hans Olofson betraktar hans sidenpyjamas.

– Jag menar faktiskt det jag säger, svarar han.

Han tar upp bilderna ur sin ficka och lägger dem på bordet, en efter en. När han är färdig ser han att Lars Håkansson betraktar honom med stela ögon.

– Naturligtvis borde jag bli förbannad över att du gräver i mina lådor, säger han. Men jag ska överse med det. Säg hellre vad det är du vill.

– Det här, säger Hans Olofson. Det här ...

– Vad är det med det? avbryter Lars Håkansson. Nakna människor på bild, ingenting annat.

– Har du hotat dem? frågar han. Eller gett dem pengar?

Lars Håkansson fyller sitt glas och Hans Olofson ser att handen inte darrar.

– Du påstår att du har bott i Afrika i tjugu år, säger Lars Håkansson. Då borde du känna till föräldrarespekten. Blodsbanden är töjliga, du har varit deras far, nu är den rollen delvis överflyttad på mig. Vänligt kan jag be dem ta av sig sina kläder, göra som jag säger. Generade blir de men fadersrespekten härskar. Varför skulle jag hota? Jag är lika mån som du om att de ska genomföra sin utbildning. Pengar ger jag dem naturligtvis, på samma sätt som du gör det. Det finns alltid en privat biståndsdimension hos oss som reser ut.

– Du lovade att ansvara för dem, säger Hans Olofson och märker att rösten darrar. Du förvandlar dem till pornografiska modeller och säljer deras bilder till Tyskland.

Lars Håkansson ställer hårt ifrån sig glaset.

– Du har rotat i mina lådor, säger han upprört. Jag borde kasta ut dig genast, men jag ska inte göra det. Jag ska vara hövlig och tålmodig och höra på vad du har att säga. Kom bara inte med några moraliska uppkast, det tål jag inte.

– Ligger du med dem också, frågar Hans Olofson.

– Inte än, säger Lars Håkansson. Jag antar att jag är rädd för aids. Men de kanske är oskulder?

Jag dödar honom, tänker Hans Olofson. Jag dödar honom i det här rummet.

– Låt oss avsluta samtalet, säger Lars Håkansson. Jag sov, jag har en bråkig och dum neger i uniform att stå ut med i morgon. Pornografi intresserar mig, framkallningen mest. Nakenheten som framträder i sköljvattnet. Det kan faktiskt vara upphetsande. Det betalar sig också. En gång ska jag köpa en segelbåt och försvinna till de avlägsna paradisen. De jag fotograferar far knappast illa av det. De får pengar och bilderna publiceras i länder där ingen känner dem. Naturligtvis vet jag att pornografiska bilder inte är tillåtna i detta land. Men jag uppbär en immunitet som är mer betryggande än om jag hade varit vårt lands ambassadör. Frånsett den idiot till befälhavare jag har här i Kabwe är de militära ledarna i detta land mina vänner. Jag bygger länkstationer åt dem, de dricker min whisky, de mottar emellanåt en del av mina dollar. Samma med poliserna, samma med departementen. Så länge svenska staten ger sina miljoner och så länge jag har ansvar, så är jag osårbar. Om du skulle drabbas av den dåliga idén att gå till polisen med dessa bilder, så skulle du löpa en mycket stor risk att bli utvisad ur landet med en enkel 24-timmarsfrist att packa ihop dina arton år på. Så mycket mer är knappast att säga. Om du är upprörd kan jag knappast göra något åt det. Vill du ta hem flickorna kan jag inte hindra dig, Även om det är synd, med tanke på deras utbildning. Våra mellanhavanden kan upphöra, jag har fått din höjd, du får dina pengar. Jag tycker det är synd att det ska sluta så här. Men jag tål inte människor som missbrukar mitt förtroende genom att gräva i mina lådor.

– Du är ett svin, säger Hans Olofson.

– Du ska gå nu, säger Lars Håkansson.

– Sådana som du skickar Sverige ut, säger Hans Olofson.

– Jag är en bra biståndsexpert, svarar Lars Håkansson. Jag åtnjuter stor respekt på SIDA.

– Men om de visste? säger Hans Olofson.

– Ingen skulle tro dig, säger Lars Håkansson. Ingen skulle bry sig. Resultat räknas, privatliv har alla. Att hävda moraliska eller idealistiska synpunkter ligger bortom de politiska realiteterna.

– En människa som du förtjänar inte att leva, säger Hans Olofson. Jag borde slå ihjäl dig, här och nu.

– Men det gör du inte, svarar Lars Håkansson och reser sig. Nu ska du gå. Ta in på *Elephant's Head* och sov ut. I morgon är du mindre upprörd.

Hans Olofson rafsar åt sig bilderna och går ut, Lars Håkansson följer honom.

– Jag ska skicka några av de här bilderna till SIDA, säger Hans Olofson. De ska få veta, och någon måste reagera.

– Bilderna kan aldrig härledas till mig, svarar Lars Håkansson. En pinsam anklagelse från en svensk äggproducent som levt för länge i Afrika. Ärendet stämplas av, försvinner i ett ingenting.

Ursinnig sätter sig Hans Olofson i sin bil, vrider på nyckeln och slår på ljusen. Lars Håkansson står i sin sidenpyjamas, något vitt som glänser i den afrikanska natten. Jag kommer inte åt honom, tänker Hans Olofson. Han lägger in backen.

Sedan ändrar han sig hastigt, skjuter in den första växeln trampar på gaspedalen och vräker bilen rakt mot Lars Håkansson. Hans Olofson blundar när han kör över honom. Dunsen och rycket i karossen är mjukt. Utan att se sig om fortsätter han mot grinden. Nattvakten sover, den brända gummistöveln stinker. Hans Olofson skjuter upp grindarna och lämnar Kabwe.

I det här landet hänger man mördare, tänker han förtvivlat. Jag får säga att det var en olycka, att jag blev så förvirrad att jag bara for därifrån utan att anmäla vad som hänt. Jag är ursäktad, jag har nyligen själv blivit utsatt för ett fruktansvärt överfall. Jag är trött, utarbetad.

Han far mot Kalulushi med en känsla av att han borde ångra sig, men att han inte kan. Han är säker på att Lars Håkansson är död.

I gryningen kör han av huvudvägen och stannar, solen lyfter sig över ett oändligt hedland. Han bränner bilderna av Peggy och Marjorie, låter askan driva bort med den varma vinden.

Han tänker att han har dödat två människor, och kanske också en tredje, även om det är mera osäkert. Peter Motombwane var kanske den bästa mannen i detta land, tänker han. Lars Håkansson var ett odjur.

Att döda en människa är något ofattbart. Ska jag uthärda så måste jag tänka att jag sonade Peter Motombwane genom att köra bilen rakt mot Lars Håkansson. Någonting är återupprättat, även om det ingenting i grunden förändrar ...

I två veckor väntar han på polisen, en ångest tär honom till upplösning. Han lämnar över så mycket han kan till sina förmän, säger sig lida av ständiga malariaanfall. Patel besöker hans farm och Hans Olofson ber honom om sömnmedel. Sedan sover han drömlöst och vaknar ofta först när Luka länge har stått vid köksdörren och bultat.

Han tänker att han borde besöka Joyce Lufuma, tala med henne, men han vet inte vad han ska säga. Jag kan bara vänta, tänker han. Vänta på att polisen kommer i en dålig bil och hämtar mig. Kanske jag måste ge dem bensin för att de ska kunna föra mig härifrån?

En morgon efter två veckor berättar Luka att Peggy och Marjorie har återkommit med en buss från Lusaka.

Rädslan förlamar honom. Nu kommer polisen, tänker han. Nu är det över.

Men de enda som kommer är Peggy och Marjorie. De står i

solljuset utanför det dunkla lerskjulet där han sitter med sina papper. Han går ut till dem och frågar varför de har återvänt från Lusaka.

– *Mzunguz* kom och berättade att *bwana* Lars hade dött, säger Marjorie. Vi kunde inte bo kvar i vårt hus längre. En man som kommer från samma land som du gav oss pengar till att resa tillbaka hit. Nu är vi här.

Han kör dem hem.

– Ingenting är för sent, säger han. Jag ska ordna det på något annat sätt. Ni ska genomgå den sjukvårdsutbildning vi har bestämt.

Vi delar en hemlighet utan att de vet om det, tänker han. Kanske de anar att Lars Håkanssons död har med mig och bilderna att göra? Kanske de inte tänker så?

– Hur dog *bwana* Lars? frågar han.

– En olycka, sa mannen från ditt land, svarar Peggy.

– Kom det inga poliser? fortsätter han.

– Inga poliser, svarar Peggy.

En sovande nattvakt, tänker han. Inga andra bilar såg jag. Kanske Lars Håkansson var ensam i gästhuset? Nattvakten i Lusaka är rädd för att råka ut för problem. Han kanske inte ens sa att jag var där den natt det hände. Peggy och Marjorie har säkert ingenting berättat, ingen har knappast frågat dem om vad som hänt en natt i Kabwe. Kanske det inte ens har varit några förhör? En oförklarlig olycka, en död svensk biståndsexpert flygs hem i en kista. Något står i tidningarna, SIDA representerar vid begravningen. Människor undrar, men säger att Afrika är det oförklarligas kontinent.

Plötsligt inser han att ingen kommer att anklaga honom för Lars Håkanssons död. En svensk biståndsexpert omkommer oförklarligt. Polisen gör en utredning, hittar pornografiska bilder, fallet avskrivs hastigt.

Utvecklingen av ett nät av länkstationer för telekommunikationer betjänas inte av att någon yppar misstankar om att ett brott har blivit begånget. Länkstationerna befriar mig, tänker han.

284

Han sitter under trädet vid Joyce Lufumas lerhus. Peggy och Marjorie har gått för att samla ved, de yngsta döttrarna hämtar vatten. Joyce stöter majs med en kraftig trästock.

Utfallet för Afrika i framtiden beror på vad som sker med Afrikas kvinnor, tänker han. Medan männen ute i byarna sitter under trädens skugga, arbetar kvinnorna på fälten, föder barnen, bär femtiokilos säckar med majs miltals på sina huvuden. Min farm är inte den egentliga bilden av Afrika, med män som utgör den huvudsakliga arbetskraften. Afrikas kvinnor bär kontinenten på sina huvuden. Att se en kvinna med en stor börda på sitt huvud ger ett intryck av kraft och självtillit. Ingen känner de rygglidanden som följer i dessa huvudbördors spår.

Joyce Lufuma är kanske trettiofem år. Fyra döttrar har hon fött, ännu har hon kraft nog att stöta majsen med den tjocka stocken. I hennes liv har aldrig funnits plats för eftertanke, endast arbete, livsuppehållande arbete. Vagt har hon kanske föreställt sig att åtminstone två av hennes döttrar ska förunnas en möjlighet att leva ett annat liv. De drömmar hon har tillägnar hon sina döttrar.

Stocken som slår mot majsen stöter som en trumma. Afrika är en kvinna som stöter majs, tänker han. Ur den utgångspunkten måste alla tankar om framtiden för denna kontinent härledas ...

Joyce slutar stöta och börjar sila sitt mjöl. Då och då kastar hon en blick på honom och när deras ögon möts så skrattar hon, de vita tänderna blänker. Arbete och skönhet hör ihop, säger han till sig själv. Joyce Lufuma är naturligtvis den vackraste och värdigaste kvinna jag någonsin har mött i mitt liv. Min kärlek för henne är respektens kärlek. Det sinnliga når mig genom hennes obrutna vilja att leva. Där är hennes rikedom så mycket större än min. Hennes möda att hålla sina barn vid liv, att alltid kunna ge dem mat och slippa se dem tyna bort av undernäring och bära dem i kistor till gravgårdar ute i bushen.

Hennes rikedom är oändlig. I jämförelse med henne är jag en mycket fattig människa. Fel vore att påstå att mina pengar skulle öka hennes välstånd. De skulle bara underlätta det byggnadsverk hon trots allt genomför. Hon skulle slippa dö i fyrtioårsåldern, utsliten av sin möda . . .

I en rad återkommer de fyra döttrarna, på sina huvuden bär de vattenhinkar och ved. Detta ska jag minnas, tänker han, och inser plötsligt att han har bestämt sig för att lämna Afrika. Efter nitton år har beslutet formulerat sig själv. Han ser döttrarna komma längs en stig, deras svarta kroppar, uppsträckta för att hjälpa huvudena att balansera bördorna, han ser dem och tänker på den gång han låg bakom ett förfallet tegelbruk utanför köpingen.

Hit kom jag, tänker han. Den gången jag låg bakom en rostig tegelugn undrade jag hur världen egentligen såg ut. Nu vet jag. Joyce Lufuma och hennes fyra döttrar. Över trettio år tog det mig att uppnå den insikten.

Han delar deras måltid, äter *nshima* och grönsaker. Träkolselden flammar, Peggy och Marjorie berättar om Lusaka. De har redan glömt Lars Håkansson och hans kamera, tänker han. Det som är förbi är förbi.

Länge sitter han vid deras eld, lyssnar, säger enstaka ord. När han nu har bestämt sig för att göra sig av med sin farm, bryta upp, har han inte längre bråttom. Han är inte ens upprörd över att Afrika har besegrat honom, tärt honom till den bristpunkt där han inte längre orkar.

Stjärnhimlen över hans huvud är alldeles klar.

Till slut sitter han ensam med Joyce Lufuma, döttrarna sover inne i lerhuset.

– Snart är det morgon igen, säger han, och han använder sig av hennes eget språk, *bemba*, som han hjälpligt lärt sig under alla de år han varit i Afrika.

– Om Gud vill, ännu en dag, svarar hon.

Han tänker på alla de ord som inte finns på hennes språk. Ord för lycka, framtid, förhoppning. Ord som inte varit möjliga eftersom de aldrig representerat återkommande erfarenheter för dessa människor.

– Vem är jag, frågar han plötsligt.

– En *bwana mzungu*, svarar hon.

– Ingenting annat? säger han.

Oförstående ser hon på honom.

– Finns det någonting mer, frågar hon.

Kanske inte, tänker han. Kanske det är vad jag är, en *bwana mzungu*. En märklig *bwana*, som inte har några barn, inte ens en hustru. Plötsligt bestämmer han sig för att säga precis som det är.

– Jag kommer att resa härifrån, Joyce, säger han. Andra människor kommer att överta farmen. Men jag ska sörja för dig och dina döttrar. Kanske är det bättre att du återvänder med dina barn till trakterna kring Luapula som du en gång kom ifrån. Där har du din familj, din utgångspunkt. Jag ska ge dig pengar så du kan bygga ett hus och köpa tillräckligt många *limas* med åkerjord för att du ska kunna leva ett gott liv. Innan jag reser ska jag ha ordnat så att Peggy och Marjorie kan genomföra sina sjukvårdsstudier. Kanske det är bättre att de går på den skola som finns i Chipata? Det är inte så långt från Luapula, inte så stort som Lusaka. Men jag vill att du ska veta att jag reser, och jag vill be dig om att inte säga det till någon annan riktigt än. Människorna på farmen kan bli oroliga och det vill jag inte.

Uppmärksamt har hon lyssnat på honom, och han har talat långsamt för att visa henne att han menar allvar.

– Jag återvänder till mitt hemland, fortsätter han. På samma sätt som du kanske vänder tillbaka till Luapula.

Plötsligt ler hon emot honom, som om hon förstått den egentliga innebörden av hans ord.

– Där väntar din familj, säger hon. Din hustru och dina barn.

– Ja, säger han. Där väntar de och de har väntat länge.

Hon frågar ivrigt om hans familj och han skapar en åt henne, tre söner och två döttrar, en hustru.

Hon skulle ändå aldrig förstå, tänker han. Den vite mannens liv är ändå obegripligt för henne.

Sent på natten reser han sig och går till sin bil. I skenet från billyktorna ser han henne stänga dörren till lerhuset. Afrikaner är gästfria, tänker han. Ändå har jag aldrig varit inne i hennes hus.

Schäferhundarna kommer honom till mötes utanför hans hus.

Aldrig ska jag ha hundar mera, tänker han. Jag vill inte leva omgiven av larmande tyfoner och djur som är dresserade att hugga efter strupar. Det är inte naturligt för en svensk att ha en revolver under sin huvudkudde, varje kväll kontrollera att den är laddad, att magasinet roterar sina patroner.

Han går genom det tysta huset och undrar vad han egentligen har att återvända till. Arton år kanske är för lång tid? Vad som har hänt i Sverige under alla dessa år, vet han knappast. Han sätter sig i det rum han kallar sitt arbetsrum, tänder en lampa och kontrollerar att gardinerna är fördragna.

När jag säljer farmen kommer jag att få mängder av *kwacha*-sedlar som jag inte kan ta med mig och heller inte växla. Patel kan säkert hjälpa mig med en del, men han kommer att ana möjligheten och kräva en växlingsavgift på minst femtio procent. På en bank i London har jag pengar, även om jag inte riktigt vet hur mycket det är. När jag bryter upp så gör jag det med tomma händer.

Plötsligt blir han tveksam igen, om uppbrottet verkligen är nödvändigt. Jag får acceptera revolvern under kudden, tänker han. Rädslan som ständigt är närvarande, osäkerheten som jag hittills har levt med.

Stannar jag i femton år till här kan jag pensionera mig, kanske flytta till Livingstone eller Sverige. Andra människor än Patel kan hjälpa mig att föra ut pengar, trygga mina resterande år.

I Sverige har jag ingenting att återvända till. Min far är död sedan länge, i köpingen kommer knappast någon att minnas vem jag var. Hur ska jag kunna överleva i ett vinterlandskap när jag har vant mig vid Afrikas värme, att byta sandalen mot en pjäxa?

Han leker ett kort ögonblick med tanken att återuppta sina studier, använda sin medelålder till att slutföra sin juridiska examen.

I tjugo års tid har han arbetat på att forma sitt liv, medan han av en tillfällighet blivit kvar i Afrika. Att resa tillbaka till Sverige är ingen återkomst. Jag kommer att få börja om från början igen. Men med vad?

Rastlöst vandrar han i sitt rum. En flodhäst ropar från Kafue. Hur många kobror har jag sett under mina år i Afrika, frågar han sig. Tre eller fyra varje år, oräkneliga krokodiler, flodhästar och pytonormar. En enda grön mamba under alla dessa år, som hade lurat sig in i ett av hönshusen. En apa körde jag över med min bil utanför Mufulira en gång, en stor babianhanne. I Luangwa har jag sett lejon och tusentals elefanter, *pocos* och *kudus* har gjort sina höga språng i gräset, ibland korsat min väg. Men någon leopard har jag aldrig sett, bara anat dess skugga den natt Judith Fillington bad mig hjälpa henne med sin farm.

När jag reser härifrån kommer Afrika att förtona sig som en egendomlig dröm, utdragen till att omfatta en avgörande del av mitt liv. Vad ska jag egentligen ta med mig härifrån? En höna och ett ägg? Den trästav med inskriptioner som jag en gång fann nere vid floden, en kvarglömd häxstav? Eller ska jag ta med mig Peter Motombwanes heliga *panga*, och visa människor det vapen som styckade två av mina vänner och som en natt skulle höjas över mitt eget struphuvud? Ska jag fylla mina fickor med den röda jorden?

Jag bär Afrika med mig i mitt inre, trummor som avlägset dånar i natten. En stjärnhimmel vars klarhet jag aldrig tidigare har upplevt. Naturens växlingar vid sjuttonde breddgraden. Doften av träkol, mina arbetares ständiga lukt av ingrodd svett. Joyce Lufumas döttrar som kom i en rad med sina bördor på huvudena ...

Jag kan inte lämna Afrika förrän jag har försonats med mig själv, tänker han. Att jag blev kvar här i nästan tjugu år. Livet är som det är, mitt blev vad det blev. Knappast hade jag varit lyckligare om jag slutfört mina studier och tillbringat min tid i den svenska rättvisans värld. Hur många människor drömmer inte om att resa ut. Jag gjorde det och man kan också säga att jag lyckades med någonting. Jag hänger mig åt meningslösheter om jag inte accepterar mina arton år i Afrika, som något jag trots allt är tacksam för.

Innerst inne vet jag också att jag måste bryta upp. De två människor jag har dödat, Afrika som tär mig, gör det omöjligt att stanna. Kanske jag flyr, kanske det är ett naturligt uppbrott? Jag måste börja planera min avresa genast, i morgon. Ge mig den nödvändiga tiden, men inte mer.

När han har lagt sig i sängen tänker han att han inte alls ångrar att han körde sin bil över Lars Håkansson. Hans död berör honom knappast. Peter Motombwanes sönderskjutna huvud värker i hans inre. I drömmen tycker han sig vara iakttagen av en leopards vakande öga ...

Hans Olofsons sista tid i Afrika sträcker ut sig till ett halvt år. Han överlämnar sin farm till den vita kolonin, men till hans förvåning är det ingen som spekulerar på den. När han frågar sig varför, inser han att den ligger för isolerat. Det är en profitabel farm, men ingen vågar överta den. Efter fyra månader har han bara två spekulanter och han inser att det pris han kommer att få är mycket dåligt.

De två spekulanterna är Patel och Mister Pihri och hans son. När det blivit offentligt att han ska lämna farmen, kommer de båda och besöker honom, bara tillfälligheter gör att de inte inträffar på hans terrass samtidigt. Mister Pihri och hans son beklagar hans avresa. Naturligtvis, tänker Hans Olofson. Deras bästa inkomstkälla försvinner. Inga begagnade bilar, inga symaskiner, inga baksäten fullastade med ägg.

När mister Pihri frågar om det begärda priset för farmen, tror Hans Olofson att det är mannens ständiga nyfikenhet. Först efteråt förstår han till sin förvåning att mister Pihri är spekulant. Har jag gett honom så mycket pengar under åren, tänker han. Så mycket mutor att han nu har råd att köpa min farm?

Om så är fallet, är det en oöverträffad sammanfattning av detta land, kanske av Afrika.

– Jag har en fråga, säger Hans Olofson plötsligt. En fråga i all vänskaplighet.

– Våra samtal är alltid vänskapliga, säger Mister Pihri.

– Alla dokument, säger Hans Olofson. Alla dokument som alltid skulle stämplas för att jag inte skulle få problem? Var de nödvändiga?

Mister Pihri tänker länge innan han svarar.

– Jag förstår nog inte riktigt, säger han.

Det är i så fall första gången, tänker Hans Olofson.

– I all vänskaplighet, fortsätter han. Jag bara undrar om du och din son verkligen har gjort mig så stora tjänster som jag alltid har trott.

Mister Pihri ser bekymrad ut, sonen sänker blicken.

– Vi har alltid undvikit bekymmer, svarar mister Pihri. I Afrika ser vi alltid till den ömsesidiga nyttan.

Jag får aldrig veta hur mycket han har lurat mig, tänker Hans Olofson. Hur mycket av mina pengar han i sin tur har betalat vidare till andra korrumperade tjänstemän. Den gåtan får jag leva med. Samma dag kommer Patel i sin rostiga bil till farmen.

– En farm som den här är naturligtvis inte svår att försälja, säger han vänligt.

Hans ödmjukhet döljer ett rovdjur, tänker Hans Olofson. Just nu räknar han procent, förbereder sina allvarsord om hur farligt det är att göra olagliga depositioner av valuta utanför den zambiska nationalbankens kontroll. Människor som mister Pihri och Patel är ett av den här kontinentens sorgligaste par. Utan dem fungerar ingenting. Korruptionens pris är det vanliga, fattiga människors vanmakt. Hans Olofson nämner sina svårigheter och det pris han tänkt sig.

– Det är naturligtvis ett skandalöst underpris, säger han.

– Tiderna är osäkra, svarar Patel.

Två dagar senare kommer ett brev där han meddelar att han är spekulant på farmen, men att priset förefaller honom något högt, med tanke på de besvärliga tiderna. Nu har jag två spekulanter, tänker Hans Olofson. Båda är beredda att handla av mig, med mina egna pengar ...

Han skriver ett brev till banken i London och meddelar att han nu försäljer sin farm. Det kontrakt som upprättades med advokaten i Kitwe innebär att hela försäljningssumman nu tillfaller honom själv. Advokatbyrån i Kitwe finns inte längre kvar, hans advokat har flyttat till Harare. Det kommer ett svar från banken i

London ett par veckor senare som meddelar att Judith Fillington avled 1983. Eftersom banken då inte längre hade några affärer sammankopplade mellan den gamla och den nya ägaren, hade det inte befunnits nödvändigt att informera honom om Judith Fillingtons död.

Länge sitter han med brevet i handen, minns deras hjälplösa kärleksmöte. Varje liv är alltid en avslutad helhet, tänker han. Efteråt tillåts inga retuscheringar, inga tillägg. Hur ihåligt det än har varit, är det till slut ändå en fullbordad helhet ...

En dag i slutet av november, några månader innan han lämnar Afrika, kör Hans Olofson Joyce Lufuma och hennes döttrar till Luapula. I en av äggbilarna lastar de hennes få tillhörigheter. Madrasser, kokkärl, bylten med kläder. Utanför Luapula följer han Joyces instruktioner, svänger in på en knappt framkomlig bushväg, och stannar till slut vid en klunga lerhus.

Omedelbart blir bilen omgiven av smutsiga och magra barn. Flugsvärmar slår kring Hans Olofson när han stiger ut. Efter barnen kommer de vuxna och omsluter genast Joyce och hennes döttrar i sin gemenskap. Den afrikanska familjen, tänker Hans Olofson. På kors och tvärs är de släkt med varandra, beredda att dela med sig av det de egentligen inte har. Med de pengar jag har gett Joyce blir hon den mest välbärgade individen i denna gemenskap. Men hon kommer att dela med sig, i de avlägsna byarna lever den solidaritet som annars inte är synlig på denna kontinent.

I utkanten av byn visar Joyce var hon ska bygga sitt hus, ha sina getter, sin majsodling och sin kassava. Tills huset är byggt ska hon bo med sina döttrar i en av sina systrars hus. Peggy och Marjorie ska genomföra sina studier i Chipata. En missionärsfamilj som Hans Olofson kontaktat, har lovat att ta sig an dem, upplåta en del av sitt hem. Mer kan jag inte göra, har han tänkt. Missionärerna lär knappast fotografera dem nakna och sända bilderna till Tyskland. Kanske kommer de att försöka frälsa flickorna, men det kan jag inte göra någonting åt.

Tio tusen *kwacha* har han överfört på en bankbok till Joyce, och han har lärt henne att skriva sitt namn. Tio tusen *kwacha* har han också överfört till missionärerna. Han tänker att tjugu tusen *kwacha* är vad en av hans arbetare tjänar under ett helt liv. Allt är orimligt, säger han till sig själv. Afrika är en kontinent där inga proportioner påminner om det jag en gång var van vid. Alldeles enkelt kan jag göra en rik kvinna av Joyce Lufuma. Säkert förstår hon inte själv hur mycket pengar jag har gett henne. Kanske det också är bäst så? Med tårar i ögonen tar han avsked. Det är egentligen nu jag lämnar Afrika, tänker han. Med Joyce och hennes döttrar upphör det som binder mig vid denna kontinent.

När han sätter sig i bilen dansar döttrarna runt honom. Joyce slår på en trumma och ljudet följer honom bort. Utfallet av framtiden handlar om dessa kvinnor, tänker han igen. Jag kan bara överlämna en del av de pengar jag ändå har mer än nog av. Framtiden är deras egen ...

Han samlar sina förmän och lovar att göra vad han kan för att den som blir den nye ägaren ska behålla alla anställda. Han köper två oxar och ställer till en fest. En lastbil kommer till farmen med fyra tusen ölflaskor. Hela natten varar festen, eldarna flammar och berusade afrikaner dansar till ett oändligt antal trummor. Hans Olofson sitter med de gamla männen och ser på de mörka kropparna som rör sig runt eldarna. I natt är det ingen som hatar mig, tänker han. I morgon är verkligheten återigen densamma. Detta är en natt när inga knivblad glimmar. Slipstenarna vilar.

I morgon är verkligheten åter som den måste vara, fylld till sin bristpunkt av motsättningar som en dag kommer att explodera i ett nödvändigt uppror. I skuggorna tycker han sig se Peter Motombwane. Vem av dessa människor bär hans dröm vidare, tänker han. Någon gör det, det vet jag bestämt ...

En lördag i december säljer han ut de möbler som finns i huset vid en improviserad auktion. Den vita kolonin har kommit, knappast några svarta. Mister Pihri och hans son är ett undantag, Patel ett annat. Ingen av dem ger några bud. De böcker som han en gång övertagit från Judith Fillington ropas in av en gruvingenjör från Luansha. Hans gevär går till en av hans grannar. Sin revolver har han undantagit. De möbler som han använt till barrikader bärs till bilar som sedan försvinner till olika farmer. Två korgstolar på terrassen behåller han. Under denna lördag mottar han ett otal inbjudningar, farvälmiddagar. Han tackar hela tiden ja.

När auktionen är över återstår bara hans tomma hus och frågan om vem som ska överta farmen. Mister Pihris och Patels bud är sammanfallande, som om de hade ingått en hemlig pakt. Men Hans Olofson vet att de är bittra fiender, och han beslutar sig för att en gång för alla spela ut dem mot varandra. Han sätter ett datum, den femtonde december, klockan tolv på dagen. Den som då har gett honom det högsta budet övertar farmen.

Med en advokat som han har hämtat från Lusaka, väntar han på terrassen. Några få minuter före tolv kommer både Patel och Mister Pihri. Hans Olofson ber dem skriva sina bud på var sitt papper. Mister Pihri ursäktar sig för att han inte har någon penna och får låna en av advokaten. Patels bud är högre än mister Pihris. När Hans Olofson meddelar resultatet, ser han hatet mot Patel lysa ur mister Pihris ögon.

Med honom kommer inte Patel att få det lätt, tänker Hans Olofson. Varken med honom eller med sonen.

– Det finns ett osynligt villkor, säger Hans Olofson till Patel, när de har blivit ensamma. Ett villkor som jag inte tvekar att ställa, eftersom du har köpt denna farm för ett oförskämt underpris.

– Tiderna är svåra, säger Patel.

– Tiderna är alltid svåra, avbryter Hans Olofson. Om du inte tar god hand om de anställda kommer jag att spöka för dig i dina drömmar. Det är arbetarna som kan denna farm, det är de som har fött mig under alla dessa år.

– Allt ska naturligtvis bli vid det gamla, svarar Patel ödmjukt.

– Det är bäst så, säger Hans Olofson. Annars kommer jag att återvända och spika upp ditt huvud på en påle.

Patel blir blek och hukar på den pall där han sitter vid Hans Olofsons fötter. Papper undertecknas, lagfarter överförs. Hastigt skriver Hans Olofson sitt namn för att ha det gjort.

– Mister Pihri behöll min penna, säger advokaten dystert, när han reser sig för att gå.

– Den kommer du aldrig att få igen, säger Hans Olofson.

– Jag vet, säger advokaten. Men det var en bra penna.

Patel och han är ensamma.

Överlåtelsen är daterad till den första februari 1988.

Patel lovar att föra ut så mycket pengar han förmår till banken i London. Svårigheterna och riskerna bedömer han till ett motvärde av fyrtiofem procent.

– Du visar dig inte här förrän den morgon jag reser, säger Hans Olofson. Då kör du mig till Lusaka, då ska du få dina nycklar.

Patel reser sig hastigt och bugar.

– Gå nu, säger Hans Olofson. Du ska få besked när du kan komma och hämta mig.

Den tid som återstår använder Hans Olofson till att ta adjö av sina grannar. Farm efter farm besöker han, dricker sig berusad, återvänder till sitt tomma hus.

Väntetiden gör honom rastlös. Han bokar sin biljett, säljer sin bil billigt till irländaren Behan, mot att han kan ha den så länge han är kvar.

När hans grannar frågar vad han ska göra, säger han som det är, att han inte vet. Till sin förvåning upptäcker han att många avundas hans uppbrott. Deras rädsla, tänker han. Deras alldeles förnuftiga rädsla. De vet att deras tid är ute, liksom min. Ändå förmår de inte uppbrottet ...

Några dagar innan han ska resa får han besök av Eisenhower Mudenda. Han ger honom en sten med blåa ådror, en brun läderpåse med ett pulver.

– Ja, säger Hans Olofson. Över mig kommer att finnas en annan stjärnhimmel. Jag reser till en egendomlig värld där solen ibland skiner även på natten.

Eisenhower Mudenda tänker länge på det Hans Olofson har sagt.

– Bär stenen och påsen i din ficka, *Bwana*, säger han till slut.

– Varför? frågar Hans Olofson.

– För att jag ger dig dem, *Bwana*, svarar Eisenhower Mudenda. Det kommer att ge dig ett långt liv. Men det betyder också att vi av våra andar kommer att få veta när du inte längre finns kvar. Då kan vi dansa för dig när du återvänder till dina förfäder.

– Jag ska bära den, säger Hans Olofson.

Eisenhower Mudenda gör sig beredd att gå.

– Min hund, säger Hans Olofson. En morgon hade någon huggit av den huvudet och surrat det vid ett träd med taggtråd.

– Den som gjorde det är död, *Bwana*, säger Eisenhower Mudenda.

– Peter Motombwane? frågar Hans Olofson.

Länge ser Eisenhower Mudenda på honom innan han svarar.

– Peter Motombwane lever, *Bwana*, säger han.

– Jag förstår, svarar Hans Olofson.

Eisenhower Mudenda går och Hans Olofson ser hans trasiga kläder. Jag lämnar ändå inte Afrika med hans förbannelser, tänker han. Jag var ändå inte en av de värsta. Dessutom gör jag det de önskar, ger mig av, erkänner mig besegrad ... Han är ensam i sitt tomma hus, ensam med Luka. Slutet har kommit. Han ger honom tusen *kwacha*.

– Vänta inte tills jag är borta, säger Hans Olofson. Gå nu. Men vart går du?

– I Malawi finns mina rötter, *Bwana*, svarar Luka. Bortanför bergen vid den stora sjön. Det är långt att gå. Men ännu är jag stark nog att göra den långa resan. Mina fötter är beredda.

– Gå i morgon. Stå inte vid min dörr i gryningen.

– Ja, *Bwana*. Jag ska gå.

Dagen efter är han borta. Aldrig visste jag vad som fanns i hans tankar, tänker Hans Olofson. Aldrig får jag veta om det var honom jag såg den natt när jag dödade Peter Motombwane ...

Sista kvällen sitter han länge på terrassen. Insekter surrar sitt avsked kring hans ansikte. Schäferhundarna är borta, hans grannar har hämtat dem. Han lyssnar ut i mörkret, känner den varma vinden stryka över hans ansikte. Åter är det regntid, åter dånar skyfallen mot hans tak. Men hans sista kväll är himlen klar.

Nu, Hans Olofson, tänker han. Nu reser du härifrån. Aldrig kommer du att återvända. En sten med blå ådror, en brun läderpåse och några krokodiltänder är allt du tar med dig härifrån ...

Han försöker tänka på vad han kan göra. Det enda han förmår föreställa sig är att han letar efter sin mor. Finner jag henne kan jag berätta om Afrika, tänker han. Om denna sårade och sargade kontinent. Om övertron och den oändliga visdomen. Om nöden och plågan som är skapad av oss, de vita männen och kvinnorna. Men jag kan också berätta om den framtid som finns här, som jag själv har sett. Joyce Lufuma och hennes döttrar, det värdiga motstånd som alltid överlever i den mest förtrampade av alla världar. En sak har jag kanske förstått efter alla dessa år. Att Afrika har offrats på ett västerländskt altare, berövats sin framtid för en eller två generationer. Men inte mer, inte längre, det har jag också förstått ...

En uggla hoar i mörkret. Mäktiga vingar flaxar förbi. Osynliga cikador spelar intill hans fötter. När han till sist reser sig och går in, lämnar han dörren öppen efter sig ...

Han vaknar i gryningen. Det är den andra februari 1988 och han är på väg att lämna Afrika. En avresa som uppskjutits i snart nitton år.

Genom sitt sovrumsfönster ser han den röda solen lyfta sig över horisonten. Dimmor driver sakta över Kafue. Från en älv återvänder han till en annan. Från Kafue och Zambezi återvänder han till Ljusnan. Den suckande flodhästen tar han med sig och han tänker att i hans drömmar kommer krokodilerna att leva i den norrländska floden.

Två flodådror delar in mitt liv, tänker han. Ett norrländskt Afrika bär jag i mitt hjärta.

En sista gång går han genom det tysta huset. Mina uppbrott är alltid tomhänta, tänker han. Kanske det trots allt är en fördel? Någonting som underlättas för mig.

Han öppnar dörren som vetter mot floden. Marken är våt. Barfota går han ner till flodbädden. Han tycker sig skymta elefantens lårben på bottnen. Sedan slänger han sin revolver i floden.

Han går tillbaka till huset och tar sin väska. I sin jacka har han pass och pengar i ett plastfodral. Patel sitter på terrassen och väntar. Han reser sig hastigt och bugar när Hans Olofson kommer.

– Ge mig fem minuter, säger han. Vänta i bilen.

Patel skyndar nerför trappan med flaxande byxben. Hans Olofson försöker krympa de snart nitton åren till att rymmas i ett sista ögonblick. Kanske jag kan förstå i efterhand, tänker han. Vad betydde alla dessa år i Afrika? De år som gått så obeskrivligt fort och som slungat mig oförberedd in i min medelålder? Det är som om jag befann mig i ett viktlöst tomrum. Endast mitt pass bekräftar att jag fortfarande existerar ...

En fågel med vingar som en purpurfärgad mantel flyger förbi. Den kommer jag att minnas, tänker han. Han sätter sig i bilen där Patel väntar.

– Kör försiktigt, säger han.

Patel ser bekymrat på honom.

– Jag kör alltid försiktigt, mister Olofson.

– Du lever ett liv som alltid gör dig svettig om händerna, säger Hans Olofson. Girigheten är din arvedel, ingenting annat. Inte ditt bekymrade, välmenande falska ansikte. Kör nu, svara inte!

På eftermiddagen stiger han ur bilen vid Ridgeway Hotel. Nycklarna till sitt hus slänger han på sätet och lämnar Patel. Han ser att afrikanen som håller upp dörren har lika dåliga skor som när han kom för snart nitton år sedan.

Som han begärt vid sin beställning får han rum 212. Men han känner inte igen sig. Rummet är förändrat, vinklarna är annorlunda. Han klär av sig och tillbringar sin väntan i sängen.

Efter många försök lyckas han genom telefonen få sin bokning bekräftad. En plats finns reserverad för honom under stjärnorna.

Lättnad och oro, tänker han, det är vad jag upplever. Det känsloparet utgör min mentala vapensköld. Det borde infattas i min framtida gravsten. Ur gråhundsdoft och afrikanska träkolseldar hämtar jag grundämnena till mitt besynnerliga liv ...

Ändå finns där också någonting annat. En människa som Patel eller Lars Håkansson lär sig förstå världen för att utnyttja den.

Peter Motombwane förstod den för att ändra den. Han erövrade en kunskap men han valde ett felaktigt vapen i en felaktig tid. Ändå påminner vi om varandra. Mellan Patel och mig finns en avgrund. Och Lars Håkansson är död. Peter Motombwane och jag är de överlevande, trots att det bara är mitt hjärta som fortfarande slår. Den kunskapen kan ingen ta ifrån mig ...

I skymningen på hotellrummet tänker han på Janine och hennes dröm om Mutshatsha. Hennes ensamma vakthållning i gathörnet mellan Folkets hus och järnaffären.

Peter Motombwane, tänker han. Peter, Janine och jag ...

En rostig taxi för honom till flygplatsen. Hans Olofson ger sina sista *kwacha*-sedlar till chauffören som är mycket ung.

Vid incheckningen köar nästan enbart vita människor.

Här upphör Afrika, tänker han. Europa är redan närmare än slätterna med det höga elefantgräset.

I sorlet vid disken lyssnar han efter den suckande flodhästen. Bakom pelarna tycker han sig se leopardens öga som vakar över honom. Sedan går han genom de olika kontrollerna.

Avlägsna trummor börjar plötsligt dåna inom honom. Marjorie och Peggy dansar, deras svarta ansikten glänser.

Ingen mötte mig, tänker han.

Däremot mötte jag mig själv.

Ingen följer mig till min avresa utom den jag var den gången, den människa jag nu lämnar kvar.

Han ser sin egen gestalt i ett av flygplatsens stora fönster.

Nu reser jag hem, tänker han. Märkligare är det inte, även om det är märkligt nog.

Det stora flygplanet glänser av regnvatten och strålkastarljus. Långt ute på startplattan, belyst av en gul lampa, står en ensam afrikan. Alldeles orörlig, innesluten av en tanke. Länge betraktar Hans Olofson honom innan han går ombord på det flygplan som bär honom bort från Afrika.

Ingenting mer, tänker han. Nu är det över.

Mutshatsha, farväl ...